MAR MORTO

COLEÇÃO JORGE AMADO
Conselho editorial
Alberto da Costa e Silva
Lilia Moritz Schwarcz

Coordenação editorial
Thyago Nogueira

O país do Carnaval, 1931
Cacau, 1933
Suor, 1934
Jubiabá, 1935
Mar morto, 1936
Capitães da Areia, 1937
ABC de Castro Alves, 1941
O Cavaleiro da Esperança, 1942
Terras do sem-fim, 1943
São Jorge dos Ilhéus, 1944
Bahia de Todos-os-Santos, 1945
Seara vermelha, 1946
O amor do soldado, 1947
Os subterrâneos da liberdade
  Os ásperos tempos, 1954
  Agonia da noite, 1954
  A luz no túnel, 1954
Gabriela, cravo e canela, 1958
De como o mulato Porciúncula descarregou seu defunto, 1959
Os velhos marinheiros ou O capitão-de-longo-curso, 1961
A morte e a morte de Quincas Berro Dágua, 1961
O compadre de Ogum, 1964
Os pastores da noite, 1964
As mortes e o triunfo de Rosalinda, 1965
Dona Flor e seus dois maridos, 1966
Tenda dos Milagres, 1969
Tereza Batista cansada de guerra, 1972
O gato malhado e a andorinha Sinhá, 1976
Tieta do Agreste, 1977
Farda, fardão, camisola de dormir, 1979
O milagre dos pássaros, 1979
O menino grapiúna, 1981
A bola e o goleiro, 1984
Tocaia Grande, 1984
O sumiço da santa, 1988
Navegação de cabotagem, 1992
A descoberta da América pelos turcos, 1992
Hora da Guerra, 2008

JORGE AMADO

MAR MORTO

Posfácio
Ana Maria Machado

6ª reimpressão

COMPANHIA DE BOLSO

1ª edição, Livraria José Olympio Editora, Rio de Janeiro, 1936

Grafia atualizada segundo o Acordo Ortográfico da Língua Portuguesa de 1990, que entrou em vigor no Brasil em 2009.

Consultoria da coleção
Ilana Seltzer Goldstein

Capa
Jeff Fisher

Cronologia
Ilana Seltzer Goldstein e Carla Delgado de Souza

Preparação
Isabel Jorge Cury

Revisão
Gabriela Morandini
Larissa Lino Barbosa

Texto estabelecido a partir dos originais revisados pelo autor. Os personagens e as situações desta obra são reais apenas no universo da ficção; não se referem a pessoas e fatos concretos, e não emitem opinião sobre eles.

Dados Internacionais de Catalogação na Publicação (CIP)
(Câmara Brasileira do Livro, SP, Brasil)

Amado, Jorge, 1912-2001.
Mar morto / Jorge Amado ; posfácio Ana Maria Machado. — 1ª ed. — São Paulo : Companhia das Letras, 2012.

ISBN 978-85-359-2091-8

1. Ficção brasileira I. Machado, Ana Maria. II. Título.

12-03788 CDD-869.93

Índice para catálogo sistemático:
1. Ficção : Literatura brasileira 869.93

2023

EDITORA SCHWARCZ S.A.
Rua Bandeira Paulista, 702, cj. 32
04532-002 — São Paulo — SP
Telefone: (11) 3707-3500
www.companhiadasletras.com.br
www.blogdacompanhia.com.br
facebook.com/companhiadasletras
instagram.com/companhiadasletras
twitter.com/cialetras

A
Matilde,
este romance da
Gamboa de Cima.

Para
Rachel de Queiroz,
Erico Verissimo
e Álvaro Moreyra.

AGORA EU QUERO CONTAR AS HISTÓRIAS DA BEIRA do cais da Bahia. Os velhos marinheiros que remendam velas, os mestres de saveiros, os pretos tatuados, os malandros sabem essas histórias e essas canções. Eu as ouvi nas noites de lua no cais do mercado, nas feiras, nos pequenos portos do Recôncavo, junto aos enormes navios suecos nas pontes de Ilhéus. O povo de Iemanjá tem muito que contar.

Vinde ouvir essas histórias e essas canções. Vinde ouvir a história de Guma e de Lívia que é a história da vida e do amor no mar. E se ela não vos parecer bela, a culpa não é dos homens rudes que a narram. É que a ouvistes da boca de um homem da terra, e, dificilmente, um homem da terra entende o coração dos marinheiros. Mesmo quando esse homem ama essas histórias e essas canções e vai às festas de dona Janaína, mesmo assim ele não conhece todos os segredos do mar. Pois o mar é mistério que nem os velhos marinheiros entendem.

IEMANJÁ, DONA DOS MARES E DOS SAVEIROS

TEMPESTADE

A NOITE SE ANTECIPOU. Os homens ainda não a esperavam quando ela desabou sobre a cidade em nuvens carregadas. Ainda não estavam acesas as luzes do cais, no Farol das Estrelas não brilhavam ainda as lâmpadas pobres que iluminavam os copos de cachaça, muitos saveiros ainda cortavam as águas do mar quando o vento trouxe a noite de nuvens pretas.

Os homens se olharam e como que se interrogavam. Fitavam o azul do oceano a perguntar de onde vinha aquela noite adiantada no tempo. Não era a hora ainda. No entanto, ela vinha carregada de nuvens, precedida do vento frio do crepúsculo, embaciando o sol, como num milagre terrível.

A noite veio, nesse dia, sem música que a saudasse. Não ecoara pela cidade a voz clara dos sinos do fim da tarde. Nenhum negro aparecera ainda de violão na areia do cais. Nenhuma harmônica saudava a noite da proa de um saveiro. Não rolara sequer pelas ladeiras o baticum monótono dos candomblés e macumbas. Por que então a noite já chegara sem esperar a música, sem esperar o aviso dos sinos, a cadência das violas e harmônicas, o misterioso bater dos instrumentos religiosos? Por que viera assim antes da hora, fora do tempo?

Aquela era uma noite diferente e angustiante. Sim, porque os homens tinham um ar de desassossego e o marinheiro que bebia solitário no Farol das Estrelas correu para o seu navio como se o fosse salvar de um desastre irremediável. E a mulher, que no pequeno cais do mercado esperava o saveiro onde vinha o seu amor, começou a tremer, não do frio do vento, não do frio da chuva, mas de um frio que lhe vinha do coração amante cheio dos maus presságios da noite que se estendia repentinamente.

Porque eles, o marinheiro e a mulher morena, eram familiares do mar e bem sabiam que, se a noite chegara antes da hora, muitos homens morreriam no mar, navios não terminariam a sua rota, mulheres viúvas chorariam sobre a cabeça dos filhos pequeninos. Porque — eles sabiam — não era a verdadeira noite, a noite da lua e das estrelas, da música e do amor, que chegara. Esta só chegava na sua hora, quando os sinos tocavam e um negro cantava ao violão, no cais, uma cantiga de saudade. A que chegara carregada de nuvens, trazida pelo vento, fora a tempestade que derrubava os navios e matava os homens. A tempestade é a falsa noite.

A chuva veio com fúria e lavou o cais, amassou a areia, balançou os navios atracados, revoltou os elementos, fez com que fugissem todos aqueles que esperavam a chegada do transatlântico. Um homem na estiva disse ao companheiro que ia haver tempestade. Como um monstro estranho um guindaste atravessou a chuva e o vento, carregando fardos. A chuva açoitava sem piedade os homens negros da estiva. O vento passava veloz, assoviando, derrubando coisas, amedrontando as mulheres. A chuva embaciava tudo, fechava até os olhos dos homens. Só os guindastes se moviam, negros. Um saveiro virou no mar e dois homens caíram n'água. Um era jovem e forte. Talvez tivesse murmurado um nome naquela hora final. Não era uma praga, com certeza, porque soava docemente na tempestade.

O vento arrancou a vela do saveiro e levou-a para o cais como uma notícia trágica. O bojo das águas se elevou, as ondas bateram nas pedras do cais. As canoas do porto da Lenha se agitavam e os canoeiros resolveram não voltar naquela noite para as cidadezinhas do Recôncavo. A vela do saveiro naufragado caiu no quebra-mar e então se apagaram as lanternas de todos os saveiros. Mulheres rezaram a oração de defuntos, os olhos dos homens se estenderam para o mar.

Diante do copo de cachaça o preto Rufino não sorriu mais. Assim com a tempestade, Esmeralda não viria.

As luzes se acenderam. Mas estavam fracas e oscilavam. Os homens que esperavam o transatlântico não viam nada. Eles haviam entrado para os armazéns e mal enxergavam o vulto dos guindastes e o vulto dos carregadores, que, curvados, atravessavam a chuva. Mas não viam o navio esperado onde viriam amigos, pais e irmãos, noivas talvez. Não viam o homem que chorava na terceira classe. Pela face do homem que vinha pela estrada do mar, na terceira classe de um lugre que tocara em vinte portos diversos, a chuva se misturava com as lágrimas, a lembrança das lamparinas da sua aldeia se confundia com as luzes embaciadas da cidade tempestuosa.

Mestre Manuel, o marinheiro que mais conhecia aqueles mares, resolveu não sair com seu saveiro naquela noite. O amor é bom nas noites de temporal e a carne de Maria Clara tinha gosto de mar.

As luzes do velho forte estavam apagadas. Também as lanternas dos saveiros. Foi quando faltou luz na cidade. Até os guindastes pararam e os homens da estiva entraram para os armazéns. Guma, do seu saveiro, que era o Valente, viu as luzes se apagarem e teve medo. Ia com a mão no leme, o barco virado de um lado. Aqueles que esperavam o transatlântico se foram em automóveis para lugares mais movimentados. Só ficou um homem que apertou a mão de outro quando ele desceu do transatlântico:

— Tudo bem?

— Tudo — sorriu o outro.

O que estava aguardando chamou um automóvel e os dois seguiram silenciosos. Os companheiros já estariam esperando.

O homem que chegara na terceira classe ficou olhando a cidade de costumes diversos, de língua diversa. Apertou contra o peito a carteira quase vazia e se atirou pela primeira ladeira que encontrou com o seu saco de viagem. O cais se despovoou.

Só Lívia, magra, de cabelos finos colados ao rosto pela chuva, ficou diante do cais dos saveiros olhando o mar. Ouvia os gemidos de amor de Maria Clara. Mas seus pensamentos e seus olhos estavam no mar. O vento a sacudia como se ela fosse um caniço, a chuva a chicoteava no rosto, nas pernas e nas mãos.

Mas ela continuava imóvel, o corpo atirado para a frente, os olhos na escuridão, esperando ver a lanterna vermelha do Valente cruzar a tempestade, iluminando a noite sem estrelas, anunciando a chegada de Guma.

CANCIONEIRO DO CAIS

De repente, rápida como viera, a tempestade foi para outros mares, naufragar outros navios. Lívia ouvia agora os gemidos de Maria Clara. Não eram mais, porém, gritos agudos de prazer e dor, gritos de animal ferido, que atravessavam a tempestade com um ar de desafio. Agora, que pela cidade, pelo cais, pelo mar, se estendia a verdadeira noite, a do amor e da música, a das estrelas e da lua, o amor no saveiro de mestre Manuel era doce e repousante. Os gemidos de Maria Clara eram como soluços de alegria, quase em surdina, quase canção. Lívia tirou por um momento os olhos do mar sereno e ouviu aqueles gemidos. Em breve Guma chegaria, o *Valente* atravessaria a baía, e ela o teria entre os braços morenos, e gemeriam de amor. Agora a tempestade cessara, ela já não tinha medo. Não demoraria a enxergar a lanterna vermelha do saveiro brilhando na noite do mar. Pequenas ondas batiam nas pedras do cais e os saveiros balouçavam mansamente. Ao longe, as luzes brilhavam sobre o asfalto molhado da cidade. Grupos de homens que já não tinham nem pressa, nem medo, se encaminhavam para o grande elevador. Lívia se voltou para o mar. Há oito dias que não via Guma. Ela ficara na casinha velha do cais. Não fora desta vez com ele para a aventura sempre renovada da viagem pela baía e pelo rio calmo. Se ela estivesse no saveiro quando a tempestade desabara, teria sido melhor. Ele ficaria temeroso pela vida da companheira mas, no entanto, Lívia não teria medo nenhum, porque estaria com ele, e ele conhecia todos os caminhos do mar, seus olhos valiam como lanternas, e suas mãos eram seguras no leme. Ele não tardaria a chegar. Viria encharcado da tempestade, contando histórias, musculoso e risonho, com o nome de Lívia e uma seta tatuados no braço. Ela sorriu. Seu longo corpo moreno se voltou todo para os gemidos de Maria Clara. Estava negro no cais, uma ou outra lanterna brilhava nos saveiros, mas ela distinguia perfeitamente o de mestre Manuel, de onde vinham os gemidos. Lá estava ele amarrado ao cais, balouçando nas ondas. Ali um homem e uma mulher se amavam e os seus gemidos chegavam até Lívia. Mais tarde, daqui a bem pouco tempo, seria ela quem na proa de um saveiro apertaria contra o seu corpo o corpo forte de Guma, beijaria os seus cabelos morenos, sentiria o gosto de mar do seu corpo, o gosto de morte que ainda haveria nos seus olhos mal chegados da tempestade. E os seus gemidos de amor seriam mais doces do que os de Maria Clara, porque estariam cheios da longa espera e do medo que a invadira. Maria Clara deixaria de amar para ouvir a música de soluços e de risos que sairia de seus lábios quando Guma a apertasse, a prendesse nos seus braços molhados do mar.

Um mestre de saveiro passa e deseja boa noite a Lívia. Um grupo mais longe examina a vela do saveiro que virou. Ela está muito branca, rasgada, perto do cais. Homens já partiram num saveiro para ir procurar os corpos. Mas Lívia pensa em Guma que está a chegar, e no amor que a espera. Será mais feliz que Maria Clara que não esperou, nem teve medo.

— Sabe quem morreu, Lívia?

Ela se assusta. Mas aquela vela não é a vela do *Valente*. A do seu saveiro é bem maior e não se rasgaria assim. Lívia se volta e pergunta a Rufino:

— Quem foi?

— Raimundo e o filho. Viraram bem perto da cidade... A tempestade estava braba.

Nessa noite — pensa Lívia — Judith não terá amor na sua casinha, nem no saveiro do seu marido. Jacques, o filho de Raimundo, morrera. Irá até lá depois. Depois que Guma chegar, que matarem as saudades, que se amarem. Rufino olha a lua que sai:

— Já foi gente buscar os corpos.

— Judith já sabe?

— Eu vou dizer...

Lívia olha o preto. É gigantesco e cheira a cachaça. Andou bebendo, com certeza, no Farol das Estrelas. Por que será que ele olha a lua cheia que sobe para o meio do mar e ilumina tudo com uma réstia prateada? Maria Clara ainda soluça de amor. Judith não terá amor esta noite. Lívia amará quando Guma chegar molhado da tempestade, com gosto de mar. Como está belo o mar com a lua alvejando tudo! Rufino está ali parado. Do forte velho vem uma música. Tocam harmônica e cantam:

A noite é para o amor...

Voz possante de negro. Rufino olha a lua. Talvez ele pense, também, que Judith não terá amor esta noite. Nem nunca mais... o seu homem morreu no mar.

Vem amar nas águas, que a lua brilha...

Lívia pergunta a Rufino:

— Judith ainda está morando com a mãe dela?

— Não. A velha velejou pra Cachoeira...

Disse isso sem jeito, espiando a lua. Um negro está cantando no forte velho mas a sua canção não consolará Judith. Rufino estende a mão:

— Vou me botando...

— Depois vou lá...

Rufino dá uns passos. Para:

— É coisa triste... Ruim de se falar... Dizer que morreu...

Coça a cabeça. Lívia ficou triste. Nunca mais Judith amará. Nunca mais virá amar, no mar, na hora em que a lua brilha. Para ela a noite não será mais para o amor, será para as lágrimas. Rufino joga as mãos para a frente:

— Vem comigo, Lívia. Você sabe dizer...

Mas o amor a espera, Guma chegará em breve no *Valente*, a lanterna vermelha não tardará a brilhar, não demorará a hora dos corpos se apertarem. Não tardará que ele passe sob a réstia de luz que a lua estendeu no mar. O amor a espera, Lívia não pode ir. Naquele dia, depois do medo, depois da visão de Guma se afogando, ela quer amor, quer alegria, gemidos de posse. Não pode ir chorar com Judith que nunca mais amará.

— Estou vendo se Guma chega, Rufino.

Será que o negro vai pensar que ela é ruim? Mas Guma não demorará. Fala:

— Depois vou lá...

Rufino abana as mãos:

— Então, boa noite.

— Até logo...

Rufino dá mais uns passos sem vontade. Olha a lua, ouve o homem que canta:

Vem amar nas águas, que a lua brilha...

Volta-se para Lívia:

— Você sabia que ela tá prenha?

— Judith?

— É...

Saiu andando. Ainda olha a lua. Do forte velho cantam:

A noite é para o amor...

Maria Clara soluça e ri nos braços do seu homem. Lívia sai quase correndo e grita para Rufino cuja sombra se vê ao longe:

— Eu vou com você...

Vão andando. Ela ainda olha o mar longamente. Quem sabe se aquela lanterna que brilha ao longe não será a do *Valente*?

Judith é mulata e a barriga já se estende deformando o vestido de chita. Estão todos em silêncio. O preto Rufino abana as mãos, não tem onde botá-las, olha os outros espantado. Lívia é toda ela um gesto de conforto, as mãos amparando a cabeça de Judith. Outros já chegaram. Deram pêsames e ali, em volta da sala, esperam que tragam os corpos que os homens procuram no mar. De onde está Judith vêm soluços entrecortados, e as mãos de Lívia se erguem em gestos carinhosos. Depois, entraram mestre Manuel e Maria Clara, ela com os olhos pisados.

Nada recorda mais a tempestade. Nem Maria Clara soluça mais de amor. Por que então Judith chora, Judith está viúva, os homens esperam dois corpos? Bem que o preto Rufino gostaria de ir embora, de fugir dali, de ir para a alegria dos braços de Esmeralda. Ele sofre a tristeza da casa, a dor de Judith, está sem ter onde botar as mãos e sabe que sofrerá mais ainda quando o corpo entrar e Judith tiver o último encontro com o homem que a amava, que lhe fez um filho, que possuiu seu corpo.

Lívia é que tem coragem. Ainda é mais bela assim. Quem não gostaria de casar com Lívia e ser chorado por ela quando morresse no mar? Ela, nessa hora, é como uma irmã de Judith.

Decerto ela também tem vontade de fugir, de ir esperar Guma na beira do cais para uma noite sob as estrelas. O sofrimento de Judith dói em todos e Maria Clara pensa que um dia, talvez, mestre Manuel fique no mar, numa noite de tempestade e que Lívia deixe de esperar Guma para vir dar a notícia. Aperta com força o braço de mestre Manuel que pergunta:

— Que é?

Mas ela está chorando e mestre Manuel fica mudo. Trouxeram uma garrafa de cachaça. Lívia leva Judith para o quarto. Maria Clara vai com elas e agora substitui Lívia e chora com a viúva, chora por ela própria.

Lívia volta para a sala. Agora, os homens conversam em voz baixa, comentam a tempestade, falam do pai e do filho que morreram nesta noite. Um negro diz:

— O velho era um macho bom... Coragem como três...

Um outro começa a contar uma história:

— Vocês se lembram daquele temporal de junho? Pois Raimundo...

Alguém abre a garrafa de cachaça. Lívia atravessa o grupo e chega até a porta... Ouve o ruído do mar sereno, ruído sempre igual, ruído de todos os dias. Guma não deve tardar e sem dúvida a virá procurar na casa de Judith. Nas trevas do cais ela distingue as velas dos saveiros. E, de repente, a assalta o mesmo receio que assaltara Maria Clara. E se, numa noite, lhe viessem trazer a notícia de que Guma estava no fundo do mar e o *Valente* vagava sem rumo, sem leme, sem guia? Só então ela sente toda a dor de Judith, se sente totalmente sua irmã, irmã também de Maria Clara, de todas as mulheres do mar, mulheres de destinos iguais: esperar numa noite de tempestade a notícia da morte de um homem.

Do quarto vêm os soluços de Judith. Ficou com um filho na barriga. Talvez um dia ainda chore, também, a morte desse filho no mar. No grupo da sala um homem fala:

— Salvou cinco... Era uma noite de fim de mundo... Muita gente viu a mãe-d'água nessa noite. Raimundo...

Judith soluça no quarto. É destino de todas elas. Os homens da beira do cais só têm uma estrada na sua vida: a estrada do mar. Por ela entram, que seu destino é esse. O mar é o dono de todos eles. Do mar vem toda a alegria e toda a tristeza porque o mar é mistério que nem os marinheiros mais velhos entendem, que nem entendem aqueles antigos mestres de saveiros que não viajam mais, e, apenas, remendam velas e contam histórias. Quem já decifrou o mistério do mar? Do mar vem a música, vem o amor e vem a morte. E não é sobre o mar que a lua é mais bela? O mar é instável. Como ele é a vida dos homens dos saveiros. Qual deles já teve um fim de vida igual aos dos homens da terra que acarinham netos e reúnem as famílias nos almoços e jantares? Nenhum deles anda com esse passo firme dos homens da terra. Cada qual tem alguma coisa no fundo do mar: um filho, um irmão, um braço, um saveiro que virou, uma vela que o vento da tempestade despedaçou. Mas também qual deles não sabe cantar essas canções de amor nas noites do cais? Qual deles não sabe amar com violência e doçura? Porque toda a vez que cantam e que amam, bem pode ser a última. Quando se despedem das mulheres não dão rápidos beijos, como os homens da terra que vão para os seus negócios. Dão adeuses longos, mãos que acenam, como que ainda chamando.

Lívia olha os homens que sobem a pequena ladeira. Vêm em

dois grupos. Lanternas dão um ar de fantasmagoria a esta procissão fúnebre. Como que pressentindo a chegada, os soluços de Judith redobram no quarto. Bastaria ver os homens de cabeça descoberta para saber que eles trazem os corpos. Pai e filho morreram juntos na tempestade. Sem dúvida um tentou salvar o outro e pereceram ambos no mar. No fundo de tudo, vinda do forte velho, vinda do cais, dos saveiros, de algum lugar distante e indefinível, uma música confortadora acompanha os corpos. Diz que:

É doce morrer no mar...

Lívia soluça. Ampara Judith no seu peito, mas soluça também, soluça pela certeza que seu dia chegará e o de Maria Clara e o de todas elas. A música atravessava o cais para chegar até eles:

É doce morrer no mar...

Mas naquela hora nem a presença de Guma, que vem com o cortejo e foi quem descobriu os corpos, conforta o coração de Lívia.

Só a música que vem de um lugar indefinível (talvez seja mesmo do forte velho), dizendo que é doce morrer no mar, lembra a morte do marido de Judith. Os corpos agora estarão estendidos na sala, Judith chorando ajoelhada ao lado de seu marido, os homens em torno, Maria Clara com medo que um dia Manuel se afogue também.

Mas para que pensar nisso, pensar em morte, em tristezas, quando o amor a espera? Porque estão na proa do *Valente*, Lívia estendida no madeirame bem por baixo da vela enrolada, espiando seu homem que fuma sossegadamente o cachimbo. Para que pensar em morte, em homens lutando contra as ondas, quando seu homem está ali, salvo da tempestade, fumando um cachimbo que é mesmo a estrela mais bonita deste mar? Mas

Lívia pensa. Está triste porque ele não vem apertá-la nos seus braços tatuados. E ela está esperando, as mãos embaixo da cabeça, os seios meio aparecendo sob o vestido que a aragem da noite, agora calma, suspende e balança. Também o saveiro balança mansamente.

Lívia espera e é bela nessa espera, ela é a mulher mais bela da beira do cais e dos saveiros. Nenhum mestre de saveiro tem uma mulher como a de Guma. Todos dizem isso e sorriem todos para ela. Todos gostariam de tê-la nos braços musculosos das travessias. Mas ela é somente de Guma, casou foi com ele na igreja de Mont Serrat, onde se casam os pescadores, os canoeiros e os mestres de saveiro. Mesmo marinheiros que viajam por mares longínquos, em paquetes enormes, vêm casar na igreja de Mont Serrat, que é a igreja deles, trepada no morro, dominando o mar. Ela casou ali com Guma e, desde então, nas noites do cais do seu saveiro, nos quartos do Farol das Estrelas, na areia do cais, eles se amam, confundem os corpos sobre o mar e sob a lua.

E hoje que ela tanto esperou na tempestade, hoje que ela tanto deseja porque muito temeu, ele fuma sem pensar nela. Por isso ela se recorda de Judith, a que não terá mais amor, aquela para quem a noite será sempre a hora de chorar. Se recorda: ela ficou atirada junto do seu homem. Olhava para o rosto dele, aquele rosto que não se movia mais, que já não sorria, rosto que já passara sob as ondas, olhos que já haviam visto Iemanjá, a mãe-d'água.

Lívia pensa com raiva em Iemanjá. Ela é a mãe-d'água, é a dona do mar, e por isso, todos os homens que vivem em cima das ondas a temem e a amam. Ela castiga. Ela nunca se mostra aos homens a não ser quando eles morrem no mar. Os que morrem na tempestade são seus preferidos. E aqueles que morrem salvando outros homens, esses vão com ela pelos mares afora, igual a um navio, viajando por todos os portos, correndo por todos os mares. Destes ninguém encontra os corpos, que eles vão com Iemanjá. Para ver a mãe-d'água muitos já se jogaram no mar sorrindo e não mais apareceram. Será que ela dorme com todos eles no fundo das águas? Lívia pensa nela com raiva. A estas horas ela estará com pai e filho que morreram na tempestade e talvez até que eles lutem por ela, eles que foram tão amigos toda a vida. Morrendo, ainda o pai quis salvar o filho. Quando Guma encontrou os corpos a mão do velho segurava a camisa do filho. Morreram amigos e agora, quem sabe?, talvez que por causa de Iemanjá, a dona do mar, mulher que só os mortos veem, eles estejam brigando, Raimundo puxando a faca que os homens não encontraram no seu cinto porque ele a levou consigo. Lutarão talvez no fundo das águas para saber quem vai com ela correr os mares, ver as cidades do outro lado da Terra. Judith que está chorando, Judith que tem um filho na barriga, Judith que irá se acabar no trabalho duro, Judith que nunca mais amará um homem, já estará esquecida porque a mãe-d'água é loira e tem cabelos compridos e anda nua debaixo das ondas, vestida somente com os cabelos que a gente vê quando a lua passa sobre o mar.

Os homens da terra (que sabem os homens da terra?) dizem que são os raios da lua sobre o mar. Mas os marinheiros, os mestres de saveiro, os canoeiros riem dos homens da terra que não sabem nada. Eles bem sabem que são os cabelos da mãe-d'água, que vem ver a lua cheia. É Iemanjá que vem olhar a lua. Por isso os homens ficam espiando o mar prateado nas noites de lua. Porque sabem que a mãe-d'água está ali. Os negros tocam violão, harmônica, batem batuque e cantam. É o presente que eles trazem para a dona do mar. Outros fumam cachimbo para iluminar o caminho, assim Iemanjá verá melhor. Todos a amam e até esquecem as mulheres quando os cabelos da mãe-d'água se estendem sobre o mar.

Assim está Guma que olha o bojo de prata das águas e ouve a música do negro que convida para a morte. Ele diz que é doce morrer no mar, porque irão encontrar a mãe-d'água que é a mulher mais bonita do mundo todo. Guma está fitando os cabelos dela, esquecido que Lívia está ali, o corpo estirado, os seios se ofertando, Lívia que tanto esperou a hora do amor, Lívia que viu a tempestade destruindo tudo, derrubando saveiros, matando homens, Lívia que muito temeu. Bem que Lívia gostaria de tê-lo nos seus braços, de beijar a sua boca e nela descobrir se ele teve medo quando as luzes se apagaram, de apertar o seu corpo para saber se o mar o molhou. Mas agora ele está esquecido de Lívia, ele só pensa em Iemanjá, a dona do mar. Talvez ele até tenha inveja do pai e do filho que morreram na tempestade e que agora correrão os mundos que só os marinheiros dos grandes navios conhecem. Lívia tem ódio, tem vontade de chorar, tem vontade de se apartar do mar, de ir para muito longe.

Um saveiro passa. Lívia se suspende sobre o braço para ver melhor. Gritam para Guma:

— Boa noite, Guma...

Guma sacode a mão:

— Boa viagem...

Lívia olha para ele. Agora que uma nuvem cobriu a lua e Iemanjá foi embora, ele apaga o cachimbo e sorri. Ela se encolhe toda já com prazer, já sentindo os seus braços. Guma fala:

— Onde taria cantando aquele negro?

— Sei lá... Parece que no forte.

— Bonita música...

— Judith, coitada...

Guma olha o mar:

— É mesmo... Vai cortar uma dureta. E com um filho na barriga...

Seu rosto se fecha e ele espia para Lívia. Ela está bela assim se ofertando. Ela não tem mãos para trabalho duro. Se ele ficasse no mar ela teria de ser de outro para poder viver. Ela não tem mãos para trabalho duro. Esse pensamento lhe traz uma raiva surda. Os peitos de Lívia aparecem sob o vestido. Todos no cais a desejam. Todos gostariam de tê-la porque ela é a mais bonita. E quando ele também for com Iemanjá? Tem vontade de matá-la ali mesmo para que ela nunca seja de outro.

— E se um dia eu virar e der de comer aos peixes? — seu riso é forçado.

A voz do negro atravessa novamente a noite:

É doce morrer no mar...

— Você também cai no trabalho duro? Ou vai com outro?

Ela está chorando, ela está com medo. Também ela teme por esse dia em que seu homem fique no fundo do mar, em que nunca mais volte, quando for com Iemanjá, a dona do mar, a mãe-d'água, correr mares e terras. Levanta-se e passa os braços no pescoço de Guma:

— Hoje tive medo. Lhe esperei na beira do cais. Parecia que você não vinha nunca mais...

Ele vem. Sim, ele sabe quanto Lívia esperou, quanto ela temeu. Ele vem para os seus braços, para o seu amor. Um homem canta ao longe:

É doce morrer no mar...

E agora sob a lua não brilham mais os cabelos de Iemanjá, a dona do mar. O que fez calar a música do negro são os soluços de amor de Lívia, a mulher da beira do cais que todos desejam, e que na proa do *Valente* muito ama o seu homem porque muito temeu por ele e muito teme ainda.

Os ventos da tempestade já estão longe. As águas das nuvens da falsa noite estão caindo noutros portos. Iemanjá viajará com outros corpos por outras terras. Agora o mar é sereno e doce. O mar é amigo dos mestres de saveiro. Pois o mar não é a estrada, não é o caminho, não é a casa deles todos? Não é sobre o mar, na proa dos saveiros que eles amam e fazem seus filhos?

Sim, Guma ama o mar e Lívia também o ama. O mar é belo assim de noite, azul, azul sem fim, espelho das estrelas, cheio de lanternas de saveiros, cheio das lanternas das brasas dos cachimbos, cheio de ruídos de amor.

O mar é amigo, o mar é doce amigo para todos aqueles que vivem nele. E Lívia sente o gosto de mar da carne de Guma. O *Valente* balança como uma rede.

TERRAS DO SEM-FIM

UMA VOZ ASSIM TÃO CHEIA E SONORA espanta todos os outros ruídos da noite. É do forte velho que ela vem e se espalha sobre o mar e a cidade. Não é bem o que ela diz que bole com o coração dos homens. É a melodia doce e melancólica que faz as conversas serem em surdina, baixinho. No entanto a letra desta velha canção diz que desgraçada é a mulher que vai com um homem do mar. Sorte boa ela não terá, infeliz destino é o seu. Seus olhos não pararão jamais de chorar, e cedo murcharão de tanto se alongarem para o mar, esperando a chegada de uma vela. A voz do negro cobre a noite.

O velho Francisco conhece essa música e esse mundão de estrelas que se reflete no mar. Senão de que valeriam quarenta anos passados em cima de um saveiro? E não é só as estrelas que ele conhece. Conhece também todas as coroas, as curvas, os canais da baía e do rio Paraguaçu, todos os portos daquelas bandas, todas as músicas que por ali são cantadas. Os moradores daquele pedaço de rio e do cais são seus amigos, e há até quem diga que uma vez, na noite em que salvou toda a tripulação de um barco de pesca, viu o vulto de Iemanjá que se mostrou a ele como prêmio. Quando se fala nisso (e todo jovem mestre de saveiro pergunta ao velho Francisco se é verdade) ele somente sorri e diz:

— Se fala muita coisa neste mundo, menino...

Assim, ninguém sabe se é verdade ou não. Bem que poderia ser. Iemanjá tem caprichos e se havia alguém que merecesse vê-la e amá-la era o velho Francisco, que estava na beira do cais desde ninguém sabe quando. Ainda melhor, porém, que todas as coroas, os viajantes, os canais, ele conhece as histórias daquelas águas, daquelas festas de Janaína, daqueles naufrágios e temporais. Haverá história que o velho Francisco não conheça?

Quando a noite chega ele deixa a sua casa pequena e vem para a beira do cais. Atravessa a lama que cobre o cimento, entra pela água, e pula para a proa de um saveiro. Então pedem que ele conte histórias, conte casos. Não há quem saiba de casos como ele.

Hoje vive de remendar velas e do que lhe dá Guma, seu sobrinho. Tempo houve, porém, em que teve três saveiros que os ventos da tempestade levaram. Não puderam foi com o velho Francisco. Sempre voltou para o seu porto e o nome dos seus três saveiros estão tatuados no seu braço direito junto com o nome de seu irmão que ficou numa tempestade também. Talvez um dia escreva ali o nome de Guma, se der um dia na cabeça de Iemanjá amar o seu sobrinho. A verdade é que o velho Francisco ri disso tudo. Destino deles é esse: virar no mar. Se ele não ficou também é que Janaína não o quis, preferiu que ele a visse vivo e que ficasse para conversar com os rapazes, ensinar remédios, contar histórias. E de que vale ter ficado assim, remendando velas, olhando pelo sobrinho, feito uma coisa inútil, sem poder mais viajar porque seus braços já cansaram, seus olhos não distinguem mais na escuridão? Melhor teria sido se houvesse ficado no fundo d'água com o *Estrela da Manhã*, seu saveiro mais rápido, o que virou na noite de São João. Agora ele vê os outros partirem e não vai com eles. Fica olhando para Lívia, igual a uma mulher, tremendo nas tempestades, ajudando a enterrar os que morrem. Faz muito tempo que cruzou pela última vez a baía, a mão no leme, os olhos atravessando a escuridão, sentindo o vento no rosto, correndo com seu saveiro ao som da música distante.

Hoje um negro canta também. Diz que destino ruim é o das mulheres dos marítimos. O velho Francisco sorri. Sua mulher ele enterrou, o médico disse que fora do coração. Morreu de repente numa noite em que ele chegava da tempestade. Ela se atirou nos seus braços e quando ele reparou ela não se bulia mais, estava morta. Morreu da alegria dele voltar, o médico disse que foi do coração. Quem ficou naquela noite foi Frederico, o pai de Guma. Corpo que ninguém encontrou porque ele morrera para salvar Francisco e por isso fora com

Iemanjá para outras terras muito lindas. Foi o seu irmão e a sua mulher numa só noite. Então ele criou Guma dentro do seu saveiro, dentro do mar para que ele não tivesse medo. A mãe de Guma, que ninguém sabia quem era, apareceu um dia e pediu o menino:

— O senhor que é seu Francisco?

— Sou eu mesmo, dona, pra lhe servir...

— O senhor não me conhece...

— Não tou lhe reconhecendo, não... — botou a mão na testa, lembrando velhos conhecidos. — Não conheço não, me adisculpe.

— Mas Frederico me conhecia muito...

— É bem de ver porque ele andou viajando nesses paquetes da Bahiana. De que bandas ele conhece vosmicê?

— Lá por Aracaju, seu Francisco. Um dia arribou por lá, o navio tava com um rombo do tamanho do mundo no costado. Só chegou lá por milagre...

— Já me alembro, foi o *Maraú*... Foi uma viagem braba, Frederico me contou. Foi lá que lhe conheceu?

— O barco passou um mês. Ele se enfeitou para meu lado...

— Era um cabra mulherengo que nem macaco...

Ela sorriu mostrando os dentes quebrados:

— Contou muita história, que me trazia, botava casa pra mim, me dava vestido e de comê. O senhor sabe como é...

O velho Francisco fez um gesto. Estavam na beira do cais e no mercado vizinho vendiam laranjas e abacaxis. Sentaram nuns caixões. A mulher continuou:

— Me fez a desgraça só dizendo que nem voltava com o navio. Mas quando o bicho sarou do buraco ele não ouviu conversa, se trepou no barco e foi só dar adeus...

— Não digo que foi bem feito não, dona. Ele era meu sangue, mas...

Ela o interrompeu:

— Não tou dizendo que ele era ruim. Era minha sina e eu ia com ele, mesmo que tivesse sabido que ele fazia ingratidão. Eu tava enrabichada por ele direitinho.

Ficou olhando o velho Francisco. Ele pensava por que viria ela tantos anos depois. Talvez buscar dinheiro e agora ele estava ruim, não tinha o que dar, Frederico sempre fora mulherengo...

— Disse que me mandava buscar. Mandou buscar o senhor? — sorria. — Assim fez comigo. Quando a barriga subiu, eu dei de lançar, minha mãe se danou. Meu pai era um homem direito, quando soube veio em cima de mim com um facão. Só queria era saber quem tinha sido para acabar com ele. Me ficou esse talho aqui em cima do joelho. O facão pegou de mau jeito.

Por que ela mostrava assim as coxas? Francisco não andaria com uma mulher de seu irmão que isso era ruim e podia trazer castigo.

— Fiquei foi no meio do mundo. Uma família, que era de meu padrinho, me deu emprego. Um dia, tava servindo a mesa, me atacou as dores...

Aí seu Francisco compreendeu:

— Guma?

— Era Gumercindo sim. Foi meu padrinho que botou o nome. O mesmo nome dele. Arranjei um dinheiro, trouxe ele para Frederico. Ele já tava com outra, ficou com o menino mas não quis saber mais de mim.

Fez-se o silêncio de novo. Francisco só estava era espiando para saber o que ela queria. Dinheiro ele não tinha, logo naquele dia. Dormir com a mulher de seu irmão era coisa que ele não fazia.

— Aí fiquei por aqui mesmo, com vergonha de voltar. A gente é pobre, mas tem vergonha, não é? Não queria cair na vida na minha terra... Meu pai era homem conceituado, formou até um meu irmão em doutor médico. Depois andei por esse mundo afora. Faz tanto tempo...

Estendeu a mão, ficou olhando os saveiros. De trás, do mercado, vinha um barulho de conversa, de discussões, de gargalhadas.

— Faz só três dias que cheguei do Recife. Já tava mesmo pra vim ver o menino, foi um conhecido que me disse que

Frederico morreu, faz dois anos. Agora vim buscar meu filho... Vou criar ele...

Francisco não ouvia mais o barulho que vinha do mercado. Ouvia somente aquela mulher que dizia ser mãe de Guma e o vinha buscar. Ele não gostava de brigar com mulher. Discussão com mulher não acaba mais e ele tinha que discutir porque não queria entregar Guma que já ia tão bem no leme do saveiro e já suspendia um saco de farinha nos braços de menino. Francisco estava acostumado a discutir com homens rudes do cais, mestres de saveiro fortes a quem podia ofender porque eles sabiam se defender, um nome feio que escapasse não fazia mal. Agora com uma mulher, e com uma mulher como a mãe de Guma, cheirando, vestida de seda, com uma sombrinha no braço e um dente de ouro, ele não sabia brigar. Se uma má palavra lhe escapasse ela era capaz de começar a chorar, e ele não gostava de ver mulher chorar. Demais, seu irmão não tinha andado direito com ela. Mas marinheiros podem lá viver pensando nas mulheres que deixam nos portos? E não é pior quando se casam e deixam viúvas ou então elas morrem do coração quando os veem chegar salvos da tempestade? É bem pior. Guma não casará. Será sempre livre no seu saveiro. Irá com Iemanjá quando bem quiser. Não terá âncoras que o prendam à terra. O homem que vive no mar deve ser livre. Mas se aquela mulher levasse Guma, que seria do menino? Seria marceneiro, pedreiro, talvez doutor ou até padre vestido de mulher, quem sabe! E as faces do velho Francisco se cobririam de vergonha pelo fim de seu sobrinho e nada lhe restaria senão ir ele próprio ao encontro de Janaína numa noite do mar. Não, por nada ele deixaria que aquela mulher levasse Guma.

A mulher já estava estranhando o silêncio. Vozes vinham do mercado:

— Tá caro que faz medo...

E uma conversa ao longe:

— Aí pipocou dois tiros e eu só vi cabra correr. Mas como homem é homem, fiz das tripas coração e me atirei...

O velho Francisco riu:

— Sabe, dona? Vosmicê não leva o menino, não. Que é que vosmicê ia fazer com ele?

Ficou olhando para a mulher, esperando resposta. Mas seu rosto dizia que não havia força que o fizesse entregar Guma. A mulher estendeu a mão naquele gesto vago e respondeu:

— Eu mesmo nem sei... Quero levar ele porque é meu filho e não tem pai... Vida de mulher-dama, vosmicê sabe como é... Hoje aqui, amanhã acolá... Se ele ficar vai ser como o pai, morre um dia afogado...

— E se velejar com vosmicê, dona?

— Boto ele num colégio, vai aprender a ler, talvez vire doutor como o tio dele, meu irmão... Não vai morrer afogado...

— Sia dona, destino é coisa feita lá em cima. Se ele tem de ser de Janaína não há saber que livre ele. Se ele ficar aqui vira homem de verdade. Se for com a senhora acaba um mofino que nem esses homens de cabaré...

— Isso diz vosmicê...

— Donde vai vosmicê arranjar dinheiro pra fazer ele estudar? Mulher-dama eu bem conheço: um dia tem, outro não tem... Vosmicê falou que é hoje aqui, amanhã acolá... E filho de mulher-dama é pior que cachorro, vosmicê sabe disso...

Ela baixou a cabeça, porque sabia que era verdade. Levar seu filho era criar para ele a suprema humilhação de todos saberem que sua mãe era da vida. Onde quer que andasse, nas ruas, nos colégios, em qualquer parte, nada poderia dizer porque havia contra ele o insulto maior. Do mercado vinha a voz do homem que contava o caso:

— ...só vi foi a faca brilhando que nem pra destrinchar um peixe. Levantei o cotovelo, meti o joelho pra frente. Foi uma coisa feia...

(Era bem melhor que ele ficasse ali, aprendesse a levar um saveiro pelos portos, fizesse filhos em mulheres desconhecidas, arrancasse facas das mãos de homens, bebesse nos botequins, tatuasse corações no braço, atravessasse a tempestade, fosse com Janaína quando seu dia chegasse. Ali ninguém perguntaria quem era sua mãe.)

— Mas posso ver ele de vez em quando?

— Sempre que o coração lhe pedir... — Agora Francisco tinha pena. Não há mãe, por pior que seja, que não ame os filhos. Mesmo a baleia que é um bicho, e não tem pensar, defende seus filhos dos pescadores e até morre por eles.

— Hoje mesmo vosmicê pode ver ele. De noite ele vem com o saveiro de Itaparica. Nós vai então...

Ela fez uma cara de medo:

— Ele já anda sozinho com o saveiro?

— Só de Itaparica pra cá. Pra ir aprendendo. E já tá mesmo que um homem.

O rosto dela agora estava cheio de orgulho. Seu filho que só tinha onze anos já sabia viajar com um saveiro, já cruzava as águas, podia passar por um homem. Perguntou com uma voz de criança que vinha do mais profundo do seu coração:

— Ele se parece comigo?

O velho Francisco olhou a mulher. Apesar dos dentes cariados, era bonita. Tinha um dente de ouro para compensar. Vinha dela um perfume extravagante para aquela beira de cais cheirando a peixe. A boca pintada era cor de sangue como se houvesse sido mordida. Seus braços roliços estavam caídos ao longo do corpo. Maltratada pela vida, era ainda nova, nem parecia a mãe de Guma. No entanto há onze anos que ela estava na vida, conhecendo homens, dormindo com eles, apanhando de muitos. Apesar disso ainda tentava um. Se ela não tivesse dormido com Frederico...

— Se parece, sim. Tem os olhos igualzinho os de vosmicê. E o nariz assim também...

Ela sorria e aquele era mesmo seu momento mais feliz. Um dia quando sua beleza terminasse de todo, quando os homens a houvessem gasto totalmente, então ela teria uma velhice garantida, viria para seu filho, faria a comida dele, o esperaria de volta das tempestades. Não precisaria se desculpar perante ele. Os filhos tudo sabem perdoar às velhas mães cansadas que aparecem de repente. E a mulher se deixou embalar por essa felicidade e sorria pela boca, pelos olhos, seus gestos eram alegres e até aquele perfume esquisito que lembrava cabarés desapareceu e ficou somente o cheiro de maresia, de peixe salgado.

Por volta das nove horas Guma chegou com o saveiro, que era o *Valente*. Parou no pequeno cais, botou as mãos em torno da boca e gritou:

— Tio! Oh, tio!...

— Já vou lá...

Guma ouviu as vozes que se aproximavam. Alguém vinha com seu tio, um desconhecido porque ele conhecia as vozes de longe. Mestre Manuel gritou do seu saveiro:

— Vem visita pra você, menino.

Quem seria que vinha com seu tio? Era uma mulher pela voz. Seria que seu tio trazia uma mulher para dormir com ele? Já há algum tempo Francisco e outros homens do cais haviam começado com indiretas, negócios de mulher, e o tio ameaçava trazer uma para deixar com ele sozinha no saveiro no meio do mar:

— Só quero ver o que você vai fazer, seu besta...

Os homens todos riam em gargalhadas, piscavam os olhos uns para os outros.

— Já tá um homem o Guma — dizia Antonico, mestre do *Fé em Deus*, que parecia não saber dizer outra coisa.

— Precisa provar — e Raimundo batia as mãos uma na outra, rindo interminavelmente. — Meu Jacques já comeu da fruta...

Guma sabia que se tratava de dormir com uma mulher, de satisfazer aqueles desejos que o penetravam nos sonhos e o deixavam como se houvesse tomado uma surra. Muitas vezes nas cidadezinhas onde paravam ele passara naquelas ruas das mulheres-damas, porém sempre lhe faltara coragem para entrar. Ninguém lhe daria menos de quinze anos, apesar dele só ter onze. Por esse lado não tinha o que temer. Mas um receio de não sei o que o impedia de entrar. Tinha certeza de que ficaria morto de vergonha quando a mulher visse que era a primeira vez. E tinha medo de que a mulher não o aceitasse, o tratasse como uma criança, um filho sem pai que se perdeu na rua. Ela não iria adivinhar que ele já conduzia um saveiro e levantava um saco de farinha. Talvez se risse dele. E nunca entrara. Agora seu tio trazia a mulher prometida. Ele ia ficar encabulado diante dela. Com certeza Francisco já dissera que ele nunca conhecera mulher, que era um besta, um medroso, apesar da faca no cinto. Ele ficaria sem jeito diante da mulher. E se o tio quisesse assistir, só para rir, para gozar o mal ajeitado dele, então ele iria embora, fugiria do cais com vergonha, não navegaria mais naquelas águas. E é com verdadeiro pavor que Guma ouve as vozes que se aproximam. Seu corpo treme e no entanto ele deseja que venham mais depressa porque ele quer ser homem quanto antes e atravessar sozinho com o *Valente* todos os rios, todos os portos, todos os canais.

As vozes se aproximam. É uma mulher, sim. Seu tio vem cumprir a promessa. Sem dúvida já anda envergonhado do sobrinho que ainda não é homem, que não conhece mulher. E como Guma não tem coragem de entrar na casa de uma delas, o tio vem trazer como se leva comida para cego, como se dá água na boca de um aleijado. É bem uma humilhação mas ele não quer pensar nisso agora. Pensa que em breve terá ao seu lado um corpo de mulher, um corpo que sabe todos os segredos. Pedirá ao tio que vá embora, que o deixe só com ela, e levará o saveiro para o meio da baía. Do forte velho ou de outro saveiro virá uma música. Ele amará, sentirá o mistério de tudo e então poderá levar sozinho o seu saveiro pelas terras do Recôncavo, poderá quando seu dia chegar ver sem susto o rosto de Iemanjá e poderá amá-la porque já aprendeu aqueles segredos em que os homens tanto falam. Por isso está com frio se bem a noite seja morna e o vento que passa esteja quente, uma brisa que quase nem balança o saveiro. A verdade é que tem medo. As vozes estão cada vez mais próximas. Ele já ouve o que conversam:

— É ainda um menino, mas já tem cara de homem-feito...

É o seu tio quem fala. Naturalmente a mulher pergunta como é ele. Quer saber como o há de tratar. Mas ele mostrará que é um homem forte, a apertará até que ela chore, até que diga que ele é mesmo igual a um homem dos que ela conheceu na sua vida. Agora, ouve a voz da mulher:

— Quero que seja um homem bonito e valente...

O coração de Guma se enche de felicidade. Ele já ama essa mulher que ainda não conhece, que seu tio traz para a sua cama, e faz projetos de levá-la pelos portos todos do Recôncavo, de correr com ela os rios. Não deixará que ela volte para a vida. Será dele para todo o sempre. Deve ser bonita, que seu tio é entendedor de mulheres, os homens do cais dizem sempre. As mulheres que ele traz para o saveiro nas noites de amor são sempre belas. Nessas noites Guma ouve os ruídos dos corpos, ouve os gemidos, os beijos e as risadas. Quando não foge fica com o ouvido à espreita, uma vontade doida de espiar, um medo que o retém. Uma noite ouviu um grito agudo de dor. Correu para onde eles estavam certo de que Francisco havia batido na mulher. Mas o fizeram voltar. Só muito depois é que ele soube o que significava aquela mancha de sangue que havia ficado sobre o madeirame do saveiro. Aquela mulatinha voltara muitas vezes e nunca mais ele ouviu gritos da sua boca. Os seus queixumes passaram a ser iguais aos das outras. Essa mulher que vem aí com certeza não gritará também. Para ela não será a primeira vez. Um dia, porém, ele fará uma mulher gritar no saveiro como seu tio fez àquela mulatinha. Ouve a voz de Francisco.

— Guma!

— Tou aqui...

O saveiro está bem perto do cais. É só atravessar a lama e encontrarão a âncora que o prende ao cais. Seu tio está próximo com a mulher. Pula para dentro do saveiro, estende a mão para a mulher que salta mostrando as coxas. Guma olha e um desejo violento o invade, o toma todo. É bonita, sim. Agora, que Francisco vá embora, que o deixe somente com ela, que não se meta entre eles que Guma mostrará de que será capaz. A mulher olha para ele, bem que ela gostou de Guma. Sim, ele parece um homem apesar dos seus onze anos. Guma sorri mostrando os dentes alvos. Francisco está sem jeito, as mãos abanando. A mulher sorri. Guma olha os dois e o seu riso é de inteira satisfação. A mulher pergunta:

— Você tá me conhecendo?

Ele a conhece, sim. Há muito que ele a espera. Ele a procurou nas ruas de mulheres perdidas, na beira do cais, em todas as mulheres que olharam para ele. Agora a encontrou. Ela é sua mulher. Ele a conhece de há muito, desde que os desejos penetraram seus nervos, perturbaram seus sonhos.

Francisco fala:

— É tua mãe, Guma.

E o desejo não fugiu. Não era possível que fosse sua mãe, aquela mãe em quem ninguém nunca lhe falara, mãe em quem nunca pensara. Uma pilhéria de seu tio com certeza. Aquela que estava ali era uma mulher da rua que viera para dormir com ele. Francisco não devia tê-la comparado com sua mãe, que seria boa e suave, muito longe daquelas coisas em que ele pensava. Mas a mulher se aproxima dele e o beija como devem beijar as mães. As mulheres da vida beijam de maneira diferente, sem dúvida. A voz da mulher é pura:

— Te deixei há muito tempo... Nunca mais te deixo...

Então Guma começa a chorar e ele mesmo não sabe se é por ter encontrado sua mãe, se é por ter perdido a mulher que esperava.

Ficou espiando a mulher sem saber conversar. O que ele esperava naquela noite era bem diverso de mãe. Ela o olhava comovida, falou muito em Frederico, a cada momento repetia:

— Agora vou ficar com você...

Ele não entendia o motivo daquela frase. Por que ela viera? Donde chegara, por que o abraçava assim? Era uma estranha para ele. Nunca se recordara de sua mãe. Não lhe haviam falado nela naqueles onze anos. E quando ela chegou foi misturada com desejos, foi junto com a tentação de outra mulher, foi tirando uma coisa que ele desejava. Era sua mãe, e, no entanto, parecia mais a mulher que ele estava esperando, porque o perfume que vinha dela era o perfume daquelas mulheres da vida e por mais que ela se esforçasse tinha a todo momento palavras que ele não quisera ouvir nos lábios de sua mãe e gestos que ele não conhecia nas mulheres do cais. Era sua mãe mas Francisco estava com os olhos fitos nela, nos pedaços de carne alva que apareciam sob o decote dos seios, nas coxas que surgiam de debaixo do vestido quando o vento o suspendia. Guma só tinha um desejo: chorar. Chorar não é coisa de homem, quem não sabe? Um marinheiro sabe mais que ninguém. As mulheres já choram o bastante. Um marinheiro não deve chorar. Por isso Guma morde os lábios e fica silencioso, esperando que ela se vá e aquele sonho termine. Francisco está tentado. Ele pensa que ela dormiu com seu irmão, é mãe de Guma, mas vê a sua carne e um pensamento o persegue. E começa a falar depressa, em dizer que já está tarde e devem ir embora:

— Vosmicê ainda vai atravessar esse cais todo. A noite tá andando...

Ela se despede de Guma:

— Eu venho vê você, meu filho...

Francisco vai com ela. Guma fica espiando do alto do saveiro. Não a sentiu sua mãe um só momento. E agora quem vai dormir com ela é o velho Francisco. No saveiro, sozinho, ele começou a chorar. Pela primeira vez ouviu a música que dizia que é doce morrer no mar. E pela primeira vez pensou em ir ao encontro de Iemanjá, de Janaína, que é ao mesmo tempo mãe e mulher de todos os que vivem no mar.

O velho Francisco voltou feito uma fera. A cara fechada, os olhinhos bem miúdos. Saltou no saveiro, não quis conversa, foi se estendendo na proa, o cachimbo aceso olhando o mar. Guma sorriu: ele também não conseguira mulher naquela noite. A mulher de Frederico não quis andar com o irmão do seu homem. Elas também têm seu código de honra. Só então Guma sentiu uma certa ternura por aquela mulher.

Mas veio a lua e os cabelos de Janaína se estenderam no mar. Então veio música dos saveiros, do forte velho, das canoas, do cais, saudando a mãe-d'água, a dona do mar, que todos temiam e todos desejavam. Aquela era mãe e mulher. Só ela sabia dos desejos deles e só ela consolava todos. As mulheres agora estavam rezando para Iemanjá. Todos pediam coisas. Guma pediu uma mulher bonita, uma mulher boa sem aquele perfume esquisito que sua mãe trouxe no colo, pediu que Iemanjá lhe desse uma mulher nova e virgem como ele, quase tão bonita como ela mesma. Talvez assim esquecesse a imagem da mãe perdida, da mãe se entregando aos homens, tentando seu tio, tentando Guma, seu filho mesmo.

Iemanjá, que os canoeiros chamam Janaína, é boa para os homens do mar. Ela atende aos seus desejos.

Nunca mais sua mãe voltou. Foi, com certeza, para outras terras, que mulher-dama é o mesmo que marinheiro, não tem parada, vive de porto em porto, onde haja dinheiro para ganhar. Por muito tempo, porém, a sua imagem, o seu perfume esquisito perturbaram o sono tranquilo de Guma. Desejava que ela voltasse mas não como sua mãe, não com palavras doces de afeto, mas como uma mulher da vida, com os lábios abertos para beijos de amor. Não teve mais sossego. Misturou no seu coração tão jovem a imagem daquilo que todos achavam a própria pureza — a imagem da mãe — com a das mulheres que se entregam por dinheiro, das que fazem do amor o seu ofício. Ele nunca tivera mãe. E quando a encontrara foi para a perder logo, para a desejar sem querer, para quase a odiar. Só há uma mãe que pode ser ao mesmo tempo esposa: é Iemanjá e por isso ela é tão amada dos homens do cais. Para amar Iemanjá, que é mãe e esposa, é preciso morrer. Muitas vezes Guma pensou em se atirar do alto do saveiro num dia de temporal. Viajaria então com Janaína, amaria a mãe e esposa.

Uma noite, porém, o velho Francisco deixou uma mulata no saveiro na sua ausência. Quando Guma chegou, as calças arregaçadas, as pernas sujas da lama do cais, ela se estirava dengosa, os olhos para a lua. Ele compreendeu. Já iam dois anos que sua mãe aparecera. Aquela que estava ali agora é quem devia ter vindo em lugar dela. Assim teria sido melhor.

E, quando as grandes nuvens engoliram a lua, ele velejou com o saveiro para o meio da baía, os ventos o acompanharam, a música cantou no forte velho. Gritos de orgulho saíam do peito de Guma. Pouco importava que na beira do cais o velho Francisco e os outros rissem e comentassem. Ele era homem, dobrava uma mulher aos seus pés. Agora já podia sair com o *Valente* pelos portos todos, sozinho como um verdadeiro mestre de saveiro. Voltou em meio do temporal que desabou. A mulata se acolheu no seu peito com medo. Ele sorriu pensando que Iemanjá estaria com ciúmes e descarregava contra ele os ventos e os raios.

Um dia, passaram-se outros anos, passaram outras mulheres, o velho Francisco quase deixa o *Valente* bater numa coroa do rio. Se não fosse Guma virar a mão no leme, era uma vez um saveiro. O velho baixou a cabeça e não sorriu mais durante a viagem. Não pilheriou no bar de Maragogipe, não contou histórias nos botequins de Cachoeira. Na volta entregou o leme a Guma e se estendeu ao comprido nas tábuas do saveiro. Deixou que o sol da manhã alta esquentasse seu corpo. Falou para Guma:

— Velejei nessas águas mais de trinta anos...

Guma olhou para o tio. O velho bateu o cachimbo:

— Nunca saí daqui, não quis correr outras terras. Frederico não era desse gênio. Não se contentou com viajar pelo rio. Achava que bom era ser marinheiro de navio, era conhecer todas as terras... Cada um tem seu gênio...

O sol batia nas águas calmas. As coroas de pedras faiscavam. Guma consolou o velho:

— Vosmicê teve quatro saveiros, tio...

— Foi numa viagem que Frederico arranjou você. Já vai dezoito anos... Ele andava viajando como marinheiro. Primeiro foi nesses calhambeques da Bahiana, depois se meteu em navio grande, andou por este mundão. Você ficou com a gente até que um dia ele voltou.

— Eu me lembro, tio. Foi numa noite de repente.

— Não quis dizer por que voltou. Acho que negócio de mulher. Corria que ele tinha tirado as tripas de um. Era um mulato valente. Não aguentava desaforo...

Guma sorriu lembrando o pai vestido com uma capa preta impermeável, as gotas de chuva caindo, abraçando Francisco:

— Tou aqui, meu irmão...

Primeiro Guma ficou com medo. Fugiu mesmo aos beijos do pai, aos seus bigodões. Agora achava um prazer imenso em relembrar aquela cena, o pai chegando de repente, depois de ter tirado as tripas de um por causa de uma cabrocha. Aquele pai que conhecera terras diferentes, que andara em grandes navios.

O velho Francisco continuou:

— Aí ficou comigo nos saveiros. Era o *Estrela da Manhã*...

— Me lembro... Bicho batuta!

— Té aquela noite da tempestade de agosto. Ele ficou mesmo rindo na hora de deixar a alma. Era mesmo valente. Minha velha também se foi naquela noite... Foi do coração. Até médico eu chamei. Não adiantou nada. Era o coração.

Guma ficou pensando no motivo por que o velho Francisco recordava aquilo tudo. Ele sabia muita história para contar, para que contar a história dele mesmo? Achava aquilo sem jeito e se entristecia.

— Eu devia ter deixado de viajar desde aquele dia. Não tinha mais nada que fazer... Mas você ficou comigo, eu tive que te ensinar a domar um barco... Agora, você já tá sabendo...

O velho sorriu. Guma também. Ele já sabia se conduzir em cima de um barco. Quem não sabia mais era o velho Francisco, que tudo que sabia dera ao sobrinho.

— Eu sou um velho... Tou acabado... Nem os peixes me querem mais, porque só tenho osso...

Ficou em silêncio um minuto, como que tomando forças:

— Você viu? Na subida por pouco não jogo o *Valente* em cima das pedras...

— Qual o quê, tio, passou longe.

— Isso porque você meteu o braço no leme. Meus olhos já se gastaram. A luz do mar come os olhos da gente...

Ficou espiando Guma como quem tinha algo de muito importante a dizer. O sol o castigava, mas ele estava mesmo que animal velho se esquentando ao sol. Levantou uma mão:

— Sou um velho, tou acabado. Mas não queria que no cais aqueles negros se risse de mim. O velho Francisco depois de trinta anos jogou o saveiro em cima de uma pedra. Nem os peixes me queria mais...

Vinha angustiada a sua voz. Havia nela qualquer coisa de fim, uma angústia inexprimível. Guma ficou sem saber o que dizer. O velho Francisco continuou:

— Tu não diz nada... Não há de querer ver minha vergonha...

O resto da viagem foi em silêncio e essa foi a última viagem do velho Francisco.

Agora era ele somente quem corria com o *Valente* aquelas águas azuis. O velho Francisco remendava velas, bebia cachaça, contava histórias. Para ele tudo terminara, de tão valente que fora o mar não o quisera. Ele vira Iemanjá sorrindo, não precisou morrer para vê-la.

Guma ficou nos saveiros, ficou no cais, mas o destino de seu pai o tentava, amava os grandes navios que aportavam no cais, escutava enlevado as línguas estranhas que os marinheiros loiros falavam, ouvia as histórias que os pretos foguistas contavam, e dizia, de si para si, que um dia também andaria num navio daqueles, veria outras luas e outras estrelas, cantaria as canções do seu cais em portos onde os homens não entenderiam seu falar e escutariam de voz baixa as suas cantigas, só pela música, só porque sabiam que cantiga de marinheiro, seja em que língua for, fala de mar, de desgraça e de amor. Um dia entraria num navio daqueles, olharia os saveiros bem pequeninos, trocaria as águas calmas da baía e do rio Paraguaçu pelas águas agitadas do mar sem limites, da estrada sem fim que levava às terras mais distantes. Ah! andar num navio negro, viver as histórias que ouvia, isso era o seu desejo. Alguns homens dos saveiros já tinham ido. Voltavam às vezes, contavam coisas terríveis, aventuras de amor, aventuras de tempestades e naufrágios, lutas com homens amarelos no outro lado da Terra, falavam uma língua que era a mistura de todas as outras. Mas acontecia também que, por vezes, não voltavam. Chico Tristeza (quem não se lembrava dele?) ainda menino engajou num cargueiro alemão. Era um preto grosso que não sorria. Vivia olhando as ondas, os navios e só falava em ir embora. Parecia que sua terra era outra, era do outro lado do mar. Engajou Chico Tristeza. Uma noite o seu navio chegou de torna-viagem. Os homens dos saveiros correram para ver Chico Tristeza. Até sua velha mãe, que vendia cocada no centro da cidade, apareceu e ninguém soube como a notícia lhe chegara. Mas voltaram todos porque Chico Tristeza não viera com seu navio. Se passara para outro e já era foguista. Deste outro, diziam os alemães, já saíra para um terceiro e ninguém sabia em que parte do mundo Chico Tristeza andava. Quando conversavam sobre ele havia quem dissesse que ele morrera, mas ninguém acreditava. Um marinheiro vem morrer no seu porto, junto dos seus saveiros e dos seus mares. A não ser que morra no mar. Assim mesmo vem logo com Iemanjá ver a lua do seu cais, escutar as cantigas da sua gente. Chico Tristeza não morrera.

Guma, que pouco o conheceu, ainda era menino quando ele partiu, Guma o ama e quer ser como ele. Aqueles navios negros o tentam. Há um mistério neles, no seu apito, na sua âncora, nos seus mastros. Um dia Guma irá para as terras do sem-fim. Só o velho Francisco o prende a seu cais, é sua âncora. Ele precisa ganhar a comida do seu tio que tudo lhe ensinou. Quando o velho se cansar da beira do cais e for ver Iemanjá, então ele partirá, sua estrada não terá mais limites, seu saveiro será um navio negro e enorme, no cais contarão histórias sobre ele.

Ficara no *Valente*, sozinho, e considerou sua adolescência acabada. Muito cedo terminara também sua infância, que homem ele já era desde há bastante tempo, mesmo antes de amar aquela cabrocha que o velho Francisco deixara no saveiro se espreguiçando. Um dia sua mãe viera e fora muito antes da cabrocha, fora anos antes, e naquele dia ele já levava o saveiro até Itaparica e já sentia, no corpo, desejos de homem. Naquele dia sofrera rudemente como um homem; foi naquele dia que o pecado entrou no seu coração e o desejo de partir começou a viver dentro dele. Desde então era homem.

Trazia bem pouca coisa da sua infância de filho do mar, cujo destino já estava traçado pelo destino do pai, do tio, dos companheiros, de todos que o rodeavam naquela beira de cais: seu destino era o mar e era um destino heroico. Talvez mesmo ele não soubesse disso, talvez mesmo nunca houvesse pensado que ele seria como o eram aqueles homens que gritavam durante o dia nomes feios nos saveiros e cantavam à noite canções de amor com voz doce, um herói que arriscava a vida sobre as águas, chovesse ou brilhasse o sol no céu da Bahia de Todos-os-Santos. Nunca pensara que era heroico o seu destino e que sua vida seria bela. Sua infância não fora também descuidosa que a muito teve ele que atender, cedo jogado na proa de um barco, acostumando os olhos com as coroas de pedras que mal se enxergavam à flor das águas, calejando as mãos nas cordas de pescaria e na madeira do leme.

Estivera na escola, sim. Era uma casa tosca detrás do cais, a professora rimando sonetos de amor (talvez o amor viesse num navio na noite sempre misteriosa do mar, talvez não viesse nunca e ela era lânguida e tinha voz fresca de desencantada), a garotada contando aventuras de pesca, falando a língua estranha dos marítimos, fazendo apostas sobre corrida dos barcos.

Estivera pouco tempo na escola. Não levavam lá, ele e os demais filhos dos mestres de saveiro e dos canoeiros, mais que o tempo de aprender a soletrar uma carta e garatujar um bilhete, se esforçando para botar um rabo embaixo da última letra da assinatura. Muito que fazer esperava em casa ou no oceano, eles iam logo. E, quando a professora os via (chamava-se Dulce), não os reconhecia mais, eram uns homenzarrões, de peito descoberto e rosto queimado. Ainda passavam por ela, tímidos, de cabeça baixa, e todavia a amavam porque ela era boa e cansada de tudo o que via na beira do cais. Via coisas bem tristes aquela menina que viera da Escola Normal ensinar ali para ajudar uma mãe pobre, que já fora rica, e um irmão bêbedo, que já fora esperança dela, da mãe, e, também, do pai, um senhor de bigodes e voz sonora, que morrera antes de tudo ser tão feio no mundo da sua casa. Chegara para substituir uma solteirona de palmatória e gritos histéricos e quis fazer do seu curso a casa alegre dos meninos do cais. Mas viu coisas tão tristes junto aos navios, nas casas toscas dos pescadores, nas proas dos saveiros, viu de tão perto a miséria que não teve coragem e perdeu a alegria, não olhou mais o mar com o encantamento dos primeiros dias, não esperou mais um noivo, não teve mais rimas para os seus versos. E como era religiosa, ficou rezando porque Deus, que era bom, tinha que acabar com tanta miséria senão era o fim do mundo. Da janela da sua escola a professorinha olhava todos aqueles meninos rotos e sujos de lama que saíam sem livros e sem sapatos, meninos que dali iam para o trabalho, para a vadiagem dos botequins, para a cachaça, e não compreendia. Todos diziam que ela era boa e ela sabia disso. No entanto, só no começo, ela se sentiu digna do adjetivo. Isso quando dizia palavras de consolo e de esperança em Deus àquela gente desiludida. Mas há muitos anos que essa esperança terminara realmente, e, agora, era apenas fórmula, era tudo exterior, nada vinha mais dos corações tão chagados. Ela também cansou de esperar. E não teve mais palavras de conforto, nem ternas palavras de esperanças. Nada podia fazer por aquela gente que lhe mandava os filhos por seis meses. Não merecia que a classificassem de boa, que em nada ela os ajudava, não tinha uma palavra com sentido para lhes dizer. E se não viesse um milagre, de repente, assim como vêm as tempestades, então ela se finaria de tristeza, da tristeza de nada poder fazer pelos homens do mar.

Na sua escola, Guma aprendera a ler e a escrever o nome.

Bem mais quis ela lhe ensinar, bem mais queria ele aprender. Mas o velho Francisco o chamava para o saveiro, que seu destino estava lá. Doutor nunca saíra da beira do cais. No entanto já haviam saído maquinistas, foguistas e até um progrediu tanto que chegou a telegrafista de um navio de passageiros.

Não deixou a escola com tristeza, também não deixou com alegria. Gostava da professora, não fora tão difícil aprender a ler, gostava de Rufino, um negrinho que fazia tatuagens com ponta de alfinete e nunca sabia a lição. Mas, gostava também de andar sobre o mar, num barco, e seguir seu destino. Dulce deu-lhe uma medalha no dia em que ele se foi.

Da janela ela viu Guma que partia. Tinha onze anos e lá ia ele, apto para a vida como os jovens médicos e advogados aos vinte e três e vinte e cinco. Também ia entrar na vida, ia começar sua profissão e, no entanto, não havia festa, não havia solenidade, apenas o desafogo de não ser necessário lavar tantas vezes a sua roupa, porque para a escola era preciso ir mais limpo. Nenhuma esperança ia também naquele peito. Nenhuma ideia de grandes conquistas, de grandes descobertas, de inventos maravilhosos, de poemas eloquentes ou doces. Ela sabia que Guma era inteligente e poucos colegas ela encontrara na Escola Normal, entre os seus amigos das academias, que fossem tão inteligentes como ele. No entanto aqueles pensavam sempre realizar grandes coisas, traçar seus destinos. Os meninos que saíam da escola nunca tinham nenhum desses pensamentos. O destino deles já estava traçado. Era a proa de um saveiro, os remos de uma canoa, quando muito as máquinas de um navio, ideal grandioso que poucos alimentavam. O mar estava diante dela e já tragara muitos alunos seus, e tragara, também, seus sonhos de moça. O mar é belo e é terrível. O mar é livre, dizem, e livres são os que vivem nele. Mas Dulce bem sabia que não era assim, que aqueles homens, aquelas mulheres, aquelas crianças não eram livres, estavam acorrentados ao mar, estavam presos como escravos e Dulce não sabia onde estavam as cadeias que os prendiam, onde estavam os grilhões dessa escravidão.

Lá ia Guma, que aprendera tão rapidamente a ler. Poderia ter entrado na Politécnica, seria um grande engenheiro e talvez inventasse uma máquina que melhorasse o destino dos marinheiros no mar instável. Mas, os meninos do cais não vão às faculdades. Vão para os saveiros e para as canoas. Cantarão à noite e a voz de alguns é muito bela. Porém as canções são tristes como a vida que levam. Dulce não compreende.

Mas Dulce espera um milagre. Virá assim, de repente, como uma tempestade. Tudo mudará e será belo. Será belo como o mar. E se um dia for ela quem saiba a palavra que provoque o milagre e se for ela quem a diga a essa gente do cais? Então merecerá, em verdade, que a chamem de boa e que tragam o que de melhor têm em casa quando ela os visitar.

Quando via Dulce ou quando o vento do mar balançava a medalha que trazia ao peito, Guma se lembrava da escola e da infância rápida. Fora tudo muito ligeiro.

Um dia, dia que já ia muito longe, chovia na cidade e os saveiros estavam parados, o velho Francisco contava para a mulher e para Guma a história de um naufrágio, quando a porta se abriu e um homem entrou embuçado numa capa de oleado, escorrendo chuva. Quase que só via os bigodões do homem, porém nunca esqueceu a voz que dizia ao velho Francisco:

— Tou aqui, meu irmão...

Guma tivera medo. Mas o homem marchara para ele e o beijara, o espetara com seus bigodões e rira satisfeito, olhando para a cara de Guma. Depois foi conversando com o velho Francisco, contando uma história de barulho, de um "homem que ele mandara para as profundas...". Foi assim que seu pai apareceu de volta-viagem, de ter corrido terras e mares desconhecidos. Voltara com a vida de um na ponta do seu punhal e sem poder mais sair das suas águas. Mas como seu pai amava era viajar, e isso não podia fazer, não durou muito nos saveiros, ficou com o *Estrela da Manhã* no fundo do mar, depois de salvar o irmão. Só assim pôde ele continuar sua viagem interrompida e foi com Iemanjá, que ama os homens de coragem.

Guma se lembrava vagamente do pai, mas se lembrava sempre dele entrando em casa, na noite do temporal, com aquela capa de oleado preto, pingando chuva, trazendo ainda a faca que tirara a vida de um homem. Devia ter sido arte de mulher, dizia o velho Francisco toda vez que lhe falavam no assunto. Frederico fora sempre mulherengo...

Na noite em que morreu, morreu também tia Rita, a mulher de Francisco. Quando a tempestade desabou ela correu para o cais e levou Guma consigo, acolhido embaixo do seu xale. Lá haviam esperado inutilmente. Depois voltaram para casa, que a hora do jantar se aproximava. Ela preparou o peixe para os homens. Talvez que eles nessa hora é que fossem jantar de outros peixes. Ela esperava andando de um lado para outro, rezando à Senhora de Mont Serrat, fazendo promessas a Iemanjá. Levaria sabonetes para a festa de dona Janaína e duas velas para o altar da Senhora de Mont Serrat. No meio da noite Francisco chegou. Ela correu para os seus braços, e neles ficou sua vida. Não teve coragem para tanta alegria. Até médico veio, já era tarde. O coração estourou e Guma ficou sozinho com o velho Francisco.

Ia às festas de dona Janaína, conheceu Anselmo, o feiticeiro do Dique, o que tinha força junto à dona do mar, conheceu Chico Tristeza que se fora embora num navio. Ainda era muito menino quando o preto fugiu de casa. Mas o vira muitas vezes junto ao cais olhando para o fim de tudo, para a linha azul onde tudo acaba. A terra de Chico era muito longe com certeza, era para as bandas do sem-fim e ele se fora. Até agora procurava, e certamente voltaria um dia porque ele era um marinheiro daquele porto e devia morrer nele. Ainda havia de rever dona Dulce, com quem aprendera a ler e que sempre falava nele. Quando viesse, muito teria que contar e em torno dele se sentariam os homens, mesmo os mais velhos do cais, para ouvir suas histórias. Que ele voltava não havia dúvida. Os navios têm o nome do seu porto escrito na ré, por cima das hélices. Assim os marinheiros têm o nome do seu cais no coração. Alguns mandam mesmo tatuar esse nome no peito junto com os nomes das amadas. Acontece um navio naufragar, longe do seu porto. Assim também um marinheiro morre longe do seu cais. Mas logo ele vem com Iemanjá, que sabe de onde são todos eles, ver sua gente e sua lua antes de ir correr o desconhecido. Chico Tristeza havia de voltar. Então Guma saberia dele muitas coisas, e iria também, que os grandes caminhos do mar o tentavam.

De todas as recordações da sua infância, a de Chico Tristeza, partindo de súbito num navio, era a mais recordada. Um dia ele faria o mesmo.

Nas noites da sua infância muitas vezes dormiu no tombadilho do saveiro atracado ao pequeno cais. De um lado, enorme e iluminada de mil lâmpadas elétricas, estava a cidade. Subia pela montanha e seus sinos badalavam, dela vinham músicas alegres, risadas de homens, ruídos de carros. A luz do elevador subia e descia, era um brinquedo gigantesco. Do outro lado era o mar, a lua e as estrelas, tudo iluminado também. A música que vinha dele era triste e penetrava mais fundo. Os saveiros e as canoas chegavam sem ruído, os peixes passavam sob a água. A cidade, mais barulhenta, era bem mais calma no entanto. Lá havia mulheres lindas, coisas diferentes, cinema e teatro, botequins e muita gente. No mar nada disso havia. A música do mar era triste e falava em morte e em amor perdido. Na cidade tudo era claro e sem mistério como a luz das lâmpadas. No mar tudo era misterioso como a luz das estrelas. As estradas da cidade eram muitas e bem calçadas. No mar só havia uma estrada e essa oscilava, era perigosa. As estradas da cidade já estavam há muito conquistadas. A do mar era conquistada diariamente, era ir a uma aventura toda vez que se partia. E na terra não há Iemanjá, não há as festas de dona Janaína, não há música tão triste. Nunca a música da terra, a vida da terra tentou o coração de Guma. Mesmo, na beira do cais nunca se contou uma história que referisse o caso de um filho de marinheiro ser tentado pela vida calma da cidade. Se alguém falar disso aos velhos cosedores de velas, eles não compreenderão e hão de se rir. Bem que um homem pode ser tentado a ir pelo mar para outras terras, isso sim. Mas a deixar seu saveiro pela vida de terra, isso, só com uma gargalhada e um trago de cachaça se pode ouvir.

Guma nunca foi tentado pela terra. Lá não há aventura. A estrada do mar, larga e oscilante, essa, sim, o tentava. E o levaria, sem dúvida, para onde ele encontrasse aquilo que lhe faltava, amor, morte, não sabia o quê. Seu destino era o mar.

Foi numa noite assim que sua mãe veio. Ninguém lhe falara nela e ela veio da terra, era da terra, nada tinha das mulheres do mar, nada tinha de comum com ele, lhe parecera uma mulher da vida, que era o que ele esperava. Veio unicamente para fazê-lo sofrer. E não mais voltara. Outras mulheres tinham vindo de terra para o seu barco, primeiro mulheres da vida que vinham por dinheiro, depois mulatinhas, negras jovens das casas perto do cais, e essas vinham porque o achavam forte e sabiam que o amor dele devia ser bom. As primeiras recordavam sua mãe. Tinham o perfume que ela usava, falavam como ela falava, apenas não sabiam sorrir como a sua mãe sorrira naquela noite. Sua mãe sorrira como as mulheres do cais sorriem para os filhos e assim era meio mãe, meio mulher da vida, ainda fazia sofrer mais.

Não voltara mais. Andaria por outros portos com outros homens. Quem sabe se à noite, quando o último homem se fosse e a deixasse só, ela não se recordaria daquele filho que vivia nos saveiros e não lhe soubera dizer uma palavra? Quem sabe se ela não se embriagaria por amor àquele filho, perdido para ela? Mas se a música vem do mar e atravessa o forte, os saveiros, as canoas, e fala em amor, Guma esquece de tudo, e se deixa ir no doce acalanto dessa toada tão bela.

A sua infância fora rápida e quase não tivera brinquedos, mas nela já começara a experimentar as suas forças. Aquele talho grande que tinha na mão fora uma briga dos seus quatorze anos. Os outros eram Jacques, Rodolfo, o Vesgo, e Maneca

Mãozinha. Ele estava só com Rufino e a briga foi por causa de besteira, por causa de Maneca Mãozinha ter espiado as coxas da irmã de Rufino, uma pretinha de pouco mais de dez anos. Ele ia com o negro conversando bobagens quando Maricota chegou chorando:

— Ele estava espiando debaixo de minha saia...

Rufino foi procurar Mãozinha. Guma não era homem para deixar um companheiro numa hora dessas, e mesmo a lei do cais manda outra coisa. Foram juntos e encontraram os quatro ainda rindo. Rufino virou a mão, que ele não era de discussões nem de xingamentos, e a briga foi feia. Era no areal que o sol da manhã incendiava e rolaram aos socos. Maneca Mãozinha, que tinha uma mão torta, ficou estendido com o soco de Rufino. Mas ainda assim eram três contra dois e no meio do barulho, Rodolfo, que não prestava mesmo, puxou de uma navalha e foi aquela sangueira. Rufino levara um talho debaixo do queixo, e, quando Guma acudiu, só pôde foi desviar com a mão a lâmina que era para o seu rosto. Apesar da navalha e de serem três, correram. O negro Rufino limpou o sangue e prometeu:

— Aquele Rodolfo me paga. Um dia eu ensino ele...

Guma não disse nada. Ele amava a lei do cais e ela não permitia que se puxasse uma navalha, a não ser quando o adversário era maior em número. Quem não cumpria a lei do cais não valia nada para ele.

Uma semana depois, Rodolfo apareceu com a cara quebrada, estirado na areia, sem navalhas e sem calças. Rufino cumpria suas promessas.

Gostava de Rufino desde a escola. Sem pai, criado pela mãe, Rufino pouco durara na escola. O que aprendera lá se reduzia a quase nada: a tatuar nos companheiros âncoras e corações, com uma pena e tinta azul. Dona Dulce ralhava com ele, mas o negro ria com seus olhos mansos e dentes largos e dona Dulce sorria também. Largou a escola, foi sustentar a mãe e a irmã. Emprestou seus braços de gigante a todos os canoeiros. Remava com coragem, porque não havia na beira do cais quem tivesse mais confiança em Iemanjá do que ele. E um dia teria uma canoa sua, sem dúvida, que já pedira na festa do Dique e mandara um frasco de perfume para que a Princesa de Aiocá (assim chamam os negros a Iemanjá) tivesse os cabelos sempre cheirosos. Ela lhe daria uma canoa, que ele era o mais entusiasmado na sua festa, e ainda um dia seria ogã do seu candomblé. Ria muito o negro Rufino. Bebia muito, também, e cantava com uma voz baixa, que fazia silenciar todas as outras.

Já Rodolfo não parecia um homem dali. Seu pai chegara um dia, abrira uma venda, que faliu. Apesar disso não saiu do cais, arranjou uma portinhola no mercado, vendia na feira de Água dos Meninos. Rodolfo nasceu, era um branco bonito, cabelo bem liso que ele trazia tratado a brilhantina. Quando cresceu, deixou o leme do saveiro que o pai lhe arranjara, desertou das águas e vivia aparecendo e desaparecendo. Por vezes chegava com muito dinheiro, pagava cachaça para todos, fazia freges no Farol das Estrelas. Outras vezes aparecia miqueado, a pedir dez tostões emprestados, a beber à custa dos outros. No cais olhavam para ele com certo receio e diziam que não era boa bisca.

Jacques cresceu nos saveiros como Guma. Casou e logo morreu numa noite de tempestade. Morreu como o pai, e deixou a mulher com um filho na barriga. Maneca Mãozinha ainda estava nos saveiros, com sua mão aleijada, mas sabendo dirigir um barco como ele só. Até mestre Manuel, tão velho no cais e sempre moço, o respeitava.

Esses haviam sido seus amigos de infância. Eram muitos os meninos como eles no cais, agora homens nos saveiros. Não esperavam grande coisa da vida: viajar sobre as ondas, ter um saveiro seu, beber no Farol das Estrelas, fazer um filho que seguisse seu destino e ir um dia com Iemanjá. Bem que canta uma voz no cais nas noites mais belas:

É doce morrer no mar...

Dona Dulce, que está envelhecendo e já botou óculos, ouve a música e sabe que eles morrerão sem temor. Apesar disso, sente uma amargura no seu coração. Teme por eles, tem pena desses homens. O velho Francisco, que já não viaja, que fica no cais esperando a morte calma, livre das tempestades, das traições das ondas, sabe também que eles morrerão sem temor. Mas ao contrário de dona Dulce, o velho Francisco tem inveja deles. Pois contam que a viagem que os náufragos fazem com Iemanjá, para as terras do sem-fim, por sob os mares, mais veloz que os mais velozes navios, vale bem essa vida porca que eles levam no cais.

ACALANTO DE ROSA PALMEIRÃO

Rosa Palmeirão é um nome que soa bem aos ouvidos da gente do cais. Contam muitas histórias dessa mulata. O velho Francisco sabe inúmeras, em prosa e verso, porque Rosa Palmeirão já tem abc e até os cegos do sertão cantam as suas estrepolias. Os homens do cais, que a conhecem, gostam dela e nenhum lhe nega fogo para seu cachimbo e um largo aperto de mão. E junto de Rosa Palmeirão ninguém conta valentia.

Nas noites em que não saem muitos saveiros o velho Francisco narra histórias. É bem verdade que o velho Francisco aumenta as histórias que conta, inventa pedaços inteiros. Mas por mais que aumente nunca dirá mesmo a inteira verdade sobre Rosa Palmeirão. Nenhum contador de histórias desse mundo (e os melhores estão na beira do cais da Bahia) pode dizer tudo que Rosa Palmeirão já fez. Ela já fez muita coisa, tanto assim que o velho Francisco está cantando no seu violão para uma roda:

Rosa Palmeirão tem navalha na saia,
Tem brinco no ouvido e punhal no peito,
Não tem medo de rabo de arraia,
Rosa Palmeirão tem corpo bem-feito.

Ah! não seria nada se ela não tivesse o corpo bem-feito. Sua fama já viajou, corre mundo, todo marinheiro a conhece. Todos têm medo da navalha na saia, do punhal no peito, da mão fechada. Mas têm mais medo ainda do corpo bem-feito de Rosa Palmeirão. Ela engana muito. Ela vai passando, o corpo se mexendo, mesmo chamando, nem parece que é ela. O marinheiro vai atrás, a areia é macia e a lua é bela no mar. Cantam no cais que a noite é para o amor. Ela vai remexendo o corpo, anda gingando como se fosse marítima também. O marinheiro não sabe, vai atrás dela. A areia os espera. Nem parece que é Rosa Palmeirão de tão bonita. Pobre do marinheiro se ela não gostar dele ou se ela não quiser amar essa noite. Rosa Palmeirão traz navalha na saia, punhal no peito. Rosa Palmeirão já deu em seis soldados, já comeu vinte prisões, já bateu em muito homem. O velho Francisco canta:

Rosa bateu em seis soldados
Na noite de São João.
Chamaram seu delegado,
Ele disse: — Não vou lá não.

Veio toda a puliça,
Ela puxou o punhal,
Foi medonho o rebuliço,
Foi uma noite fatal.

Ela bateu em homem, ela fez correr toda a polícia. Era valente e era bela. O velho Francisco canta as proezas de Rosa Palmeirão e todos aplaudem:

Veio orde de trazer
Palmeirão ou morta ou viva…
Ela puxou a navaia,
Só se viu homem correr…

Ouvem e aplaudem. Guma é dos que mais aplaudem. Ele não tem lembrança de Rosa Palmeirão. Já faz muitos anos que ela foi embora daquele porto. Andou primeiro o Recôncavo todo, viajou depois para o sul do estado, se amigou uns tempos com um coronel, deu uma surra medonha nele, desapareceu nesse mundo sem fim. Um dia passou de novo pela Bahia, mas quase ninguém a viu, chegou num navio e foi no outro, dizem que não tinha envelhecido nada, que era a mesma. A flor (uma rosa-palmeirão) que trazia sempre no vestido lá estava. Mas foi embora novamente, e só resta dela nessas noites o seu abc e as histórias que os homens contam debaixo da sombra que o mercado projeta. Tinha um corpo bonito e não perdeu nada ainda. Quando amava um homem, era mulher como nenhuma. Então sua rosa andava ainda mais bonita, botava cheiro no cabelo. Quem se metesse com ela quando estava de amigo não tinha remédio: Rosa Palmeirão era mulher de um só. O velho Francisco cantou:

Se de dia era valente,
Valente como ela só...
De noite era diferente,
Dos homens ela tinha dó...

Na memória dos homens do cais passava o perfil de Rosa Palmeirão. Alguns dos que estavam ali, Brígido Ronda, por exemplo, a haviam amado. Quase todos tinham assistido às lutas de Rosa Palmeirão, por isso gostavam de ouvir o seu abc e as histórias das suas brigas. Por onde andaria Rosa Palmeirão? Nascera naquele cais, fora pelo mundo, que não gostava de estar num lugar só. Ninguém sabe por onde ela anda. Onde ela estiver tem barulho. Porque ela traz navalha na saia, punhal no peito e porque tem um corpo bem-feito.

Uma noite ela desceu da terceira classe de um navio que chegava do Rio. O 35 pegou sua bagagem e foi levar de graça para um quarto do Farol das Estrelas. Cinco minutos depois todos no cais sabiam que Rosa Palmeirão havia voltado e ainda era a mesma, não tinha envelhecido. Rosa Palmeirão tem corpo bem-feito, o verso podia continuar. Não saiu nenhum saveiro nessa noite. Cargas de telhas, de laranjas, de abacaxis e sapotis esperaram pela manhã do dia seguinte. Rosa Palmeirão tinha voltado depois de muitos anos de ausência. Os marinheiros de um baiano correram para o Farol das Estrelas. Os canoeiros vieram também. O velho Francisco trouxe Guma.

Vinha um rumor de copos da sala do botequim. Uma lanterna vermelha iluminava o desenho de um farol de luz baça.

Quando eles entraram, Rosa Palmeirão estava sentada no balcão e ria muito, os braços abertos, um copo na mão. Quando avistou o velho Francisco, se atirou de um salto, apertou os braços no pescoço dele:

— Olhe o velho Francisco... Olhe o velho Francisco... Bem diz que vaso ruim não quebra...

— Por isso nós dois tá vivo...

Ela ria, sacudia o velho Francisco:

— Tu não ficou no fundo do mar, hein, desgraça velha? Quem houvera de dizer...

Reparou Guma:

— Quem é esse taifeiro? Dá parença com você...

— É meu sobrinho Gumercindo, que a gente chama de Guma. Tu viu ele bem menino...

Ela ficou se lembrando. Logo sorriu:

— É o filho de Frederico? Aperte esses ossos, menino... Teu pai era um homem e tanto...

— Era meu irmão — riu Francisco.

— Tá aí dois irmão que não se parecia. Ele não tinha cara de peixe morto.

Todos riram, porque Rosa Palmeirão tinha mesmo muita graça, abanava as mãos, falava igual a um homem, bebia como poucos. O velho Francisco bateu palmas e disse:

— Minha gente, vamos beber porque chegou essa bruaca velha... Eu pago um gole para todos...

— Eu pago outro... — gritou mestre Manuel, que nesse tempo ainda não morava com Maria Clara.

Sentaram-se e emborcaram os copos de cachaça. Seu Babau, o dono do Farol das Estrelas, andava de um lado para outro com a garrafa de rabo de galo na mão, contando os copos bebidos. Rosa Palmeirão veio sentar junto de Guma numa mesinha do canto. Ele olhava para ela. Tinha o corpo bem-feito. As nádegas grandes oscilavam como a proa de um saveiro. Ela engoliu a cachaça, fez uma careta:

— Eu conheci teu pai, mas não sou tão velha assim...

Guma riu, olhando os olhos dela. Por que o abc não falava

naqueles olhos fundos, verdes, que pareciam uma pedra do fundo do mar? Mais que o punhal, a navalha, o corpo bem-feito, as nádegas de saveiro, aqueles olhos metiam medo, eram fundos e verdes como o mar. Quem sabe se eles não variavam com a cor do mar, mar azul, verde, mar de chumbo nas noites pesadas de calmaria?

— Eu também conheci o velho Frederico e só tenho vinte anos...

— Também não sou tão neném... Mas mijei muito nas calças de Frederico. Você, é ver ele...

Agora era mestre Manuel quem pagava o copo de cachaça. Gritou para Rosa Palmeirão:

— Quem tá pagando sou eu, mulher dos diabos...

Ela virou na cadeira:

— E eu não mereço não?

— Tu tá ficando um couro, Rosa — riu o velho Francisco.

— Cala a boca, canoa emborcada. Tu não entende dessas coisas...

— Bem dito, Rosa. Tu ainda tira o juízo dum — apoiou Severiano.

Rosa Palmeirão falou para Guma:

— Tou mesmo um couro assim como seu tio disse? — e ria e olhava bem dentro dos olhos dele. Ela tinha punhais nos olhos também.

— Que nada... Não tem quem arresista...

Olhos de Rosa Palmeirão que sorriem. Para que essa sala de botequim se a areia do cais é macia e o vento que passa é morno? Os olhos de Rosa Palmeirão são da cor do mar.

Mas agora Rosa Palmeirão não é de um homem só. É de todos eles do cais que querem saber o que ela fez durante tanto tempo fora da sua terra. Por onde andou, que brigas teve, que cadeias correu. Reclamam de todos os lados que ela conte:

— Eu só vou dizer uma coisa pra vocês... Andei por este mundão que Deus me acuda. Andei por tanto lugar que nem sei mais. Vi cidade grande, cidade que cabe dez Bahia...

— Tu andou no Rio de Janeiro?

— Andei três vez... Tou chegando de lá.

— É muito bonito?

— É uma beleza... Uma fartura de luz e de gente que até dói...

— Muito navio grande?

— Cada um grandão que não dá pra entrar aqui. Tem uns que de ponta a ponta bate do cais no quebra-mar...

— Não tá grande demais, não?

— Tu viu? Pois eu vi. É só perguntar pra um marinheiro de verdade. Ou tu tá pensando que canoeiro é marítimo?

Mestre Manuel atalhou:

— Eu também já vi falar... Diz-que é um disparate...

— Não mordeu nenhum homem por lá, Rosa? — perguntou Francisco.

— Homem de lá não é homem. Nem vale a pena. Eu vivi lá nos morro, era arrespeitada como quê. Nem queira saber. Uma vez um pexote quis se atravessar na minha frente na sala de um baile. Travanquei a âncora no pescoço do bicho, ele naufragou no chão. Só se viu risada...

Os homens agora estavam satisfeitos. Lá fora, no Rio, nas outras terras, ela tinha mostrado quem era. Rosa Palmeirão olhou para Guma e disse:

— Até eles disseram: se mulher da Bahia é assim, que dizer dos homens?

— Tu deixou fama, hein, Rosa?

— Tinha um vizinho meu que não sei que deu nele um dia quis se atirar em cima de mim. Eu estava enrabichada por um mulato que fazia samba, não dei ousadia. Uma noite ele veio com conversa fiada pro meu quarto. Foi conversando, olhando a cama e se atirou em cima. Eu disse para ele: "Compadre, levanta o ferro, dá teu fora". Ele bem do seu, ancorado ali como se fosse o porto dele. Bugalhava os olho pra mim. Eu avisei: meu homem tá pra chegar... Ele só disse que não tinha medo de homem. Eu perguntei pra ele: e de mulher tu tem medo? Ele disse que só de feitiço. E com os olho bugalhado em mim. Eu disse que era melhor ele ir embora. Mas ele não quis por nada. Até ia tirando as calças, eu aí me aborreci, sabe?

Os homens sorriam, antegozando o final:

— O que foi que teve?

— Peguei pelo pescoço, atirei pela porta. Ele ficou ainda espiando, arriado no chão, com cara de besta.

— Bem feito, negra...

— Vocês não viu o resto. Eu também pensei que tivesse acabado aí o verso. Mas tinha nada. Depois meu mulato chegou, eu não alarmei. Mas tinha dado uma raiva no homenzinho, e ele, negócio de meia-noite, invadiu a casa com mais meia dúzia. Meu mulato era bom na coisa e a gente não teve dúvida: foi um fuzuê de desmanchar... Os homens, coitado, pensava que era só bater no Juca, me agarrar e abrir a vela. Quando viro que a coisa tinha seu ipissilone, um já tava com cara quebrada e eu com a navaia velha de guerra na mão. Foi uma sangueira que até parecia pesca de punhal. Quando pensamo que não, olhe a puliça na porta. Tocou tudo pro distrito.

— Tu comeu a cadeia do Rio?

— Comi nada. Cheguei lá, contei tudo ao delegado, disse que Rosa Palmeirão não levava tapa assim não. O delegado era um doutor baiano, riu, disse que já me conhecia e mandou embora. Pedi pro Juca ir também, ele deixou. Os outro ficou tudo, fora um que foi pra assistência todo tatuado.

— Você teve sorte do delegado!

— Mas quando procurei o Juca, cadê? Nunca mais que vi. Picou com tanto medo de mim...

Os marinheiros riam. Os copos de cachaça se esvaziavam num momento. Mestre Manuel pagava. Quem foi que disse que Rosa Palmeirão era um couro? Guma estava com os olhos nela. Ela tinha um abc e sabia brigar. Mas tinha um corpo bem-feito e os olhos fundos. Rosa Palmeirão lhe disse:

— Nunca briguei com os homens que gosto... Pergunte a qualquer um... — Mas não viu nenhum medo nos olhos dele.

Saíram tarde do botequim. O velho Francisco foi embora, até mestre Manuel se cansou de esperar. Seu Babau disse para Rosa Palmeirão:

— Não vai dormir?

— Ainda vou espiar essas coisa aí fora...

Tinha muito tempo que ela não amava um homem naquelas areias. Muita gente pensava que ela só sabia brigar, que a vida para ela era um barulho, a ponta de uma faca, o brilho de uma navalha. Se homem valente vira estrela no céu ela um dia estaria lá entre eles. Mas a vida para Rosa Palmeirão não era só barulho. Do que ela mais gosta, mais do que de briga, de cachaça, de conversa, é de estar assim nos braços de Guma, estendida na areia, dominada, mulher, muito mulher, catando a cabeça dele, dengosa. Os seus olhos são fundos como o mar e como o mar variam. São verdes, verdes de amor nas noites do areal. São azuis nos dias calmos, e de cor de chumbo quando a calmaria é apenas o prenúncio da tempestade. Seus olhos brilham. Suas mãos, que manejam facas e navalhas, são agora doces e sustêm a cabeça de Guma, que repousa. Sua boca, que diz palavrões, é terna agora e sorri de amor. Nunca a amaram como ela desejou. Todos tinha medo dela, do punhal, da navalha, do seu corpo bem-feito. Pensavam que no dia em que ela se zangasse apareciam o punhal e a navalha, o corpo desaparecia. Nunca a tinham amado sem temor. Nunca ela vira uns olhos límpidos assim como os de Guma. Ele a admirava, não a temia. Mesmo aqueles que haviam tido a coragem de ver seu corpo bem-feito, apesar da navalha e do punhal, nunca a tinham olhado nos olhos, nunca tinham enxergado a ternura destes olhos de mar, desejosos de amor, ternos olhos de mulher. Guma olhou esses olhos e compreendeu. Por isso as mãos de Rosa Palmeirão alisam o seu cabelo, seus lábios sorriem e seu corpo estremece.

Três noites depois o *Valente* deslizava nas águas do rio Paraguaçu. Vinha um cheiro de frutas do porão. O vento arrastava o saveiro e não era necessário ninguém no leme, de tão calmo que estava o rio. As estrelas brilhavam no céu e no mar, Iemanjá viera ver a lua e espalhara os seus cabelos nas águas tranquilas.

Rosa Palmeirão (navalha na saia, punhal no peito) falou no ouvido de Guma:

— Você vai se rir de mim, me achar boba... Sabe o que eu queria ter?

— O que era?

Ela ficou olhando as águas do rio. Quis sorrir, ficou encabulada:

— Te juro que queria muito ter um filho, um filhinho para eu tomar conta e criar ele... Não ria não...

E não teve vergonha das lágrimas que rolaram sobre o punhal do peito, a navalha da saia.

LEI

Os barcos de pesca voltaram para o cais. Alguns mal tinham começado a pescaria e não tinham feito ainda para as despesas. Rufino voltou com a canoa do meio da baía. Saveiros que já estavam com as velas levantadas e a âncora suspensa baixaram a âncora e arriaram as velas. No entanto o céu era azul e o mar sereno. O sol clareava tudo e até clareava demais. Mesmo por isso os barcos de pesca haviam voltado, Rufino trouxera a canoa para o porto da Lenha, os saveiros arriaram as velas. A água foi mudando de cor, de azul que era ficou cor de chumbo. Severiano, um canoeiro decidido, veio andando para o lado do cais dos saveiros. Vendo que os saveiros não saíam, várias pessoas deixaram o mercado e tomaram o elevador. A maioria, porém, se deixou ficar porque o tempo estava bonito, o céu azul, o mar sereno, o sol brilhante. Para eles nada estava para acontecer.

Severiano se aproximou e falou para mestre Manuel e Guma:

— Vai ter coisa braba, hoje...

— Quem saí é que é doido...

Puxaram fumaça dos cachimbos. Pessoas entravam e saíam do mercado Modelo. O sol reluzia nas pedras pequenas do calçamento. Na janela de uma casa uma mulher estendia uma toalha. Marinheiros trepados no dorso de um navio o lavavam. O vento começou a correr sacudindo a areia que voava. Severiano perguntou:

— Tem muita gente no mar?

Mestre Manuel olhou em volta. Os saveiros balouçavam sobre pequenas ondas.

— Que eu saiba, não... Quem tiver fica por Itaparica ou Mar Grande...

— Eu não queria tá n'água numa hora dessas...

O velho Francisco se juntou ao grupo que ia aumentando:

— Foi num dia assim que João Pequeno bebeu água...

Ora, João Pequeno foi o mestre de saveiro que mais conhecia da profissão naquele cais inteiro. Sua fama era respeitada muito longe. Homens de Penedo, de Caravelas, de Aracaju falavam nele. Seu saveiro ia mais longe que todos os outros e não temia temporais. Entendia tanto daquela barra que um dia João Pequeno foi convidado para prático. Entrava com os navios nas noites de tempestade. Ia buscá-los lá fora, pulando sobre as ondas e os trazia evitando os perigos da barra difícil nos dias de temporal.

Pois numa noite assim calma, só que o mar estava cor de cobre, ele se aventurou a sair. Um navio não sabia o caminho, vinha à Bahia pela primeira vez. João Pequeno não voltou da aventura. O governo deu uma pensão à mulher dele, mas depois cortou por economia. Hoje de João Pequeno só resta a fama na beira do cais.

O velho Francisco, que o conheceu, já contou a história de João Pequeno umas cem vezes. E os que o escutam ouvem-na sempre com respeito. Dizem que João Pequeno aparece nas noites de tempestade. Muitos já o viram vogando em cima dos saveiros, procurando o navio perdido na bruma. Até hoje João Pequeno ainda procura o navio. E não descansará enquanto não o levar ao porto. Só então começará o seu passeio bem merecido com Iemanjá pelas terras do sem-fim.

Essa é a noite dele aparecer. Quando o vento encrespar e zunir de estremecer as casas, quando a noite cair sobre o cais ele virá procurar o caminho do navio que se perdeu. Vogará em cima dos saveiros, amedrontará os que estiverem no mar.

Um saveiro se aproxima do cais. Com o vento que sopra forte vem numa carreira doida. As velas estão esticadas ao máximo. Os homens olham:

— É Xavier que vem...

— É mesmo o *Caboré*...

O saveiro está chegando e se pode ler o nome em tinta preta: *Caboré*.

— Nunca vi nome mais feio pra um barco... — diz Manuel.

— Ele tem lá suas razões — interrompe Francisco. — Quem sabe da vida dos outros?

— Não tou falando, não. Disse por dizer...

O vento aumentava a cada instante e as águas não eram mais serenas. De longe vinha o zunido do vento forte e impiedoso. Aos poucos o cais foi se despovoando. Xavier atracara o saveiro e vinha para o grupo:

— A coisa tá feia...

— Tem muita gente n'água?

— Só topei com Otoniel mas tava bem pertim de Maragogipe...

O mar se movia, as ondas já eram grandes, os saveiros e as canoas subiam e desciam. Manuel virou-se para Xavier:

— Se mal lhe pergunto, mano, por que você botou no seu barco esse nome tão estapafúrdio?

Xavier fechou o rosto. Mulato troncudo, trazia o cabelo alisado:

— Coisa da gente... Tudo é besteira, sabe?

A tempestade desabara sobre a cidade e o mar. Agora não se via mais ninguém nas proximidades do mercado a não ser eles que formavam um grupo de capas de oleado por onde a chuva escorria. O vento ensurdecia e eles tinham que falar alto. Manuel gritou:

— Que foi que você disse?

— Você quer saber? Foi coisa de mulher... Tá com muito tempo, foi noutra costa, lá no Sul. Tudo é besteira, não vale a pena, sabe? Ninguém adivinha coisa de mulher. Por que é que ela me chamava Caboré? Só ela podia dizer e nunca disse, só que ria, ria muito... Era de fazer maluquecer, isso era...

O vento levava as palavras. Os homens se curvavam para ouvir melhor. Xavier baixou a voz:

— Me chamava Caboré... Por quê, eu não sabia. Ela ria toda vez que eu perguntava... O barco ficou *Caboré*...

Não havia motivo para os outros estarem espantados. Ele fez uma cara de raiva e gritou:

— Vocês nunca gostou de uma mulher? Então não sabe que é desgraça... Eu quero mil vezes, Deus me perdoe — e batia a mão na boca —, um temporal como o de hoje que uma mulher enganadeira, dessas que vive rindo... Me tratava Caboré, o diabo sabe por quê. Por que foi embora? Eu não tinha feito nada a ela. Um dia quando voltei tinha se afundado no mundo, deixou as coisas toda... Até procurei no mar, podia ter se afogado... Vamos beber um trago?

Marcharam para o Farol das Estrelas. De lá vinha a voz de Rosa Palmeirão que cantava. O vento levantava a areia. Xavier falou:

— Não vale a pena... Mas a gente fica pensando... Botei o nome no barco de *Caboré*. Ela me chamava de Caboré. Até tinha me dito, fazia pouco espaço, que ia ter um menino meu... Foi embora com o menino no bucho.

— Um dia volta... — consolou Guma.

— Menino, tu é de outro dia... E se ela voltar eu estraçalho ela...

— O nome do barco... Imaginei...

— Se não fizesse eu ia embora de vergonha...

Disse mais outras palavras que o vento levou. Não ouviam mais a voz de Rosa Palmeirão cantando. A escuridão dominava. Só foram ouvir vozes novamente quando chegaram à sala do Farol das Estrelas.

O homem de sobretudo gritava para seu Babau:

— Pensei que tinha era homem... Só tem covardes...

A sala estava vazia. Só Rosa Palmeirão ouvia atenta. Seu Babau estendia as mãos, não encontrava desculpas:

— Mas o temporal não tá de brinquedo, seu Godofredo...

— Uns covardões. Homem de coragem nesse cais já se acabou. Donde tá a raça de João Pequeno?

Eles se aproximaram. Era seu Godofredo, da companhia de navios, que estava possesso:

— Que está se dando, seu Godofredo? — perguntou Manuel.

— Que está acontecendo? Pois não sabe? O *Canavieiras* está aí fora, sem poder entrar...

— E o comandante não conhece?

— Conhece a cara dele... É um inglês que chegou agora. Não sabe nada ainda direito. Tou procurando um homem para servir de prático...

Cuspiu com raiva:

— Mas já se acabou os homens valentes dos saveiros...

Xavier se adiantou. Francisco que pensava que ele já ia se oferecer o puxou pela capa:

— O senhor falou em João Pequeno? Que foi que ele ganhou? Nem o descanso do inferno. Vive por aí assombrando a gente. Que foi que ele ganhou? Deram uma mesada só para tapear... Tiraram logo... É só a gente morrer para ser valente...

— Mas tem famílias no navio...

— Nós também tem família... Que é que ganha...

Seu Godofredo se desviou:

— A companhia dá duzentos mil-réis ao homem que quiser ir...

— Vida barata, hein? — Xavier sentou e pediu cachaça.

Rosa Palmeirão riu bem alto:

— Tua mulher vem nesse navio, Godô? Ou é tua amásia?

— Cala a boca, mulher, você não vê que o navio está cheio?

Não gostavam de seu Godofredo no cais. Ele começara como praticante num baiano, não se sabe como chegara a comandante. Nunca entendeu direito daquilo, sabia era perseguir os marinheiros. Depois que ele quase deixa o *Maraú* na barra de Ilhéus, a companhia deu-lhe um bom lugar nos escritórios. E ele perseguia quanto podia os saveireiros, os canoeiros, os carregadores.

— Está cheio de gente. Onde estão os homens do cais? Antigamente um navio não se perdia assim...

— Tem alguém do senhor no *Canavieiras*?

Ele olhou para Francisco:

— Eu sei que vocês me odeiam... — sorriu. — Eu só seria capaz de pedir para salvar alguém meu, não é? Mas não estou pedindo, não. Estou é pagando. Duzentos mil-réis para quem quiser ir...

Outros homens chegavam. Godofredo repetiu a proposta. Eles olharam com incredulidade. Xavier bebia numa mesa:

— Ninguém aqui quer se matar, seu Godofredo. Deixe que o inglês se arranja.

Guma perguntou:

— Por que não mandam um rebocador?

Seu Godofredo estremeceu:

— Deviam mandar, sim... Mas a companhia diz que é muito caro... Preciso de um homem de coragem. A companhia dá duzentos mil-réis...

O vento sacudia a porta do Farol das Estrelas. Pela primeira vez ouviram o apito do navio que pedia socorro. Seu Godofredo levantou os braços (ficava baixinho metido naquele sobretudo grosso) e disse quase carinhosamente aos homens:

— Eu dou mais cem mil-réis do meu bolso... E juro que protejo o homem que for...

Eles estavam espantados mas nenhum se moveu. Seu Godofredo virou-se para Rosa Palmeirão:

— Rosa, você é uma mulher, mas tem mais coragem que muitos homens... Olhe, Rosa, meus dois filhos estão a bordo. Foram passar as férias em Ilhéus... Você nunca teve filho, Rosa?

Francisco sussurrou ao ouvido de Guma:

— Bem disse que tinha alguém dele no barco...

Godofredo estendia as mãos para Rosa. Agora estava ridículo, baixo, vestido com o sobretudo rico, a face angustiada, a voz pesada:

— Peça para eles irem. Rosa... Dou duzentos mil-réis a quem for... Protejo a vida toda... Eu sei que não gostam de mim... Mas são meus filhos...

— Seus filhos? — Rosa Palmeirão olhava para a tarde escura.

Godofredo veio para uma mesa. Apoiou a cabeça nas mãos bem tratadas e os ombros subiam e desciam. Pareciam os saveiros no mar.

— Ele está chorando... — disse Manuel.

Rosa Palmeirão levantou-se. Mas Guma já estava junto de Godofredo:

— Deixe estar que eu vou...

O velho Francisco sorriu. Olhou para o braço onde estavam os nomes do seu irmão e dos seus saveiros. Ainda cabia o nome de Guma. Xavier largou o copo.

— Maluqueceu... E não adianta nada...

Guma saiu na escuridão. Os olhos de Rosa Palmeirão brilhavam de amor. Godofredo estendeu a mão:

— Traga meus filhos...

Desapareceu na noite que chegara. Levantou as velas, botou o saveiro contra o vento. Ainda viu o vulto dos que o haviam acompanhado até o cais. Rosa Palmeirão e o velho Francisco saudavam. Xavier gritou:

— Lembranças para Janaína...

Mestre Manuel virou-se com ódio:

— Nunca se deve dizer que um homem vai para a morte...

Levantou os olhos, viu a sombra do saveiro que se afastava no mar de chumbo:

— Era uma criança ainda...

As estrelas tinham desaparecido. Também a lua não veio nessa noite e por isso não havia cânticos no mar, não se falava de amor. As ondas corriam umas sobre as outras. Isso dentro da baía, antes mesmo do quebra-mar. Como não estariam então lá fora, adiante da barra, onde o mar fosse livre?

O *Valente* se afasta com dificuldade do cais. Guma procura ver o que está diante de si. Mas é tudo negro em redor. O difícil é atravessar esse pedaço de mar, o vento contra. Depois será uma carreira doida, a favor do vento enfurecido, por um mar que já não é dos saveiros e das canoas: o mar dos grandes navios.

Guma ainda enxerga as sombras no cais. Aquela que agita a mão é Rosa Palmeirão, a mulher mais valente e mais doce que ele já viu. Guma só tem vinte anos, mas já amou várias mulheres. E nenhuma delas soube ser ainda como Rosa Palmeirão, tão afetuosa nos seus braços. O mar está como Rosa Palmeirão nos dias de barulho. O mar está cor de chumbo. Um peixe salta sobre as ondas. Para ele a tempestade não tem importância. Até impede os pescadores na sua faina. O saveiro aos poucos atravessa as águas do cais. O quebra-mar está perto. O vento corre em redor do forte velho, entra pelas janelas abandonadas, brinca com os velhos canhões inúteis. Guma já não vê os vultos no cais. É possível que Rosa Palmeirão esteja chorando. Ela não é mulher de chorar, mas queria ter um filho e se esquecia que era muito tarde para isso. Fazia de Guma seu amante e seu filho. Por que, nessa hora da morte, pensar na sua mãe que se fora? Guma não quer pensar nela. Rosa Palmeirão tem alguma coisa de mãe no seu amor. Não é mais nova e o acarinha como a um filho, muitas vezes se esquece dos beijos doidos de desejo e beija suavemente com lábios maternais. O saveiro salta sobre as ondas. Avança dificilmente. O quebra-mar parece se conservar sempre à mesma distância. Tão próximo e tão longe. Guma arranca a camisa molhada. A onda atravessou o saveiro de lado a lado. Como estará então fora da barra? Rosa Palmeirão quer ter um filho. Ela se cansou de dar em soldados, de comer cadeia, da navalha na saia, do punhal no peito. Ela quer um filho a quem acarinhar, para quem cante cantigas de ninar. Uma vez Guma dormiu nos braços dela e Rosa cantava:

Dorme, dorme, bebezinho,
Que a cuca vem aí...

Se esquecia que ele era seu amante e fazia dele filho, o acalentava no colo. Talvez fosse até isso que houvesse desencadeado a cólera de Iemanjá. Só dona Janaína pode ser mãe e mulher. E ela o é de todos os homens do cais, é a protetora de todas as mulheres. Agora Rosa Palmeirão fará promessas para ela, para que Guma volte com vida. Talvez prometa até (o que não faz o amor?) a navalha da saia, o punhal do peito. Outra onda lava o saveiro. A verdade — pensa Guma — é que é difícil chegar com vida. Hoje será o seu dia. Pensa isso sem medo. Chegou mais cedo que ele esperava mas tinha mesmo que chegar, ele não escaparia. Tinha pena somente de ainda não haver amado uma mulher como a que pedira certa noite a dona Janaína. Uma mulher que lhe desse um filho para herdar seu saveiro, para ouvir as histórias do velho Francisco. Também não tinha corrido outros portos como pensara. Não fora como Chico Tristeza por outros mares para as terras do sem-fim. Iria agora com Iemanjá, dona Janaína dos canoeiros, Princesa de Aiocá dos negros, correr por baixo das águas. Talvez ela o levasse para a terra de Aiocá, que era a sua terra. É a terra de todos os marítimos, onde dona Janaína é princesa. Terras de Aiocá, longínquas, perdidas na linha do horizonte, de onde vinha Iemanjá nas noites de lua.

Onde está o quebra-mar que nunca o saveiro o atinge? Guma segura o leme e ainda assim é difícil manter o barco contra o vento. Passa sob a sombra do forte velho. Lá fora da barra está um navio que apita. O vento traz o grito do barco cheio de gente. Não é pelo dinheiro que Guma vai no *Valente* tentar trazer esse navio para o porto. Ele mesmo não sabe bem por que é que afronta assim a tempestade. Não é, com certeza, pelo dinheiro. Que fará com aqueles duzentos mil-réis que serão mais ainda se Godofredo der também o prometido? Comprará presentes para Rosa Palmeirão, uma roupa nova para Francisco, uma vela talvez para o *Valente*. Mas passaria sem isso tudo e não é por duzentos mil-réis que um homem vai para a morte. Não é tampouco porque Godofredo tem dois filhos no *Canavieiras* e chora como uma criança abandonada. Não é por isso não. É mesmo porque vem um apito triste do navio, um pedido de socorro e a lei do cais manda que se atenda aos que no mar pedem socorro. Assim, Iemanjá ficará satisfeita com ele, e, se voltar com vida, ela lhe dará a mulher que pediu. Guma não pode responder ao apito do navio. Estará perto da luz do Farol da Barra, com certeza, à espera de socorro, os homens de bordo tentando consolar as crianças e as mulheres. Navio sem rumo, perdido perto do porto. Por causa dele é que Guma vai. Porque um navio, uma canoa, um saveiro, uma tábua, qualquer coisa sobre o mar é a pátria desses homens do cais, do povo de Iemanjá. Eles mesmos não sabem que no madeirame dos navios, nas velas rotas dos saveiros está a terra de Aiocá, onde Janaína é princesa.

Passou pelo quebra-mar. No forte velho uma luz oscila, caminha como um fantasma. Ele grita:

— Jeremias! Ó Jeremias!

Jeremias aparece com a lanterna. A luz cai sobre o mar e pula com as ondas. Jeremias pergunta:

— Quem vai aí?

— Guma…

— Que diabo te deu, menino?

— Vou buscar o *Canavieiras* que tá fora da barra…

— E não podia deixar para entrar amanhã…

— Tá apitando socorro…

Atravessou o quebra-mar. Jeremias ainda grita e vira a luz da lanterna:

— Boa viagem! Boa viagem!

Guma maneja o leme. Também Jeremias não tem mais esperanças de vê-lo. Não espera mais ver o *Valente* atravessar o quebra-mar. Nunca mais Jeremias cantará para Guma. É Jeremias quem, à noite, diz que "é doce morrer no mar". Agora será uma corrida doida. Está com o vento a favor. Quase o saveiro emborca na manobra para mudar de rumo. Agora o vento o arrasta, joga água sobre o saveiro, empasta o seu cabelo, canta nos seus ouvidos. O vento passeia todo o saveiro. Apaga a sua lanterna. As luzes da cidade, cada vez mais distantes, passam velozes. Agora é uma corrida sem fim, todo virado de um lado, agarrado ao leme. Para onde o arrasta este vento? A chuva molha o seu corpo, chicoteia sua cara. Não distingue nada na escuridão. Só o apito do *Canavieiras* é seu rumo. Poderá passar muito longe dele, poderá dar com os costados em Itaparica ou numa pedra qualquer no meio do mar. Ninguém teve coragem para vir. Até Jeremias se admirou quando ele passou. E Jeremias é um velho soldado. Mora ali no forte, sozinho como um rato, desde que desengajou por velhice. Veio morar ali no meio das águas, num forte abandonado, para não sair de junto dos canhões, de coisas que recordavam quartel e armas. Foi com seu destino até o fim. Assim, ia

Guma com o seu que era seu saveiro. Ia numa corrida desabalada. Talvez não chegasse nunca e amanhã os homens procurassem seu corpo. O velho Francisco gravaria seu nome no braço, contaria a sua maluquice aos outros homens do cais. Rosa Palmeirão havia de esquecê-lo e amar a outro e de pensar num filho. Mas apesar disso a lei do cais teria sido cumprida e a sua história seria exemplo para outros tempos.

Não ouve o apito do navio. As luzes da cidade estão quase invisíveis. Apesar dos seus esforços o saveiro se afastou muito da rota que devia seguir. Está muito mais para o largo, as costas de Itaparica estão próximas. Força o leme e segue na corrida, procurando se orientar. Que tempo durará isso, quantas horas correrá assim? Já está tardando que isso termine. Por que não chega logo a hora de ver Iemanjá, se não deve encontrar o *Canavieiras*?

É muito moço para morrer. Ainda queria uma mulher nova (assim como dona Dulce quando ele estava na escola), que fosse só dele. Não deixaria um filho e seu saveiro se estraçalharia. Ele não teme a morte mas pensa que ainda é cedo para morrer. Queria morrer depois de ter deixado uma história que fosse recordada na beira do cais. Ainda era cedo para morrer. Ainda era cedo para ir com dona Janaína. Não era ainda ogã do seu candomblé, não cantava ainda os seus cânticos, não podia levar no pescoço a sua pedra verde.

O que leva no pescoço é a medalha que dona Dulce lhe deu. Dona Dulce ficará triste quando souber que ele morreu. Ela não compreende a vida deles, vida dura, todo dia junto da morte, e espera um milagre. Quem sabe se ele não virá? Por isso Guma não quer morrer. Porque no dia em que vier esse milagre então tudo será mais bonito, não haverá tanta miséria no cais, um homem não arriscará sua vida por duzentos mil-réis.

Está no rumo certo novamente. Ouve o navio que apita, que chama. Mas a onda que vem é muito forte e arranca com Guma de junto do leme. Nada para o saveiro que vai desarvorado, rodopiando com o vento. Talvez tudo tenha acabado e ele não tem um nome para dizer nessa hora. Não chegou ainda seu momento de morrer. Porque ainda não chegou a sua mulher.

Nada com desespero, alcança uma borda do saveiro, toma do leme. Mas está voltado contra o navio que já se vê na distância. Luta contra o vento, contra as águas, contra o seu corpo que treme de frio.

Recomeça a corrida. Seus dentes estão apertados uns contra os outros. Não sente nenhum medo. Quer acabar com aquilo de uma vez. Próximo, muito próximo, brilha o navio iluminado. A chuva cai pesada. O vento parte suas velas, mas ele já está gritando, junto ao casco do *Canavieiras*:

— Uma escada!

Os marinheiros acodem. Jogam uma corda que é amarrada ao *Valente*. Depois é a aventura de passar do saveiro para a escada oscilante de bordo. Duas vezes esteve prestes a cair e então não haveria salvação, seria esmagado entre o navio e o saveiro.

Sorri. Está ensopado de água e no entanto está feliz. No cais, a estas horas pensarão que esteja morto, que seu corpo viaje com Iemanjá.

Sobe para a ponte de comando, o inglês lhe entrega o navio. Os maquinistas põem as máquinas a funcionar, os foguistas avivam o fogo, os marinheiros manobram. Guma é quem comanda. É ele quem dá ordens. Só mesmo assim um homem da beira do cais pode chegar a comandante de um navio. Só por arte de Iemanjá. Será uma única noite. Amanhã nem o inglês, nem seu Godofredo o conhecerão mais, quando ele passar com o *Valente*. Ninguém o chamará de herói. Guma sabe disso. Mas sabe que sempre foi assim e que só mesmo um milagre, como quer dona Dulce, pode mudar essa lei.

Duas horas depois — a tempestade ainda dominava a cidade e o mar — o *Canavieiras* ia encostando no cais. As velas do *Valente* estavam rotas, seu casco furado do atrito com o navio, o leme despedaçado.

Contam no cais que nunca mais João Pequeno apareceu porque o navio já tinha encontrado o caminho do porto. E foi desde esse dia que se começou a falar em Guma na beira do cais da Bahia.

IEMANJÁ DOS CINCO NOMES

NINGUÉM NO CAIS TEM UM NOME SÓ. Todos têm também um apelido ou abreviam o nome, ou o aumentam, ou lhe acrescentam qualquer coisa que recorde uma história, uma luta, um amor.

Iemanjá, que é dona do cais, dos saveiros, da vida deles todos, tem cinco nomes, cinco nomes doces que todo o mundo sabe. Ela se chama Iemanjá, sempre foi chamada assim e esse é seu verdadeiro nome, de dona das águas, de senhora dos oceanos. No entanto os canoeiros amam chamá-la de dona Janaína, e os pretos, que são seus filhos mais diletos, que dançam para ela e mais que todos a temem, a chamam de Inaê, com devoção, ou fazem suas súplicas à Princesa de Aiocá, rainha dessas terras misteriosas que se escondem na linha azul que as separa das outras terras. Porém, as mulheres do cais, que são simples e valentes, Rosa Palmeirão, as mulheres da vida, as mulheres casadas, as moças que esperam noivos, a tratam de dona Maria, que Maria é um nome bonito, é mesmo o mais bonito de todos, o mais venerado, e assim dão a Iemanjá como um presente, como se lhe levassem uma caixa de sabonetes à sua pedra no Dique. Ela é sereia, é a mãe-d'água, a dona do mar, Iemanjá, dona Janaína, dona Maria, Inaê, Princesa de Aiocá. Ela domina esses mares, ela adora a lua, que vem ver nas noites sem nuvens, ela ama as músicas dos negros. Todo ano se faz a festa de Iemanjá, no Dique e em Mont Serrat. Então a chamam por todos seus cinco nomes, dão-lhe todos os seus títulos, levam-lhe presentes, cantam para ela.

O oceano é muito grande, o mar é uma estrada sem fim, as águas são muito mais que metade do mundo, são três quartas partes e tudo isso é de Iemanjá. No entanto, ela mora é na pedra do Dique do cais da Bahia ou na sua loca em Mont Serrat. Podia morar nas cidades do Mediterrâneo, nos mares da China, na Califórnia, no mar Egeu, no golfo do México. Antigamente ela morava nas costas da África que dizem que é perto das terras de Aiocá. Mas veio para a Bahia ver as águas do rio Paraguaçu. E ficou morando no cais, perto do Dique, numa pedra que é sagrada. Lá ela penteia os cabelos (vêm mucamas lindas com pentes de prata e marfim), ela ouve as preces das mulheres marítimas, desencadeia as tempestades, escolhe os homens que há de levar para o passeio infindável no fundo do mar. E é ali que se realiza a sua festa, mais bonita que todas as procissões da Bahia, mais bonita que todas as macumbas, que ela é dos orixás mais poderosos, ela é dos primeiros, daqueles de onde os outros vieram. Se não fosse perigoso demais poder-se-ia mesmo dizer que a sua festa é mais bela que a de Oxalufã, Oxalá velho, o maior e mais poderoso dos orixás. Porque é uma beleza a noite da festa de Iemanjá. Nessas noites o mar fica de uma cor entre azul e verde, a lua está sempre no céu, as estrelas acompanham as lanternas dos saveiros, Iemanjá estira preguiçosamente os cabelos pelo mar e não há no mundo nada mais bonito (os marinheiros dos grandes navios que viajam todas as terras sempre dizem) que a cor que sai da mistura dos cabelos de Iemanjá com o mar.

O pai de santo Anselmo era o porta-voz dos marítimos perante Iemanjá. Macumbeiro da beira do cais, antes fora marinheiro, andara pelas terras da África aprendendo a língua verdadeira deles, o significado daquelas festas e daqueles santos. Quando voltara, deixara o navio de uma vez e se detivera no cais em substituição a Agostinho que morrera. Era agora ele quem fazia as festas de Iemanjá, quem presidia as macumbas do Mont Serrat, quem com ordem de dona Janaína curava doenças, dava bons ventos aos saveiros, mandava para longe as tempestades frequentes. Não havia naquela beira de cais e naquele mundão d'água quem não respeitasse o Anselmo, que já andara na África e rezava em nagô. Sua carapinha branca fazia com que se descobrissem todas as cabeças dos homens do cais e das canoas.

Não era tão fácil assim ser da macumba de pai Anselmo e era preciso ser bom marítimo para um negro se sentar entre os ogãs de Iemanjá cercado pelas feitas que dançavam. Guma, mulato claro, de cabelos longos e morenos, se sentaria em breve numa das cadeiras que ficavam em volta do pai de santo, na sala do candomblé. Desde que trouxera o *Canavieiras* na noite do temporal sua fama corria de boca em boca, e estava provado que Iemanjá o favorecia. Não demoraria assim a se sentar entre os ogãs, cercados das feitas. Na próxima festa de Iemanjá ele já usaria sua pedra (que é verde e se vai buscar no fundo do mar) e assistiria entre os ogãs à iniciação das feitas, das iaôs, que são as sacerdotisas negras.

E com ele o negro Rufino também usaria a pedra de Iemanjá. Se consagrariam de uma vez à dona do mar, à mulher de cinco nomes, mãe deles todos, que um dia, somente um dia em toda a vida, é também esposa. O negro Rufino cantava mesmo, quando com os braços fortes levava a canoa abarrotada de carga pelo rio acima:

Eu me chamo Ogum Delê
Não nego meu naturá
Sou filho das águas claras
Sou neto de Iemanjá...

Era preto retinto, mas saíra das águas claras, Iemanjá era sua avó, mãe de seu pai que fora marítimo como seu avô e os mais velhos cuja memória já se perdera. A festa de Iemanjá se aproxima. Guma irá nesse dia pedir a sua mulher, aquela que se pareça com ela e seja virgem e linda, de deslumbrar esse cais da Bahia de Todos-os-Santos. Porque Rosa Palmeirão já fala em ir embora, em levantar ferros para outras terras. Esperava ter um filho daquele jovem valente, um filho que ela embalaria nos seus braços acostumados a brigas, para quem cantaria cantigas de ninar com seus lábios treinados em palavrões. Mas Rosa Palmeirão esquecera que já era tarde para isso, que ela gastara em barulhos sua mocidade e que só restava nela a ternura que nunca fora gasta, aquela vontade de acarinhar. E, como o filho não vinha, ela iria procurar barulho em outras terras, beber cachaça em outros botequins, viajar nas águas de outros mares. Nunca, porém, antes da festa de Iemanjá, senão não teria bons ventos, encontraria tempestade no seu caminho.

Por isso, porque Rosa Palmeirão vai embora, Guma lembrará a Iemanjá que a hora de lhe dar o prometido chegou. Levará para lhe presentear, além de um pente para seus cabelos, um pedaço da vela do *Valente*, daquela vela que se despedaçou no salvamento do *Canavieiras*.

Está próximo o dia da festa de Iemanjá. Nesse dia, o cais estará vazio, não haverá uma canoa no mar, um só saveiro transportando carga, um marinheiro que não arranje meios de deixar o navio por um momento. Irão todos para onde mora dona Janaína, a de cinco nomes.

Iemanjá vem...
Vem do mar...

Cantam assim nessa noite de Iemanjá. Aquele terreno ali é onde se realiza a feira de Água dos Meninos, a maior da Bahia. Adiante, em Itapagipe, fica o porto da Lenha, porto dos canoeiros. E entre os dois a morada de Iemanjá, numa pedra do mar. A areia guarda restos de cascos de saveiros. Conchas de várias cores brilham à luz da lua. Ao fundo, a rua fracamente iluminada. As vozes que chegam de longe cantam:

Eh, a sereia
A sereia vem brincar na areia...

É a noite de festa de Iemanjá. Por isso, o povo a chama, para ela vir brincar na areia. Se vê a sua loca, bem por baixo da lua, toda contornada pelos cabelos de Iemanjá que se espalharam no mar. Se ela não vier, então eles irão até lá buscá-la. Hoje é noite da sua festa, é noite de Janaína brincar:

Sereia do mar levantou...
Sereia do mar quer brincar.

Iemanjá brinca no mar. Houve tempo, os mais velhos ainda se recordam, que as fúrias de Iemanjá eram tremendas. Nesse tempo ela não brincava. As canoas e os saveiros não tinham descanso, viviam vida de penar. Os temporais enchiam a barra, levantavam o rio acima das suas margens. Nesse tempo até crianças, até moças, foram levadas de presente a Iemanjá. Ela as conduzia para o fundo das águas e nunca mais os corpos apareciam. Iemanjá estava nos seus anos terríveis, não queria cânticos, toadas, músicas, sabonetes e pentes. Queria gente, corpo vivo. Era temida a cólera de Iemanjá. Levaram-lhe crianças, levaram moças, uma que era cega até se ofereceu, e foi sorrindo (iria, sem dúvida, ver coisas belas!), uma criança chorava na noite em que a levaram e gritava para a mãe, para o pai, que não queria morrer. Fora também numa noite da festa de Iemanjá. Muitos anos já tinham passado. Era um ano terrível aquele, o inverno destroçara metade dos saveiros, raras canoas haviam resistido ao vento sul e a cólera de Iemanjá não passava. Agostinho, o macumbeiro que fazia sua festa naquela época, disse que Iemanjá queria era carne humana. Levaram aquela criança porque era a mais bela do cais, parecia até com Janaína, pois que tinha os olhos azuis. A tempestade corria sobre o cais e as ondas lavavam a pedra de Iemanjá. Os saveiros corriam de lado e todos ouviam os gritos da criança, que ia de olhos vendados. Era uma noite de crime e o velho Francisco quando conta essa história ainda treme. A polícia soube de tudo, alguns caíram na cadeia, Agostinho fugiu, a mãe da criança enlouqueceu. Só então cessou a cólera de Iemanjá. Sua festa foi proibida e durante algum tempo a substituíram pela procissão de Bom Jesus dos Navegantes. Mas aquelas águas eram de Iemanjá, aos poucos a sua festa voltou, também a sua cólera havia passado, ela não quis mais crianças e virgens. Só por acaso uma ia ser sua mucama, como a mulher daquele cego cuja história o velho Francisco sabe.

Iemanjá é assim terrível porque ela é mãe e esposa. Aquelas águas nasceram-lhe no dia em que seu filho a possuiu. Não são muitos no cais que sabem da história de Iemanjá e de Orungã, seu filho. Mas Anselmo sabe e também o velho Francisco. No entanto, eles não vivem contando essa história, que ela faz desencadear a cólera de Janaína. Foi o caso que Iemanjá teve de Aganju, deus da terra firme, um filho, Orungã, que foi feito deus dos ares, de tudo que fica entre a terra e o céu. Orungã rodou por estas terras, viveu por esses ares, mas o seu pensamento não saía da imagem da mãe, aquela bela rainha das águas. Ela era mais bonita que todas e os desejos dele eram todos para ela. E, um dia, não resistiu e a violentou. Iemanjá fugiu e na fuga seus seios romperam, e assim, surgiram as águas, e também essa Bahia de Todos-os-Santos. E do seu ventre, fecundado pelo filho, nasceram os orixás mais temidos, aqueles que mandam nos raios, nas tempestades e trovões.

Assim Iemanjá é mãe e esposa. Ela ama os homens do mar como mãe enquanto eles vivem e sofrem. Mas no dia em que morrem é como se eles fossem seu filho Orungã, cheio de desejos, querendo seu corpo.

Um dia, Guma ouviu essa história da boca do velho Francisco. E se recordou que sua mãe viera também uma noite e ele a desejara. Era como Orungã, era um sofrimento que se repetia. Por isso, talvez, Iemanjá o amasse, protegesse as suas viagens no saveiro. Por isso, para que ele não ficasse igual a Orungã, ela devia dar-lhe uma mulher bonita, quase tão bonita como dona Janaína mesma.

Hoje é dia de festa de Iemanjá. No Dique, onde ela passa uns tempos durante o ano, sua festa é a 2 de fevereiro. Também na Cabeceira da Ponte, em Mar Grande, em Gameleira, em Bom Despacho, na Amoreira, seu dia é a 2 de fevereiro, e nessa data a festejam. Porém em Mont Serrat é onde a sua festa é ainda maior, pois é feita na sua própria morada na loca da mãe-d'água, ela é festejada a 20 de outubro. E vêm os pais de santo do Dique, de Amoreira, de Bom Despacho, de Gameleira, de toda a ilha de Itaparica. E nesse ano até o pai Deusdedit veio da Cabeceira da Ponte assistir à iniciação das feitas de Iemanjá.

A areia alva está agora preta de pés que a pisam. É o povo do mar que chega, chamando pela sua rainha. Todos eles são súditos da Princesa de Aiocá, estão todos desterrados em outras terras e por isso vivem no mar procurando alcançar as terras da sua rainha. O cântico atravessa as areias, atravessa o mar, as canoas e saveiros, a cidade que se movimenta ao longe, e com certeza ele chega a estas terras desconhecidas, onde ela se esconde:

Iemanjá vem...
Vem do mar...

É uma imensa massa humana que se movimenta na areia. A igreja de Mont Serrat aparece no alto, mas não é para ela que se dirigem esses braços cheios de tatuagens. É para o mar, esse mar de onde virá Iemanjá, a dona daquelas vidas. Hoje é dia dela brincar na areia, dela festejar as suas bodas com os marítimos, dela receber os presentes que os noivos rudes lhe trazem, de receber as saudações daquelas que em breve serão suas sacerdotisas. Hoje é dia dela se levantar, de espalhar seus cabelos na areia, de brincar com eles, de lhes prometer bons ventos, cargas felizes, mulheres belas. Eles a chamam:

Iemanjá vem...
Vem do mar...

Virá do mar com seus longos cabelos de misteriosa cor. Virá com as mãos cheias de conchas e o rosto sorridente. E então brincará com eles, entrará no corpo de uma negra e será igual aos negros, aos canoeiros, aos mestres de saveiro, uma mulher como as outras do cais, possuída por eles, esposa daqueles homens. Desaparecerá então o cais negro da Bahia, fracamente iluminado de lâmpadas elétricas, cheio de músicas saudosas e estarão nas terras de Aiocá onde se fala nagô e onde estão todos os que morreram no mar.

Mas, Iemanjá não vem assim, com simples cânticos. É preciso que a vão buscar, que lhe levem os presentes. E toda aquela gente entra nos saveiros. As canoas vão abarrotadas, o saveiro de Guma está que não pode, mestre Manuel vai abraçado com Maria Clara com quem se amigou há poucos dias, mulheres cantam alto, a lua clareia tudo. Mil lanternas enchem o mar de estrelas. Guma vai com o negro Rufino no *Valente*. O velho Francisco canta também, e Rosa Palmeirão leva uma almofada cara, para nela Iemanjá deitar a sua cabeça.

A procissão corta o mar. As vozes se elevam e adquirem um som misterioso, porque vêm dos botes e das canoas e se perdem no mar imenso onde Iemanjá descansa. Mulheres soluçam, mulheres levam cartas e presentes, todos têm um pedido a fazer à mãe-d'água. Dançam dentro dos saveiros e parecem fantasmas aqueles corpos de mulheres se rebolando, aqueles homens remando ritmadamente, aquela música bárbara que atravessa o mar.

Rodeiam a loca da mãe-d'água. Os cabelos de Iemanjá se estendem no azul do mar bem por baixo da lua. As mulheres sacodem os presentes, recitam os pedidos (...que meu homem não fique nas tempestades... nós tem dois filhos pra criar, minha santa Janaína...) e ficam com os olhos longos vendo se eles afundam. Porque se eles boiarem é que Iemanjá não aceitou o presente e então a desgraça pesará sobre aquela casa.

Agora a mãe-d'água virá com eles. Ela ganhou presentes, ela ouviu pedidos, ouviu cânticos de negros. E os saveiros se preparam para voltar. É quando do escuro da praia vêm relinchos, gritos de um animal. E à luz da lua eles, dos saveiros e das canoas, enxergam o vulto do cavalo negro na areia. Aquilo foi promessa, foi promessa grande para Iemanjá. O cavalo está com os olhos vazados, não enxerga o mar na sua frente. E os homens o empurram. Ele é preto, retinto, o rabo lustroso, a crina alta. Entra pelo mar, é um presente para Iemanjá. Montada nele ela andará pelas suas terras dentro das águas. Montada no cavalo preto correrá os seus mares, virá espiar a lua. O animal é atirado n'água. Os homens vêm em duas canoas, e o guiam, que ele é cego. Vazaram-lhe os olhos com ferro em brasa, marcaram-no para Janaína. E o soltam bem perto da loca e as mulheres então repetem seus pedidos (...que meu homem deixe aquela peste da Ricardina e volte para mim...) e a procissão retorna. O cavalo se debateu, nadou ao acaso com seus olhos sem luz, e afinal, foi para Iemanjá. Agora ela cavalga nele pelas noites de tempestade, atravessa no seu cavalo preto os pequenos portos do Recôncavo comandando os ventos, os raios e os trovões.

Desembarcam dos saveiros. Iemanjá vem com eles. É noite da sua festa, ela vem dançar nos candomblés de Itapagipe. Até Deusdedit, pai de santo da Cabeceira da Ponte, veio para esta festa de Inaê. Ela vem com eles, vem galopando no cavalo que lhe deram hoje. Vem pelos ares, perto da lua, e montada no seu cavalo preto não teme sequer encontrar seu filho Orungã, que a violentou.

E a procissão segue lenta e ritmada, se balançando como um saveiro sobre as ondas. O vento que passa leva para a cidade adormecida um cheiro de maresia e um ruído de cânticos selvagens.

O som dos instrumentos ressoa por toda a península de Itapagipe. Os músicos estão excitados também, como todos os que assistem a esta macumba do pai Anselmo em honra de Iemanjá. Faz meses que estas negras, que hoje são feitas, foram iniciadas. Primeiro deram a todas elas um banho com as folhas sagradas, rasparam-lhes os cabelos da cabeça, das axilas, do púbis, para que o santo mais livremente possa penetrar, e então veio o efun. Tiveram as cabeças pintadas e também as faces com cores berrantes. Receberam então Iemanjá que penetrou nelas ou pela cabeça ou pelas axilas ou pelo púbis.

Ela só penetra pelo púbis quando a negra é virgem e nova, e é como se a escolhesse para sua mucama, para pentear seus cabelos, fazer cócegas no seu corpo.

Depois elas ficaram todos esses meses recolhidas. Não conheceram homem, não viram movimentos da rua e do mar. Viveram só para Iemanjá. Hoje é o dia da grande festa quando elas ficarão mesmo feitas, mesmo sacerdotisas de Iemanjá. Elas dançam loucamente, se rebolam, se destroncam inteiramente, dançam até melhor que Rosa Palmeirão que é feita há vinte anos.

A mãe do terreiro canta os cânticos de Iemanjá:

A odê ressê
Ôssi é Iemanjá
Acota guê leguê a oiô
É ró fi rilá.

As feitas dançam como se houvessem endoidecido de repente. Os ogãs, e agora Guma e Rufino estão entre eles, movem os ombros como se remassem em canoas. No meio da festa que já possui a todos (Iemanjá há muito que está entre eles, metida no corpo de Ricardina) Rufino cutucou Guma:

— Olha quem está espiando para você...

Guma olha, mas não distingue aquela de quem Rufino fala:

— Aquela morena...

— Aquela bonitona?

— Não tira os olhos de você...

— Nem tá olhando...

Os ombros se movem em cadência sempre igual. Iemanjá saúda Guma, que é seu protegido. A mãe do terreiro canta:

É iná ará uê
Ô iná marabô
Mabô xarê num
Mabô xarê uá.

Dançam todos enlouquecidos. Mas Guma não tira os olhos da assistência. Sem dúvida que aquela é a mulher que Iemanjá lhe mandou. Tem os cabelos escorridos, parecendo molhados, os olhos claros de água, os lábios vermelhos. Ela é quase tão bela como a própria Janaína e é moça, muito moça, pois os seios mal surgem no vestido de chita encarnada. A dança domina a sala, Iemanjá dança mais que todos, só ela não dança, apenas olha Guma de quando em vez, com aqueles olhos feitos de água, com seu cabelo escorrido, seus seios ainda nascendo. Iemanjá mandou a sua mulher, aquela que ele lhe pediu ainda menino, no dia que sua mãe apareceu. E ele não duvida um instante que a possuirá, que ela dormirá em seu saveiro, será sua companheira nas viagens. E canta para Iemanjá dos cinco nomes, mãe dos homens do cais, sua esposa também, que vem para eles nos corpos de outras mulheres que aparecem assim de repente nas suas macumbas.

De onde viria ela? Ele a procurou quando a festa terminou mas ela não se encontrava mais. Foi atrás de Rufino que já descia para o Farol das Estrelas com seu violão:

— Quem é aquela moça?

— Que moça?

— A fulana que tu disse que tava me olhando?

— E não tava mesmo? Cada olhão que nem holofote...

— Donde tu conhece?...

— Posei os olho em riba dela hoje pela primeira vez. Mas aquilo é troço de respeito. Tu não viu as quilhas?

Guma se sentiu enraivecido:

— Não fale desse modo da moça que você nem conhece.

Rufino riu:

— Tou é dizendo bem... Tem um bundão...

— Vai saber quem ela é e me conta.

— Você tá querendo, não é?

— Não posso gostar?

— Se Palmeirão souber tu tá naufragado...

Guma riu. Entraram no Farol das Estrelas. Rosa Palmeirão bebia copo sobre copo:

— Agora vou embora, minha gente, que esse mundo não tem portera...

Mestre Manuel, que bebia com Maria Clara, muito orgulhoso da amante, vendo Guma entrar, gritou para Rosa:

— Tu vai deixar saudade, negra...

— Quem gosta de mim vai comigo... — e sorria para Guma.

Mas Guma foi se sentar distante dela. Já se sentia da outra, era como se Rosa Palmeirão há muito houvesse viajado. Rosa veio para junto dele:

— Tá triste hoje?

— Você não vai embora?

— Tu quer, eu fico...

Não veio nenhuma resposta. Ele fitava a noite que cobria o cais. Rosa Palmeirão sabia o que aquilo queria dizer. Ela fizera o mesmo com muito homem, em alguns até dera pancada. Ela estava velha, não era mais mulher para um jovem daquele. Seu corpo ainda era bem-feito, mas não era mais corpo de jovem, era um corpo de mãe fracassada. Eles agora se recordavam.

Pela última vez a imagem da mãe prostituída perturbou Guma. Os seios de Rosa Palmeirão, grandes, o punhal entre eles, lhe lembravam os seios da sua mãe, também já gastos pelos carinhos. Mas de agora em diante uma outra imagem se apresentava aos seus olhos. Eram os seios mal nascidos da moça que assistia ao candomblé, daqueles olhos de água, límpidos, claros, tão diversos dos de Rosa Palmeirão. Aquela menina sem abc, sem história, que olhara para ele sem esconder nada do que sentia...

— Tu tá importante no cais... — disse Rosa Palmeirão. — Desde o serviço do *Canavieiras*...

A menina devia saber que ele era Guma, o que na noite do temporal salvara sozinho com seu saveiro um navio cheio de gente. E sorriu.

Rosa Palmeirão sorriu também. Ela iria embora e não amaria mais. Agora só queria barulho nesse resto de vida. Brilhariam o punhal do peito, a navalha da saia, desapareceria seu corpo bem-feito. E se voltasse ao seu porto, cansada de barulhos e brigas, talvez arranjasse uma criança, filho perdido de uma mulher qualquer e lhe contaria as histórias da vida daqueles homens e lhe ensinaria a ser valente como um marinheiro deve ser. Havia de criá-lo como a um filho, como teria criado aquele seu filho que nasceu morto, filho do seu primeiro homem, o mulato Rosalvo. Fora com ele, bem cedo, que amor não conhece idade. Fora com a maldição da mãe velha para o mundo. Ele era malandro, tocador de violão, viajando de graça nos saveiros, tocando nas festas de todas as cidades do Recôncavo. Rosa Palmeirão muito o amara e tinha somente quinze anos quando o conheceu. Sofreu fome, que dinheiro ele não tinha, sofreu pancada nos dias de cachaça de Rosalvo, sofreu mesmo que ele andasse com outras mulheres. Mas quando ela soube que a criança nascera morta porque ele lhe dera aquela beberagem amarga, que fora ele quem não a quisera viva, então ela virou outra, virou Rosa Palmeirão da navalha e punhal e o deixou morto junto ao violão. Tudo era falso nele, as suas cantigas, os seus olhares, seu modo suave de falar. Ele apenas ficou espantado, quando ela o apunhalou na cama. Era para pagar a criança que ele matara. Depois os meses de cadeia, o júri, o homem que dizia que ela estava bêbada. Foi solta. E virou valente, que outro jeito ela não tinha, aquela fama tinha se agarrado nela. Muitos anos tinham passado, muitos homens também. E só com Guma voltara a vontade de outro filho, de uma criança que bulisse os bracinhos, que a chamasse de mamãe. Por isso ela amou tanto a Guma, a esse que já não a quer porque ela envelheceu. Também ele não lhe deu um filho, mas a culpa era dela que estava velha e inútil. Ela iria embora, que ele não a queria mais.

Saíram do Farol das Estrelas. Caía uma chuva miudinha. Ele a abraçou pela cintura e pensava que ela merecia uma noite de amor pelo muito bem que lhe devotara. Uma noite de despedida, uma última noite sob o céu nublado, sobre o mar encrespado com a chuva. Andaram para o *Valente*. Ele a ajudou a subir, se estendeu ao lado dela. E se chegou para a amar. Mas Rosa Palmeirão o deteve (ela iria puxar a navalha da saia? Ou o punhal do peito?) e falou:

— Eu vou embora, Guma...

A chuva molhava devagarinho e não vinha nenhuma música do mar.

— Tu casa um dia deste, vem uma noiva pra você... Bonita, como você é merecedor... Mas eu quero que tu me dê uma coisa...

— Que é?

— Eu queria um filho, mas já tou velha...

— Que nada...

A chuva caía mais grossa agora.

— Tou velha, teu filho não pegou mais em mim... Mas você vai casar e quando tu tiver casado e com um filho eu volto praqui. Tou velha de cabelo branco, já sou muito velha, Guma, te juro que não brigo mais com ninguém, não uso mais armas, não arranjo barulho.

Guma olha para ela que parece outra, suplicando, os olhos fundos de mar postos nele, olhos carinhosos de mãe:

— Não brigo mais... Eu quero que você arranje um lugar para essa mulher velha na casa de tua mulher... Ela não vai saber de nada de nós dois. Nem eu quero mais nada, não vou brigar com ela. Quero é ajudar a criar teu filho, como se eu tivesse tido você... Eu tenho idade de ser sua mãe... Tu deixa?

Agora as estrelas estão brilhando no céu, a lua apareceu também e uma música suave vem do mar. Rosa Palmeirão acaricia a face de seu filho. Isso foi na noite da festa de Iemanjá, a dos cinco nomes.

UM NAVIO ANCOROU NO CAIS

UM NAVIO ANCOROU NO CAIS E NELE Rosa Palmeirão foi embora. Guma olhava a mulher que da terceira classe sacudia um lenço. Ela ia para as aventuras que seriam as últimas. Quando voltasse encontraria uma criança para cuidar, alguém de quem ela seria avó. Ainda de muito longe ela sacudia o lenço e os homens do cais respondiam aos seus adeuses. Alguém falou atrás de Guma:

— Eta, bicha doida... Só vive correndo mundo...

Guma veio andando pela beira do cais. A tarde caía aos poucos, e uma carga de fazendas o esperava para que ele a levasse para Cachoeira. Mas ele não tinha vontade de sair do cais, de atravessar a baía. Há vários dias, desde a festa de Iemanjá, que só pensava em encontrar a moça que o olhara. Nada conseguira saber sobre ela, porque naquela noite havia muita gente na festa de pai Anselmo, gente que tinha vindo de muito longe, até das plantações de Conceição da Feira. Andou por estas ruas de perto do cais, examinando casa por casa e não a encontrou. Ninguém sabia de onde ela viera, quem era, qual sua vida. Não morava com certeza no cais, porque aí todos se conhecem. O negro Rufino também nada conseguira saber sobre ela. Mas Guma não desanima. Ele sabe que a encontrará.

Uma carga de fazendas o espera. Depois que ela estiver arrumada no saveiro ele sairá para Cachoeira. Mais uma vez subirá o rio. De tão aventurosa que é a vida dos mestres de saveiro, já nem parece aventura subir e descer o rio, atravessar a baía. É coisa de todos os dias, coisa que não mete medo a ninguém. Assim Guma nem pensa na viagem. Pensa em que daria alguma coisa para novamente encontrar a mulher da festa de Iemanjá. Agora, então, que Rosa fora embora, ele ficara livre para amar.

Vai pela beira do cais assoviando baixinho. No mercado cantam. É um grupo de marinheiros e carregadores. No meio um mulato dança e canta:

Sou mulato e não nego
Ai, meu Deus, de mim tem pena!
Embora eu queira negá,
Meu cabelo me condena.

Os outros batem com as mãos. Os lábios estão abertos em sorrisos, os corpos se movimentam no ritmo da embolada. O mulato canta:

Inda querendo sê branco
O cabelo me crimina...

Guma vai chegando para o grupo. A primeira pessoa que viu, muito elegante com uma roupa azul-marinho, de casimira, foi Rodolfo, que fazia meses não aparecia. Rodolfo estava sentado num caixão e ria para o mulato que cantava. No grupo estavam Xavier, Maneca Mãozinha, Jacques, Severiano. O velho Francisco, sentado ao fundo, pitava no cachimbo.

Rodolfo mal viu Guma abanou a mão:

— Tou precisando de dizer duas palavras a você...

— Tá bem...

Agora o mulato acabava de cantar e sorria para o grupo. Arfava da dança mas estava com um ar de vitória. Era Jesuíno, canoeiro da *Sereia do Mar*, um batelão que viajava entre a Bahia e Santo Amaro. Riu para Guma:

— Alô, mano velho...

Maneca Mãozinha viu o cumprimento, gozou:

— Nem fala com Guma, Jesu... O menino tá de leme virado...

— Tá o quê?

— Tá sem rumo. Viu assombração...

Os outros riram, Maneca continuou:

— Diz-que que homem quando tá bestando por mulher tá naufragado. Vocês sabem que ele ia virando o *Valente* por cima da coroa grande?

Guma estava era com raiva. Ele nunca se importava com brincadeiras, mas desta vez, nem sabia mesmo por quê, estava cheio de raiva. Se Maneca Mãozinha não fosse aleijado... Mas Severiano e Jacques se meteram na brincadeira:

— Que couro foi que você arranjou? — indagou Jacques.

— Alguma bruaca sem futuro, já largando a casca... — respondeu Severiano, rindo com aquela sua gargalhada escandalosa.

Rufino viu que Guma ia brigar e falou:

— Vamo acabar com isso, minha gente. Cada qual sabe de sua vida.

— Tu é sócio da mulher, negro — Severiano riu ainda mais. Todos riram em redor. Mas riram pouco, porque Guma já estava em cima de Severiano. Jacques foi desapartar mas Rufino o pegou:

— Um homem é para um homem...

— Deixa de ser besta, negro, que você nem é homem... Fêmea de canoeiro...

E arremeteu para o negro. Rufino pulou para trás e cantou:

Froxa, se tem coragem,
Deixa de galinhagem...

Desviou-se do golpe de Jacques, virou as pernas, o rapaz se estendeu no chão. Guma socava Severiano. Os outros espiavam sem compreender perfeitamente. Severiano livrou-se e puxou da faca. O velho Francisco gritou:

— Ele vai matar Guma...

Severiano encostou-se na parede do mercado, faca na mão e gritou para Guma:

— Manda Rosa brigar comigo que tu não é homem.

Guma pulou, mas o pé de Severiano o alcançou na boca do estômago. Ele caiu embolado. E o outro foi em cima com a faca. Foi quando Rodolfo, que assoviava a embolada que o negro cantava há pouco, se meteu, apertou o pulso do canoeiro até a faca cair. Guma já tinha se levantado. E socou Severiano até que o deixou estirado:

— Só é homem com aço na mão...

Agora Rufino cantava vitorioso:

Amarelo empapuçado,
Cara de papa-pirão,
Toma vergonha na cara,
Larga meu nome no chão.

O grupo se dissolveu lentamente. Uns homens levaram Severiano para a sua canoa, Jacques andou para a casa jurando vinganças. Guma e Rufino foram para o saveiro. Guma já havia pulado para dentro do barco quando ouviu o grito de Rodolfo:

— Pra onde vai?

Voltou:

— Se não fosse você eu era homem morto...

— Deixe disso...

Rodolfo se lembrou:

— Até parece aquela vez que a gente embolou quando era menino. Só que agora eu tava era com vocês...

Tirou os sapatos bem lustrados, entrou na lama do cais dos saveiros:

— Quero dar duas palavras a você...

— Que é?

— Você não tá ocupado agora?

— Não... — Guma estava certo de que ele queria dinheiro.

— Pois te senta que eu vou falar.

— Então até logo — e Rufino foi embora.

Rodolfo passou a mão no cabelo bem alisado. Cheirava a brilhantina barata. Guma pensava onde ele teria passado estes últimos meses. Em alguma outra cidade? Na cadeia por algum furto? Ele não era boa bisca, todos diziam. Batia carteiras, passava contos do vigário, uma vez botou o punhal nos peitos de um homem nas Pitangueiras pedindo dinheiro. Fora a sua primeira prisão. Mas desta vez Rodolfo não estava miqueado, não vinha pedir dinheiro emprestado.

— Tu vai sair hoje?

— Me boto pra Cachoeira...

— Coisa de pressa?

— É, sim. Umas fazendas de seu Rangel que tava no armazém. Ele quer logo que é pra pegar o Carnaval...

— Vai ser batuta o Carnaval...

Guma arrumava os fardos no porão:

— Vai falando que eu tou ouvindo.

Rodolfo achava que assim era melhor, era mais fácil. Assim ele não via Guma e podia falar direito.

— É uma história comprida. É melhor eu começar do princípio...

— Pois vai falando...

— Você se lembra de meu pai?

— O velho Concórdia? Me alembro, sim... Tinha uma bodega no mercado.

— Direitinho. Mas tu não se lembra de minha mãe. Morreu quando eu nasci.

Ficou olhando as águas. Viu o vulto de Guma se movendo no porão.

— Tou ouvindo.

— Pois eu lhe digo: o velho Concórdia nunca foi casado com ela...

Guma olhou para cima surpreso. Via Rodolfo espiando para as águas com os olhos pensativos. Por que vinha lhe contar aquilo?

— A mulher verdadeira dele morava na Cidade Alta, numa rua lá por cima. Quando ele tava pra morrer, me contou... Tu tá vendo que eu não fiz nada, não fui ver a mulher dele que eu não tinha nada que ver lá. Fiquei aqui com aquele casco de saveiro que o velho me deixou, depois fui pra outra vida. Não me agrada essa de cais.

Guma subia, depois de ter arrumado os fardos da fazenda. Sentou-se em frente de Rodolfo:

— É mesmo uma vida ruim... Mas que é que a gente vai fazer?

— Pois é... Eu deixei e caí aí, rolando de um lado pra outro.

Baixou a cabeça:

— Você bem sabe que eu já comi cadeia... Pois outro dia eu ia bem calmo da vida, tinha arranjado uns cobres, um negócio gozado de um coronel de Bonfim... Foi quando esbarrei com minha irmã...

— Você tinha irmã?

— Eu também tava inocente disso. O velho não se lembrou de falar na filha. Só me disse que procurasse a mulher dele que ela já sabia e que me criava como se tivesse me parido.

— E ela tinha uma filha...

— Se cruzou comigo naquele dia. Já vivia me procurando que ela sabia que eu era vivente. Tava me procurando desde a morte da mãe há coisa de um ano.

— E onde ficou este tempão?

— Tava com uns tios, uns parentes dela.

— Parentes do velho Concórdia?

— Não. Da mãe dela. Uma trapalhada, sei lá.

Guma só não entendia o que ele tinha que ver com aquilo, o motivo por que Rodolfo lhe contava toda aquela história.

— Pois nem te conto, seu mano. A menina tomou conta de mim. Disse que vai me botar na linha, um bocado de conversa. Mas eu digo uma coisa: por Deus que ela é uma menina boa como eu nunca vi... É mais nova do que eu, tá com dezoito anos. Me consertar ela não me conserta, eu já perdi mesmo a vergonha. Quando a gente se enterra nesta vida, não sai mais...

Fez uma pausa, acendeu um cigarro:

— Não acostuma mais com trabalho...

Guma começou a assoviar baixinho. Agora estava com pena de Rodolfo. Falavam mal dele no cais. Diziam que ele não era boa bisca, que não prestava, que era um ladrão. Ele tinha entrado, agora não podia sair nem mesmo com uma irmã boa ajudando.

— Ela dá em cima de mim, eu prometo, tenho pena dela. Ela diz que vou terminar mal, e é verdade.

Fez um gesto largo com as mãos como que desviando aquela conversa toda e explicou:

— Pois minha irmã quer que eu lhe leve lá...

— Que eu vá lá? — Guma estava espantado.

— É isso mesmo... os fulanos parentes dela vinham no *Canavieiras* no dia que você foi buscar o bicho. Coisa de homem você fez. E os tais que vinham foram ver se arranjavam alguma coisa em Ilhéus. Não arranjaram nada, voltaram para aqui. Eles têm uma quitanda na rua Rui Barbosa. Vinha tudo na terceira classe, já pensava que tava tudo morto. Ela quer lhe agradecer...

— Uma besteira. Todo o mundo fazia. Tive foi sorte do mar não estar mais brabo...

— Ela já te viu outro dia, veio só pra ver você. No dia da festa de Janaína. Ela tava no candomblé do velho Anselmo.

— Uma morena, de cabelo liso?

— Isso mesmo...

Guma ficou sem saber o que dizer. Olhava muito espantado para Rodolfo, para o saveiro, para o mar. Sua vontade era cantar, gritar, pular de alegria. Rodolfo perguntou:

— O que foi que deu em você?

— Nada. Eu já sei quem é...

— Pois é. Você se prepare para ir lá quando voltar. Eu digo a ela que você prometeu ir.

Guma olhava com raiva o saveiro, o carregamento de fazendas. Gostaria de ir era nessa mesma noite:

— Tá bem, eu vou.

— Então, adeus. Mande cá no degas...

Rodolfo saltou levando os sapatos na mão. Guma ainda gritou:

— Como é o nome dela?

— Lívia!

Guma suspendeu as velas do saveiro, puxou a âncora e aproveitou o vento. Mestre Manuel ia no *Viajante sem Porto* atravessando o quebra-mar. Ninguém nessa época andava mais ligeiro num saveiro que mestre Manuel. Guma olhou o *Viajante sem Porto*. Ia rápido, as velas abertas ao vento. A noite descera completamente. Guma acendeu o cachimbo, acendeu a lanterna do *Valente* e o saveiro deslizou na água.

Perto de Itaparica alcançou o saveiro de mestre Manuel:

— Vamos pegar uma aposta, Manuel?

— Até onde você vai?

— Maragogipe, primeiro, de lá pra Cachoeira.

— Então a gente aposta até Maragogipe.

— Tá valendo cincão...

— E mais dez se tu topar — gritou o negro Antônio Balduíno que ia no saveiro de Manuel.

— Tá valendo...

E os saveiros saíram juntos, cortando as águas calmas. Do *Viajante sem Porto* Maria Clara cantava. Nesse momento Guma compreendeu que perderia a aposta. Não há vento que resista a uma canção quando ela é bela. E essa que Maria Clara canta é das mais belas. O saveiro de mestre Manuel se aproxima. O *Valente* vai sem vontade, que Guma está todo no embalo da canção. As luzes de Maragogipe são visíveis à margem do rio. O *Viajante sem Porto* passa por ele, Guma joga os quinze mil-réis, mestre Manuel grita:

— Boa viagem.

Ele vai contente porque venceu mais uma carreira e a sua fama se consolidou ainda mais. Guma também tem fama no cais. Ele é um bom mestre de saveiro, mão firme no leme, e corajoso como não há outro. Na noite do *Canavieiras* ninguém quis sair, só ele teve coragem. Nem mesmo mestre Manuel quis sair. Nem Xavier que tinha um desgosto na vida. Só ele foi. Desde então sua fama corre no cais. Ele é dos que deixam uma história, coisas sobre as quais os outros refletirão.

O saveiro corre na noite mansa do rio. Entra na grande curva de Maragogipe. Guma está feliz. Ela se chama Lívia. Ele não conheceu mulher nenhuma com esse nome. Quando ela estiver com ele mestre Manuel perderá todas as carreiras porque ela cantará como Maria Clara aquelas velhas canções do cais. Iemanjá o ouviu, lhe mandou sua mulher.

Há uma canção do cais que diz que desgraçado é o destino das mulheres dos marítimos. Dizem também que o coração dos marítimos é volúvel como o vento, como os barcos que não se fixam em nenhum porto. Mas todo o barco tem o nome do seu porto na proa. Pode andar por outros, pode viajar muitos anos, mas não esquece o seu porto, voltará a ele um dia. Assim o coração dos marinheiros. Nunca eles esquecem aquela mulher que é a deles só. Xavier, que tem tantas mulheres nas ruas, nunca esqueceu aquela que o chamava de Caboré e se foi grávida numa noite. Guma também não esquecerá Lívia, essa Lívia que ele mal viu. Chega a Maragogipe.

O homem já o espera na ponte. Tratam sobre o carregamento de charutos que o saveiro deve pegar na volta. Guma bebe um trago no botequim próximo e arriba novamente com o *Valente*.

Aqui é preciso ir depressa. É aqui que aparece o cavalo branco. Há tantos anos que todos já perderam a conta, anda sem parar o cavalo branco. Ninguém sabe por que ele corre assim por essas matas junto ao rio. Ruínas de velhos castelos feudais, engenhos destruídos, são hoje propriedade do cavalo branco, do cavalo assombrado que corre. Quem o vê não pode sair do lugar. É verdade que ele aparece de preferência no mês de maio, que é o mês das suas correrias. Guma avança com o saveiro, e mesmo sem querer espia para aquelas matas onde domina a assombração.

Dizem que é uma alma penada, um senhor de engenho malvado, matava homens, animal dele trabalhava até cair morto. Agora, virou cavalo branco, e corre assim, pela margem do rio, pagando o que fez. Leva um carregamento pesado como levavam os seus cavalos. E vai rangendo os couros do carregamento, cavalgando pela mata. Quando ele passa, até o chão treme, que nem carne de tartaruga. Aqueles que o veem não podem sair do lugar. E ele só deixará de correr por aquelas terras que foram engenho seu quando alguém tiver pena dele e tirar das suas costas o carregamento, caçuás que vão cheios de pedras para a construção do seu castelo. Há muitos anos que ele corre assim.

Esse barulho que Guma ouve é o barulho do cavalo branco. Hoje Guma gostaria de ir até à mata e libertar aquele senhor da sua escravatura. Guma está feliz. O saveiro corre pelo rio. Vai veloz, perseguido pelo ruído que fazem os cascos do cavalo assombrado. Vai veloz também porque quer voltar amanhã, quer voltar ao seu porto para ver Lívia.

Nunca a viagem lhe parecia longa. Muito tem ainda que fazer, no entanto. Deixar a carga em Cachoeira, vir carregar em Maragogipe, descer até a Bahia. Viagem longa para quem anseia voltar. Não demorará que ela esteja com ele no saveiro e cante para ele e faça com que o *Valente* ganhe todas as apostas. Por isso mesmo é preciso ir mais depressa, que essa viagem é muito demorada, é longa de dois dias.

Saúdam Guma de todos os lados. O botequim ferve de gente. O cais de Cachoeira é sempre concorrido, vêm embarcações de todos os lados, hoje tem um baiano atracado na ponte. Lá pelas três da manhã ele sairá, e por isso os marinheiros não dormem, estão todos no botequim, bebendo cachaça, beijando mulheres. Guma se senta num grupo e pede cachaça. Um cego toca violão na porta. As mulheres riem muito, riem mesmo sem ter de quê, só para agradar. Uma no entanto se queixa da vida a um marinheiro:

— Tá tudo tão ruim... Uma miséria. Não se faz nada. Nem para comida.

Contam a Guma o barulho que houve na véspera entre uns canoeiros e uns rapazes da cidade. Foi na casa de uma mulher. Os rapazes estavam bêbedos, um queria entrar no quarto de uma mulher que estava com Traíra, canoeiro da Maria da Graça, começou a meter os pés na porta. Traíra se levantou, abriu a porta de repente, o sujeito caiu dentro. Levantou logo, começou a dizer nomes e a gritar que a mulher era dele, que aquele "negro sujo" desse o fora, se não quisesse ter a cara partida. Os rapazes eram uns seis, riam e gritavam para Traíra que fosse logo embora, senão apanhava muito. O sangue foi subindo na cabeça de Traíra, ele embolou com o tal:

— Ele era um, contra seis... Não podia ganhar, só mesmo milagre do céu — explica Josué, um negro gordo. — Brigou, que era homem, saiu apanhando, mas com honra. Aí a gente se ajuntou, um bocado de homem, foi lá, foi mesmo uma desgraceira... Os meninos corria que fazia pena. Um até se meteu debaixo da cama de uma mulher...

Riam alegremente. Guma também ria:

— Bem feito... Pra deixar de ser besta.

— Você não sabe do melhor. Eles são tudo empregado nas casa de comércio. Hoje foi um zum-zum-zum danado. Foi um tal de conversar pelos cantos que tu nem sabe. Coisa de fêmea, um cochichinho danado. Tão arrevesado, e como são tudo de um tal de tiro de guerra que tem por aí, diz-que hoje depois das manobra do tal tiro vão esperar a gente na casa da mulher.

— Eles tão querendo...

— Pensa que é só vestir farda, vira homem — riu um sarará muito alto.

— Nós daqui a pouco vai para casa da mulher. Tu vem com a gente.

Guma fez com a mão que não. Em qualquer outra ocasião ele iria logo, iria satisfeito porque não se negava a um barulho. Mas agora queria estar no saveiro, ouvindo uma canção qualquer que viesse do mar, para pensar em Lívia.

— O quê? Tu não vai? — espantou-se Josué. — Pois eu não esperava isso de você. Um camarada valente.

— Eu não tenho nada com o peixe — tentou explicar Guma.

— Quem foi que disse? Então você não é marítimo?

Guma viu que não havia jeito. Se não fosse, ninguém mais lhe estenderia a mão na beira do cais:

— Já não tá aqui quem falou. Eu topo.

— Logo tava vendo...

Daí a pouco chegou Traíra que já vinha um bocado bebido. Foi saudado com gritos:

— Aí, Traíra! Macho de verdade!

Traíra cumprimentou:

— Boas noites para todos. E viva a marinhagem...

Guma pouco o conhecia. Ele quase não ia à Bahia, andava mais pelos portos do Recôncavo, carregando fumo de um para outro lugar. Mulato avermelhado, cor de formiga, tinha um bigodinho cuidado e a cabeça raspada à escovinha. Josué o apresentou a Guma:

— Esse aqui é Guma, negro valente de verdade.

— Nós já se conhece — disse Traíra.

Sorria com a boca aberta, um palito num canto. Estava de camisa listrada e curvou-se de um modo cômico:

— Já ouvi contar de você... Não foi você?

— Foi ele, sim. Se meteu num barquinho, se lascou num temporal de fim de mundo e trouxe o *Canavieiras*.

— Pois hoje tem um brinquedinho para homem valente.

— Josué tava me falando...

— Primeiro era eu só. Me lascaram, quase me deixam naufragando. Depois foi aquela água.

— A gente deixou eles daquele jeito... — e Josué fez um gesto misterioso com a mão, fechando e abrindo e depois soltando o punho fechado na mesa. Queria dizer que haviam esmagado os rapazes.

— Agora eles anda querendo fazer turumbamba. Diz-que vai tudo lá...

Da rua vinha um barulho de passos ritmados. Era o tiro que passava. Ouviu-se dizer:

— Meia-volta, volver.

E o ruído dos pés arrastando no chão. Josué pediu mais cachaça.

Traíra propôs:

— Vamos chegando, minha gente? Senão fica tarde, eles diz que a gente correu. — Bateram níqueis na mesa e saíram. Eram uns doze. Os marinheiros do baiano não vieram porque tinham que estar a bordo, o navio saía de madrugada. Um ficou se lastimando:

— Ora, perder uma coisinha assim. E eu que me pelo por uma lasca... É azar...

Saíram conversando para a rua de mulheres. Falavam sobre coisas diversas, era como se já houvessem esquecido o barulho. Contavam casos de pesca, um magricela narrava uma história interminável de uma moqueca que comera na casa de um compadre em São Félix. Traíra ouvia tudo curvado, o casco da cabeça pelada brilhando quando passavam embaixo de um poste. Mas quando entraram na rua das mulheres começaram a gritar:

— Nós tá chegando.

As pessoas que passavam olharam espantadas. Era um grupo curioso. De longe se conhecia que eram homens do mar, pois vinham naquele passo largo e inseguro dos que vivem nas embarcações. Os corpos gingavam como se houvessem apanhado vento forte. Um rapaz ainda novo, talvez dezesseis anos, disse para o companheiro mais velho:

— Lá vem marinheiros. Vamos embora.

O outro fez uma pose, puxou uma fumaça do cigarro:

— Que é que tem? Marinheiro não é gente? Eu cá não tenho medo, não.

Ficaram espiando. Um velho passou resmungando:

— Não tem polícia... Um bando de malandros. Um homem sério não pode ter segurança — e olhava com saudade as mulheres que se reclinavam nas janelas.

O grupo passou junto aos rapazes. O que fazia pose puxava uma fumaça do cigarro que foi bem direitinho na cara de Josué:

— Isso foi de propósito, espuma de gente?

Não tinha sido. O rapaz explicou com a voz tremendo. O companheiro ajudou. Josué olhava de maus modos. O grupo parou mais adiante.

— Tu não é espia dos outros?

— Até a gente já ia embora. Nós não temos nada com isso não, chefe.

— Não sou chefe de ninguém. Isso é dichote.

Traíra gritou para Josué:

— Sapeca logo e vem embora, homem de Deus. Olha que a gente chega tarde.

Aí o rapazinho suplicou:

— Não dê em mim não, pelo amor de Deus. Eu não fiz nada.

Josué baixou a mão:

— Então te some da minha frente.

Os rapazes se rasparam. Guma perguntou a Josué:

— Que foi?

— Nada. Os meninos quase morre de medo...

Entraram numa das casas. Veio lá de dentro uma mulata gorda, rebolando as cadeiras:

— Que é que vocês quer?

Josué foi logo pegando no queixo:

— Como vai, mãezinha?

— Mãe do diabo, não tua. Que é que vocês vêm fazer aqui? Bagunça como ontem? Depois quem se avém com a polícia sou eu. Vão dando seu fora...

— Deixa disso, Tibéria. A gente vem só caçoá um bocado com as menina. Então a gente não pode vir em casa de uma mulher?

A caftina olhava desconfiada:

— Eu sei o que é que vocês quer. Vocês só sabe armar encrenca. Pensa que a vida da gente é boa, ainda arranja sarna pra gente se coçar...

— A gente quer é beber umas cerveja, Tibéria.

Foram entrando. Na sala as mulheres, em torno da mesa, olhavam amedrontadas. Um do grupo disse, virando pra Guma:

— Elas tão pensando que a gente é bicho? Ou alma do outro mundo?

Uma mulher loira, avelhantada, falou para Traíra:

— Tu vem armar barulho de novo, coisa-ruim?

— Só vim acabar o amorzinho de ontem, Lulu.

Sentaram à mesa. Desceu cerveja. Eram cinco mulheres somente. Tibéria avisou:

— Não tem mulher pra vocês todos. Só dá pra cinco...

— Os outros vão pra outras casas — propôs Traíra.

— Mas primeiro vamos beber uma cerveja junto — e Josué bateu na mesa reclamando cerveja com urgência. Depois alguns foram para as outras casas. Sairiam logo que ouvissem os soldados do tiro e ficariam pela redondeza da casa de Tibéria esperando a hora do barulho. Dos doze, só ficaram em torno à mesa Traíra, Josué, o mulato magro, um sujeito que tinha um talho no beiço e Guma, com quem Josué, já inteiramente bêbado, estava muito agarrado:

— Você nem sabe como sou seu amigo... No cais ninguém fala mal de você na minha vista.

O do talho no beiço disse:

— Eu conheci o pai de vosmicê. Diz-que ele tinha despachado um...

Guma não contestou. Uma mulher botou uma vitrola para tocar. Josué arrastou uma mulatinha para o quarto. Traíra foi com a loira velha. Tibéria contava as garrafas de cerveja bebidas. O do talho arriou a cabeça em cima da mesa. Uma mulher se aproximou dele:

— E eu? Fico sem homem?

O do talho foi quase arrastado. O mulato magro disse:

— Eu vim foi pro barulho. Mas já que estou aqui... — e foi com a outra mulher.

A que coube a Guma era uma morena nova. Não devia ter muito tempo na vida. No quarto começou logo a se despir.

— Você paga um conhaque para mim, simpático?

— Tá bem...

— Tibéria! Traz um conhaque.

Já de camisa, recebeu o copo na porta que entreabriu. Bebeu de um gole, após oferecer:

— É servido?

Deu um estalo com a boca e agradeceu: "obrigado". Deitou-se de barriga para cima.

— Que é que você está esperando aí? — (Guma estava sentado nos pés da cama.) — Não quer?

Guma tirou os sapatos e o paletó. Ela falou:

— Só tá me parecendo que vocês veio aqui por outra coisa.

— Nada. Foi pra isso mesmo.

Uma vela iluminava o quarto. Ela explicou que a lâmpada estava queimada, "era tão miserável o serviço de eletricidade em Cachoeira...". Guma, estendido na cama, olhava a mulher que falava. Era bem nova ainda, não demoraria a estar velha. Vida assim levara sua mãe. É um destino desgraçado este. Perguntou para a mulher:

— Como é seu nome?

— Rita — virou-se para ele —, Rita Maria da Encarnação.

— Bonito. Um nome grande. Mas você não é daqui, é?

Rita fez um muxoxo com a boca:

— Vê lá... Tou aqui porque... — explicou o final da frase com um gesto vago e um olhar triste. — Mas eu sou da capital.

— Da Bahia, é?

— Pois não havia de ser? Ou você pensa que eu sou tabaroa?

— Tou achando é você muito nova pra tá metida nessa vida...

— Desgraça não vê idade.

— Quantos anos tu tem?

A sombra da vela desenhava fantasmas no quarto de barro batido. A mulher estirou uma perna, olhou para Guma:

— Dezesseis. Por quê, se mal lhe pergunto?

— Tu é muito nova e já está nisso. Olhe: eu conheci uma mulher — (lembrava-se da mãe) — que envelheceu muito depressa.

— Tu veio foi me dar conselho? Tu é marítimo ou padre?

Guma sorriu:

— Dizendo por dizer... Eu tenho pena, somente.

A mulher se sentou na cama. As mãos tremiam:

— Dispenso sua caridade. Que foi que você veio fazer aqui?

E (quem sabe por quê) se cobriu com o lençol, com uma vergonha repentina. Guma agora estava triste e não se importava que ela o insultasse. Achava-a bonita, nova de dezesseis anos e pensava que em algum tempo sua mãe fora assim. Tinha pena dela e o que ela lhe dizia era mais triste ainda. Pousou a mão no ombro dela e foi com tanta suavidade que ela olhou de novo para ele:

— Desculpe...

— Sabe qual foi a mulher que eu conheci? Era minha mãe. Quando eu vi era moça ainda, mas estava acabada que nem casco de saveiro naufragado... Tu é bonita, é uma menina. Por que é que você tá aqui? — ele gritava e não sabia por quê. — Você não tem nada que fazer aqui. Tá se vendo logo que você não é daqui.

Ela se cobria ainda mais com o lençol. Tremia como se tivesse frio, como se houvessem chicoteado seu corpo. Guma se arrependeu de ter gritado.

— Tu não tem nada que fazer aqui. Por que não vai embora? (Sua voz era carinhosa como a de um filho falando a uma mãe. Ele lhe dizia tudo o que quisera dizer à sua mãe.)

— Pra onde? A gente cai aqui é como se afundasse num brejo. Não tem árvore onde a gente pegar. Só tem caniço...

Parecia que ela ia chorar:

— Para que você veio falar isso tudo? Eu tava bem boa da minha vida. Você veio pra me maltratar. Você não ganha nada com isso.

A luz da vela morria e ressuscitava a cada momento:

— Eu não sou da Bahia, não. Nunca pisei os pés lá. Sou de Alagoinhas, tou aqui é por vergonha. Foi um caixeiro-viajante. Saí da minha terra com vergonha. Meu filhinho morreu...

Ele estendeu as mãos sobre a cabeça de Rita. Ela soluçava baixinho, encostou a cabeça no seu peito:

— Me diga o que é que eu vou fazer?

Bateram na porta. Guma ouviu a voz de Josué:

— Guma!

— Que é?

— Eles tá chegando... Sai logo.

De fora, da rua, vinha o rumor de vozes e passos. A mulher pegou no braço de Guma:

— O que é?

— São os do tiro. Vai haver encrenca... — e fez um gesto de pular da cama.

Ela o segurou com os dois braços, o rosto amedrontado, os olhos ainda cheios de lágrimas. Ela o segurou como quem segura uma última esperança, uma árvore na beira do abismo:

— Tu não vai, não...

Ele a acariciou:

— Não vai ser nada. Solta.

Ela o olhava sem compreender:

— E eu como vai ser? E eu? Tu não vai, eu não deixo... Você é meu, agora não pode ir morrer... Se você morrer eu me mato...

Ele arrancou do quarto e no corredor ainda ouvia, apesar do barulho que faziam os rapazes, entrando aos berros, os soluços dela e a sua voz que perguntava:

— E eu? Eu me mato também...

Eram perto de setenta rapazes do tiro, fora os que eram casados e não tinham vindo. Foi somente por isso que o barulho teve aquele fim. Invadiram os quartos dando nos homens e nas mulheres, os marinheiros reagiram. Ninguém sabe se foi Traíra quem puxou a faca primeiro ou se foi o rapaz que atirou. Quando a polícia chegou, os marítimos tinham fugido pelos fundos, pulado o muro e desaparecido para o cais, lugar perigoso para se ir procurar um marinheiro. O rapaz com a facada acabava de morrer. O ferimento do outro era pequeno, uma punhalada no braço. O rastro de sangue atestava que Traíra saíra baleado e o sargento do tiro dizia que tinha sido no peito, ele tinha visto quando o rapaz disparara:

— Ainda assim o mulato desceu o punhal. Depois saiu curvado como um velho. A bala foi no peito, garanto. Ele não guenta chegar no cais...

A mulher também estava morta. Se metera entre Guma e a bala que o sargento atirara, mas ninguém ligou para Rita, que uma prostituta não tem importância. O rapaz, sim, era de boa família, conceituado no lugar, filho de um advogado. O delegado coçou a cabeça (estava dormindo quando o chamaram), olhou o cadáver de Rita, empurrou com o pé:

— E essa? Por quê?

A loira estava espantada também:

— Deu uma coisa nela. Saiu do quarto, parecia doida, se agarrou com um que tinha tado com ela, queria levar ele pro quarto. Foi quando começou o tiroteio, ela se meteu na frente dele, recebeu as sobras...

— Era amásia dele?

— Tá vendo que ela conheceu ele essa noite... — balançou a cabeça. — Deu uma coisa nela...

As outras também não compreendiam. Ninguém compreendia. Ninguém sabia que ela tinha apenas se purificado, deixado aquela vida para a qual não nascera. E a deixara pelo seu amor. Então Tibéria, a caftina, com os olhos espantados, repetiu:

— Deu uma coisa nela...

Guma tinha se jogado n'água a uma boa distância do *Valente*. Nadou para o saveiro, subiu. Um vulto apareceu na sua frente falando baixinho:

— Guma?

Era Josué. Estava nu da cintura para cima. O rio estava enchendo, o saveiro ficara a uma boa distância do cais:

— Foi uma dos diabos... Traíra tá aqui. Eu trouxe ele a nado. Só faltei botar a alma pela boca.

— Pra que ele aqui?

— Ele tá malzinho, Guma. Só levando pra Bahia. Se apanham ele aqui, dão fim no desgraçado. E ainda por cima com uma bala na barriga...

O cais estava despovoado. O baiano iluminado recebia passageiros raros. As canoas tinham ido embora. Josué explicou:

— Quando cheguei com ele, a turma tinha zarpado. Só tava o *Valente*. Se eu tivesse um saveiro levava ele. Mas na minha canoa ele não chega lá.

— Onde tu deitou ele?

— Tá no porão. Já amarrei o lugar da ferida, agora parece que tá dormindo...

— Que faço dele?

— Leva ele pro doutor Rodrigo, que é um homem bom, trata dele. Depois ele capa o gato.

— Tá certo.

Guma espiou com a lanterna Traíra deitado no porão. O sangue já não escorria da ferida. Traíra parecia um morto. Apenas a respiração mostrava que ainda vivia. Estava lívido, a lanterna iluminava a cabeça raspada, Josué falou:

— Te avia, rapaz, que a polícia aparece uma hora dessa.

Ajudou Guma nas manobras, quando o saveiro saiu se atirou n'água. Deu adeus com a mão:

— Até outra... Conte com esse negro.

Saindo do porto, Guma viu um movimento desusado no baiano. Vários homens entravam, falavam alto. Era a polícia com certeza. Guma ia no leme, o saveiro corria quanto podia. Apagara a lanterna e ia com cuidado que o rio tinha muitas coroas e a noite era escura. Ouviu a primeira chamada do baiano. "Ainda tenho uma hora", pensou. Uma hora para tomar a dianteira, para escapar de uma revista do saveiro. Tinha que se esconder num canto qualquer do rio até que o navio passasse. E se dessem busca, se encontrassem Traíra agonizando no saveiro então a sua carreira estava terminada. Talvez nem houvesse prisão. Não costumava haver por aquelas bandas. Talvez ficasse boiando n'água com uma faca nas costas para exemplo. Não adiantava mais se vingarem em Traíra que já estava morrendo, mas tinham que se vingar em alguém. O rapaz era de boa família, gente de prestígio... Guma espiou em redor. O mar estava calmo, o vento soprava, uma brisa boa que levava o saveiro. O mar ajudava os seus homens. O mar é amigo, doce amigo. O saveiro desliza sobre a água azul. Guma se desvia de uma coroa. Corre agora num canal estreito. Tem os olhos atentos e a mão firme no leme. Traíra geme no porão. Guma fala:

— Traíra... Tá ouvindo, Traíra?

Como resposta os gemidos aumentam. Guma não pode deixar o leme agora. É perigoso demais deixar o saveiro solto nesse canal:

— Vou já... Espere um minuto.

Os gemidos se sucedem e são dolorosos. Guma pensa que Traíra vai morrer. Morrerá no seu saveiro e ali a polícia o encontrará. Se vingarão então em Guma. Isso não o amedronta. Não quer é ficar só com o cadáver de Traíra que morreu por uma brincadeira. Traíra não devia ter puxado a faca. Se os outros eram muitos não era covardia ir embora, deixar o campo livre. Mas Guma reflete. Quem não faria o mesmo, qual deles não puxaria a faca? Traíra está morrendo, não podia discutir. É preciso é se livrar de uma revista para poder levar o cadáver até o porto, onde possa entregá-lo àqueles que o chorarão.

Atravessaram o canal. Guma acende a lanterna e se aproxima do porão. Traíra conseguiu se virar e está deitado de lado. Da ferida sai um filete de sangue. Guma fala:

— Quer alguma coisa, mano? Nós tá indo para a Bahia.

Os olhos parados de Traíra se viram para ele:

— Água...

Guma traz a cabaça, desce, chega o gargalo à boca do ferido. É com dificuldade que Traíra bebe. Depois se volta novamente e fica de barriga para cima. Olha fixamente Guma:

— É Guma?

— Eu mesmo.

— O outro ficou morto, não foi?

— Foi...

— Nunca matei um homem. A gente cava a desgraça mesmo...

— Tinha que ser.

— Que vai ser agora de minha mulher?

— Você é casado?

— Sou casado em Santo Amaro, tenho três meninas. Que vai ser delas?

— Não vai ter nada. Você vai ficar bom, arriba com elas.

— A polícia tá perseguindo?

— Mas a gente engana eles.

— Então vai pro leme.

Guma sobe. Vem pensativo porque Traíra tem mulher e três meninas. Quem irá dar de comer a tanta gente? Bem o velho Francisco diz que marinheiro não deve se casar. Um dia vem uma desgraça, atenta a gente, os filhos ficam com fome. No entanto ele quer casar. Quer trazer Lívia para o seu saveiro, ter um filho. A voz surda de Traíra o chama novamente:

— Guma!

Desce. Traíra está tentando levantar a cabeça.

— Você ouviu o apito do baiano?

— Não.

— Eu ouvi. A essa hora tá largando. Não adianta mais. Eles vêm nele, não vêm?

Guma sabe que ele se refere à polícia. Não nega. Traíra continua:

— Eles alcança a gente. Mata aqui mesmo.

Ficam em silêncio. A lanterna ilumina o rosto de Traíra que está fechado num ricto de dor.

— Só tem um jeito. Eu vou mesmo morrer. Tu me ajuda a subir, eu me boto n'água. Quando eles chegar não me encontra.

— Tu tá bestando, homem. Eu ainda sei manobrar com um saveiro.

— Me dá água.

Guma sobe após dar água. Agora sim que o baiano apitou. Agora está largando do porto e virá atrás dele. Quando deitarem o barco com os homens tudo estará perdido. O baiano seguirá e os homens armados darão cabo deles. Dirão depois que eles resistiram. Guma nem pode resistir. Faca só serve corpo a corpo. Quando eles pularem para o saveiro será de parabélum na mão, rifles atirando. Nessa noite irão ver Janaína. Não verá mais Lívia, não verá mais o velho Francisco. O saveiro corre com o vento. O *Valente* está dando tudo que pode, mas esta é a última corrida do *Valente*. Ficará perfurado de balas, talvez afunde com o seu dono. Sua lanterna não brilhará mais nessa baía, não atravessará mais o rio, não pegará mais aposta com mestre Manuel. O rapaz ficou estendido na sala, ficou também a mulher. Só agora Guma se recorda dela. Morreu para o salvar, era jovem e bela. Deixou aquela vida que não nascera para ela. Se não morresse não largaria mais o copo de cachaça e envelheceria antes do tempo. Morreu como a mulher de um marinheiro. Não foi uma mulher da vida que morreu com um tiro no peito. Foi a esposa de Guma, Iemanjá sabe disso, há de passear com ela pelas terras de Aiocá, há de fazê-la sua mucama na pedra do Dique. Era nova e bela. Morreu por um homem do mar, seu corpo irá para o cemitério, mas com certeza Iemanjá irá buscá-la para sua mucama. Guma contará a Lívia a sua história. E se lhe nascer uma filha seu nome será Rita. Ouve o apito do baiano. Vem atravessando o canal. Não demorará a estar ali perto deles, a descer o escaler e a desaparecer na escuridão. Então tudo estará terminado. O *Valente* corre o mais que pode. Corre para a morte que o seu dia chegou. Irão navegar nas terras de Aiocá que são mais belas. Lá estará Rita esperando.

Guma ouve um ruído. Como que alguém se arrastando no saveiro. Há alguém, sim. Alguém que vem muito de mansinho para a borda do barco. Larga o leme e vai espiar. É Traíra que vai se jogar n'água. Se atira em cima dele e ele ainda luta, quer acabar com aquilo de uma vez, não quer sacrificar Guma por sua causa. A cabeça raspada brilha à luz da lanterna. Guma o arrasta para o porão. Ele o olha agradecido e com orgulho. Ele também sabe que a lei do cais é essa e Guma a sabe cumprir. Morrerão os dois, então. Pede a Guma:

— Você tem uma faca demais?

— Tenho. Pra quê?

— Me dê. Quero morrer como um homem. Ainda sou capaz de levar um... — sorri com dificuldade.

Guma dá a faca e sobe. Ele também se defenderá. Não se deixará matar como um peixe pescado vivo. Só largará a faca quando já estiver caído. Não verá mais Lívia, ela casará com outro, terá filhos de outro. No entanto será o de Lívia o nome que ele dirá quando cair. Pena que não tenha Rufino junto a ele. Se o negro estivesse tatuaria o nome de Lívia no seu braço.

Enxerga a lanterna de um saveiro. Quem virá? Dentro em pouco ele o saberá. Se for um amigo talvez tudo esteja salvo. O saveiro se aproxima. É o saveiro de Jacques. Ainda esta manhã eles brigaram à beira do cais. Mas Guma sabe que pode recorrer a ele. Porque assim manda a lei do cais.

A um sinal da lanterna de Guma o saveiro de Jacques para. Jacques está espantado. Estava esperando uma hora para se vingar de Guma. Mas este lhe explica o que aconteceu, a perseguição, Traíra deitado ali. Jacques não discute. Passam Traíra para o saveiro. Ele arqueja, está perto da morte. Guma avisa:

— Eu espero em Maragogipe.

— Tá certo.

— Boa viagem...

Os saveiros partem. Agora nada acontecerá. Ninguém desconfiará de Jacques que vai para Cachoeira. E no *Valente* nada encontrarão. Ninguém pode afirmar que Guma estivesse no barulho a não ser as mulheres, na hora homem não guarda cara. Ele estará livre.

Foi revistado (havia lavado as manchas do porão), deixaram-no em paz. Jacques não demorou a voltar, Guma estava carregando charutos. Depois os saveiros saíram juntos, Jacques já tinha perdido a viagem, agora ia com ele até o fim. Traíra não morrera. Ia gemendo no fundo do saveiro de Jacques. Era manhã clara quando chegaram à Bahia. O baiano há muito estava atracado. No cais já sabiam do barulho. Jacques ficou no saveiro, Guma foi buscar o dr. Rodrigo. Traíra gemia no saveiro. E falava na mulher, na família, nas três meninas. No seu delírio ele via um navio enorme, um transatlântico, ancorado no cais. Vinha buscá-lo para o fundo do mar, não era mais um navio, era uma nuvem negra de tempestade que ancorava no cais. Um navio ancorou no cais. Uma nuvem ancorou no cais. A tempestade chegou para levar Traíra que matou um. Onde está sua mulher, onde estão suas filhas para lhe darem adeus? Ele vai no navio, ele vai na nuvem. Não, ele não vai porque a mulher não está ali, ali não estão suas filhas para os adeuses finais. Traíra já a bordo do navio, já a bordo da nuvem, no centro da tempestade, ainda fala na mulher, na família, nas três meninas: Marta, Margarida, Rachel.

MARTA, MARGARIDA, RACHEL

SE DE UMA COISA HÁ CERTEZA NO CAIS, mas certeza absoluta, inabalável, é que o dr. Rodrigo é de família de marinheiros, seus pais, seus avós ou outros mais antigos cruzaram os mares nas embarcações, fizeram daquilo seu meio de vida. Porque essa é a única explicação para que um doutor, de diploma e quadro, largasse as ruas bonitas da cidade e viesse morar na beira do cais, numa casa tosca junto com livros, um gato e as garrafas de bebidas. Mal de amor não era. Dr. Rodrigo estava muito moço ainda para sofrer no peito um mal sem cura. Com certeza — repetiam os canoeiros — ele era de família de marítimos, voltara para o mar. E como era magro e fraco, incapaz de levar um saveiro pelas águas e suspender um saco cheio, tratava das moléstias dos marinheiros, dava vida aos que chegavam quase mortos das tempestades. E em geral era quem dava dinheiro para o enterro dos mais pobres, quem ajudava as viúvas. Tirava da cadeia aqueles que se embriagavam e eram presos. Muito fazia por eles e era estimado no cais, sua fama chegara mesmo a lugares aonde só chegava a fama dos marinheiros mais valentes. Outras coisas fazia, mas os marinheiros não tinham conhecimento. Talvez só dona Dulce soubesse que ele fazia poemas sobre o mar, porque ele achava a sua poesia fraca demais para o motivo. Também dona Dulce não compreendia perfeitamente por que ele morava ali, sendo rico e estimado na cidade lá em cima. Vestia uma roupa coçada, sem gravata, e quando não visitava os seus doentes (tinha muitos que nada lhe rendiam), fumava um cachimbo e olhava a paisagem sempre nova do mar.

Tinha um aparelho de rádio e muitos vinham de noite ouvir as músicas de outros países. Já entravam sem desconfiança, olhavam os livros grossos e bonitos como a conhecidos (a princípio se sentiam amedrontados com aqueles livros que os separavam do dr. Rodrigo) e quase sempre terminavam por fechar o rádio e cantar as canções do cais para o doutor ouvir.

A sua estadia no cais, a sua vida entre eles, inteiramente para eles, só não era segredo para o velho Francisco, que uma vez lhe disse:

— Seu pai era marinheiro não era, doutor Rodrigo?

— Não que eu saiba, Francisco.

— Mas seu avô...

— Esse não conheci nem meu pai teve tempo de me falar da vida dele... — sorria Rodrigo.

— Pois foi marinheiro — afirmava Francisco. — Eu conheci ele. Era comandante de um navio. Um homem bom. Querido na redondeza.

E Francisco tinha quase certeza de ter conhecido o avô de Rodrigo, apesar de ter inventado a mentira naquela hora. Daí essa certeza no cais. E todos esperam que um dia o dr. Rodrigo case com dona Dulce. Eles se encontram, dão passeios, conversam. Mas nunca falaram em se casar. No entanto há muito que no cais se fala na festa desse dia. Os mais íntimos até fazem uma alusão de vez em quando e o dr. Rodrigo sorri, como que se esconde mais na roupa surrada e muda de assunto. Volta para os seus livros, para seus doentes (tem um menino tísico que lhe rouba quase todo o tempo), para a contemplação do mar.

A princípio o dr. Rodrigo ia sempre à cidade. Ia propor medidas de higiene para as casas do cais. Nunca foi atendido. Deixou de ir. Dona Dulce falou no milagre que espera. Então tudo será mais belo na beira do cais. Talvez então o dr. Rodrigo possa fazer os seus versos belos, tão belos quanto o mar.

Guma entra na sala que serve de consultório. Uma mulher gorda ouve a mãe do menino tísico que o tem seguro pela mão. O menino é só osso, tosse de quando em vez e, quando tosse, o faz com tanta força que chega a chorar. Uma mocinha num canto olha horrorizada e tapa a boca com um lenço. A mãe conta:

— Inté às vez eu penso, Deus me perdoe — e bate com a mão na boca —, que era melhor Deus chamar ele logo... É um sofrimento sem par, um sofrimento pra todos. É um tossir sem fim, a noite toda... Que alegria tem ele na vida, coitadinho, que nem pode brincar? Às vezes eu penso que Deus me ajudava se me tirasse ele — passa a manga do vestido nos olhos e agasalha mais o pequeno que tosse e parece muito longe daquilo tudo.

A mulher gorda apoia com a cabeça. A mocinha pergunta do canto:

— Como foi que ele panhou?

— Foi uma constipação, foi ficando ruim, foi arruinando, deu na moléstia...

A mulher gorda aconselhou:

— Já levou ele pro pai Anselmo? Diz-que...

— Não adiantou... Doutor Rodrigo também tem sido mesmo que um pai pra gente...

— Iemanjá tá chamando ele — completou a gorda.

Guma perguntou:

— Doutor Rodrigo vai demorar, dona Francisca?

— Não sei não, seu Guma. Tá com Tibúrcio lá dentro, aquele da ferida na perna... O senhor tá doente?

— Não. É outro negócio...

O menino tossiu. A mulher gorda falou:

— Pois a Mariana, você conhece, não é? A mulher do Zé Pedrinho...

— Ah, sim!

— Pois ela tava daquele jeito. Ficou tão magra como bacalhau seco. Botava cada posta de sangue, parecia que um dia botava o coração. Pois pai Anselmo deu uma beberagem, foi pau-casca.

— Com Mundinho não adiantou nada. Foi ele até que mandou pro doutor Rodrigo. E esse mesmo não tem dado volta. Tem feito tudo...

A porta abriu, Tibúrcio saiu capengando. Dr. Rodrigo apareceu de avental, a cara magra, ossuda. Cumprimentou Guma:

— Doente, Guma?

— Eu queria falar com o senhor. Negócio de pressa.

— Entre. — Virou-se para as mulheres: — Esperem um minuto.

Logo depois saíam os dois, Rodrigo já de paletó, a maleta de ferramentas na mão. Avisou às mulheres:

— Voltem às duas horas. Agora é um caso de urgência.

Da porta ainda avisou:

— Não esqueça do remédio do menino, dona Francisca. Antes do almoço...

Já iam pelo cais quando Rodrigo pediu:

— Agora me conte o que foi que aconteceu.

Guma contou. Sabia que podia confiar inteiramente em Rodrigo. Era um deles, era como se fosse marinheiro. Narrou o barulho todo, a morte de Rita, o ferimento de Traíra:

— O rapaz morreu. E Traíra está malzinho...

Entraram pela lama do cais, saltaram para o saveiro de Jacques. Dr. Rodrigo pulou logo para o porão. Traíra delirava e falava nas filhas, chamava por Marta, Margarida, Rachel. E todos ficavam sabendo que Marta já estava moça, tinha uns dezoito anos belos, Margarida saltava nas pedras, nadava no rio, tinha quatorze anos e longos cabelos, ficando moça, mas de quem ele tinha saudade era de Rachel, que ainda ia fazer quatro e falava atrapalhado, não sabia pronunciar direito as palavras. Jacques disse:

— Ele tá variando...

Marta, Margarida, Rachel chamadas com insistência. Marta cosia peças, começando um enxoval, que o noivo podia vir a cada momento, Margarida pulava nas pedras, brincava na beira do rio, nadava como um peixe, Rachel embolava a língua, conversava com a velha boneca, única pessoa que a entendia. Rachel era chamada com mais insistência, era de Rachel que ele tinha mais saudade. Rachel conversava com a boneca velha, dizia que ela ia ficar no canto, que o pai havia de trazer uma boneca loira nessa viagem. E o pai moribundo chamava Rachel, chamava também por Marta e Margarida, chamava até pela sua velha mulher que o estaria esperando com uma peixada.

Rodrigo examinou a ferida, o doente não ouvia mais nada, não se apercebia da presença deles. Só via as três filhas, dançando em torno, saltando risonhas, rindo alacremente. Marta, Margarida, Rachel. É uma boneca nova que Rachel tem nos braços, uma boneca nova que conversa com ela, boneca que ele trouxe nessa viagem. Ele vai embora num navio, ele vai embora numa nuvem e Marta e Margarida e Rachel dançam no cais, dançam as três de mãos dadas como nos dias felizes em que Traíra chegava das longas viagens e deitava na mesa os presentes trazidos. Marta veste as peças mais novas do enxoval, Margarida dança sobre pedras que catou na beira do rio, Rachel aperta uma boneca ao peito.

— Só operando.

— O quê, doutor?

— Só tirando a bala... Assim mesmo... O jeito é levar o homem para minha casa. E ele tem família, não é?

Traíra falava:

— Marta, Margarida, Rachel.

— Como é que a gente vai levar ele? — perguntou Jacques.

Mas se arranjaram. Foi numa rede. Primeiro o saveiro velejou para os fundos do cais, onde era quase deserto, botaram Traíra na rede, passaram um pau e o levaram ao ombro. Em casa Rodrigo já tinha os ferros preparados e a operação começou logo. Guma e Jacques ajudavam e viram as carnes cortadas, a bala arrancada do corpo, a carne cosida novamente. Era como se estivessem vendo tratar um peixe. Agora Traíra dormia, não falava mais nas filhas, não chamava pelas três.

Quando tudo tinha acabado, Guma perguntou:

— Ele vai ficar bom, doutor?

— Acho que ele não resiste, Guma. Foi muito tarde. — Rodrigo lavava as mãos.

Guma e Jacques ficaram olhando o companheiro. A face pálida, a cabeça raspada, o corpo enorme, a barriga rasgada, parecia já ter se ido, já não ser mais desse mundo. Guma disse:

— Tem família. Mulher e três filhas. Um marítimo não deve se casar.

Jacques baixou a cabeça que ele ia se casar dentro de um mês. Dr. Rodrigo perguntou:

— De onde é a família dele?

— Ele pousava lá pras bandas de Santo Amaro...

— É preciso avisar...

— Já deve de saber... Desgraça corre mundo.

— A polícia já bateu lá com certeza.

Dr. Rodrigo disse:

— Vão para as suas ocupações que eu cuido dele.

Eles saíram. Guma ainda olhou o homem que ressonava pesado. Dr. Rodrigo, quando se viu só, olhou o mar pela janela. Vida difícil aquela dos marinheiros. Guma dizia que eles não deviam casar. Há sempre um dia em que a família fica na miséria, há sempre Martas, Margaridas, Rachéis para passar fome. Dona Dulce esperava um milagre. Rodrigo quis voltar para os seus versos, mas o homem que agonizava era um protesto contra a poesia descritiva do mar. E pela primeira vez Rodrigo pensou em fazer um poema que falasse no sofrimento e na miséria da vida do cais.

Depois a morte veio calma. Agora Traíra não ia mais no navio. Rodrigo tinha chamado Guma e Jacques. Traíra viu os três em torno ao leito. Não gemia mais. Estendeu a mão e não era ao médico e aos amigos que ele estava vendo. Via as três filhas em redor do seu leito, as três filhas que o despertavam porque a manhã ia alta (o sol invadia o quarto) e era preciso sair com a canoa. Estendeu a mão, sorriu carinhoso (Rodrigo torcia as mãos), murmurou os nomes Marta, Margarida, Rachel, repetiu Rachel e embarcou na sua canoa.

Embarcou na sua canoa.

VISCONDES, CONDES, MARQUESES E BESOURO

Essa cidade de Santo Amaro onde Guma está com o saveiro foi pátria de muito barão do império, viscondes, condes, marqueses, mas foi também, gente do cais, a pátria de Besouro. Por esse motivo, somente por esse motivo, não é por produzir açúcar, condes, viscondes, barões, marqueses, cachaça, que Santo Amaro é uma cidade amada dos homens do cais. Mas foi ali que nasceu Besouro, correu naquelas ruas, ali derramou sangue, esfaqueou, atirou, lutou capoeira, cantou sambas. Foi ali perto, em Maracangalha, que o cortaram todinho a facão, foi ali que seu sangue correu e ali brilha a sua estrela, clara e grande, quase tão grande como a de Lucas da Feira. Ele virou estrela, que foi um negro valente.

Santo Amaro é a pátria de Besouro. É nisso que Guma pensa nesse momento, deitado no seu saveiro. Há três dias os pensamentos de Guma eram outros. No dia em que Traíra morreu, ele estava para ir ver Lívia, que era toda a sua preocupação. Mas mais uma vez a frase do velho Francisco, a canção que cantavam no mar, o exemplo diário ("Desgraçada é a mulher que casa com um homem do mar. Um marítimo não deve se casar"), o caso de Traíra deixando mulher e três filhas vieram inquietá-lo. Um marítimo deve ser livre, diz o velho Francisco, diz a canção, dizem os fatos diários. Livre para não amar, para viver mais largamente. Porém livre para morrer, para celebrar suas núpcias com Iemanjá, a dona do mar. Livre para morrer, que é para a morte que eles vivem, morte tão próxima, tão certa que nem é esperada, nem se preocupam com ela. Um marítimo não tem o direito de sacrificar uma mulher. Não por causa da pobreza da vida deles, da miséria das casas, do peixe diário, da falta eterna de dinheiro. Isso qualquer uma delas suportaria, que em geral estão acostumadas, ou são do cais mesmo ou são filhas de operários, de trabalhadores miseráveis também. À pobreza elas estão acostumadas, muitas vezes a coisas piores que a pobreza. Mas a que não estão acostumadas é a esta morte repentina, a ficar de repente sem seu homem, sem teto, sem abrigo, sem comida, a serem logo engolidas ou por uma fábrica ou pela prostituição, quando são mais novas. Guma se horroriza só em pensar em Lívia, mais bonita que todas as mulheres do cais, se entregando a outros homens, chamando da janela, para sustentar um filho que um dia será marinheiro também e desgraçará outra mulher. Atrás de uma janela gradeada (como as janelas de presos, de condenados) ela colocaria o seu rosto sem mistério, seu rosto sem angústia e chamaria os homens que passassem. O filho, filho de Guma, filho do mar, talvez estivesse escondido para não chorar, para não chorar pela mãe. E ela abriria seu corpo pelo almoço do filho, que amanhã deixaria uma mulher também, quando fosse (é o fim de todos eles...) com Iemanjá para as terras do sem-fim de Aiocá. Terra de Aiocá, terra natal dos marítimos, onde está a única mulher que eles, realmente, devem possuir: Janaína, misteriosa de cinco nomes, Janaína que é mãe, que é mulher e por isso mesmo é terrível. Não se sabe de um homem casado do cais que tenha envelhecido no seu saveiro ou na sua canoa. Iemanjá tem ciúmes, então ela é Inaê e desencadeia as tempestades. Não adianta levar presentes, não adianta oferecer filhas como mucamas, que ela quer os maridos, seus filhos e seus esposos.

Foi por esse motivo, por não querer fazer desgraçado o destino de Lívia, que Guma fugiu do cais naquela noite com uma pequena carga para Santo Amaro e a promessa de uma viagem de volta carregado com garrafas de cachaça. Fugiu para não ir com Rodolfo ver Lívia, olhar os seus olhos claros, ainda mais a desejar. Por isso está agora deitado no seu saveiro no cais de Santo Amaro, cidade dos condes, viscondes, barões, marqueses e cidade de Besouro.

Gente dos demais cais do mundo, Besouro nasceu aqui. Guma olha para o céu onde ele brilha. Se a lua é maior e brilha mais, se é para ela que primeiro os olhos se voltam, o que eles procuram logo depois é a estrela de Besouro, o mais valente dos negros do cais. O céu está cheio de homens valentes: Zumbi, Lucas da Feira, Zé Ninck, Besouro. Ali entre a lua e Lucas está o lugar onde ficará Virgulino Ferreira Lampião, que não há de morrer tão cedo.

Mas nenhum destes foi homem do cais, foi filho de marinheiro, viajou em rápidos saveiros. Só Besouro. Esse foi homem do mar, sabia manejar um leme, embicar uma canoa, correr com o vento e com a música. Destes todos só ele sabe onde ficam as terras de Aiocá que ficam mesmo no fim do mundo. Por isso ele é o mais amado dos homens do cais. E foi aqui, em Santo Amaro, oh! marinheiros do mundo todo, carregadores, estivadores, doqueiros, canoeiros, dr. Rodrigo, dona Dulce, todos que trabalham no mar, que ele nasceu. E bem perto daqui, na Maracangalha, cortaram-no todo a facão, fizeram dele picadinho, mas, reparai bem, marinheiros do mundo todo, foi à traição, foi enquanto ele dormia numa rede que, de todas as coisas da terra, é a que mais se parece com um saveiro, balança como se estivesse em cima das ondas.

Nasceu aqui. No Recôncavo nascem os homens valentes das águas. Na Bahia, a capital, a cidade das sete portas, nascem as mulheres mais bonitas do cais. Lívia nasceu lá. Se Besouro a visse — pensa Guma, pitando no *Valente* — se apaixonaria por ela, por sua causa esfaquearia três ou quatro. Foi um homem valente, o marítimo Besouro. E no cais não há mulher mais bonita que Lívia, Lívia que veio à festa de Iemanjá só para ver Guma, que é valente também, já correu aventuras, pensa um dia viajar por terras estranhas nos grandes navios. Ele a deseja, ela é a mulher que há muito ele espera e ela também o quer, ela veio convidá-lo com seus olhos sem mistério, seus olhos sem falsidade. E demais Guma tem um compromisso com Rosa Palmeirão. Ter um filho com Lívia para Rosa ajudar a criar, brincar com ele, esquecer uma vida de barulho, brigas e mortes. É verdade que Besouro não casou. Mas também Besouro não conheceu Lívia, já era morto quando ela nasceu. Por uma mulher como Lívia um marítimo esquece de tudo, esquece até que a pode deixar na miséria com um filho, ou com três filhas como Traíra que deixou Marta, Margarida, Rachel.

Guma nem ouve a música que vem do cais. Apenas a sente, ela domina os seus pensamentos e é aquela velha canção que diz ser a noite para o amor. As noites para Besouro nem sempre eram para o amor. Muitas vezes eram para brigas, para crimes. Outras serviam para fugas arriscadas, como da vez em que, depois de derrubar quatro soldados e ferir muitos outros, ele entrou pelo mato com duas balas no queixo e uma no braço. Era uma noite escura e o perseguiram, cercaram o mato, ele se jogou n'água e assim ferido nadou como bom marítimo que era, até que uma canoa o acolheu e um pai de santo o tratou. Mas, sem dúvida haveria algumas noites para o amor. Nas noites de lua, nas noites de música, quando a água do rio é azul, nessas noites ele amava ora Maria José, ora Josefa da Fonte, ora Alípia, ou outras que encontrava. Mas nunca teve uma única mulher, uma que se ligasse ao seu destino, que sofresse vida ruim por causa da morte dele. Muitas o choraram, mas todo o povo do mar o chorou também, seu enterro foi como o de nenhum barão, conde, visconde, marquês de Santo Amaro. Choravam que ele era bom, mão-aberta para os pobres, punhal pronto a defender o direito de um marítimo. Mas nenhuma mulher o chorou sem pensar na sua valentia, na sua bondade, nos seus feitos, nenhuma o chorou como seu homem, como seu arrimo, sua felicidade. Porque, dizem os velhos, diz a canção, os homens do cais não devem casar. Guma se move inquieto. A noite é para o amor, mas o amor de aventura, o amor que se encontra ao acaso, na areia do cais, nas margens do rio, no mercado, uma cabrocha qualquer.

A noite é para o amor, canta um negro nas águas de Santo Amaro. Outra canção (a história do cais é toda em verso: abc, sambas, canções, emboladas) afirma que desgraçado é o destino das mulheres dos marítimos. Esperar uma vela no cais, esperar nas noites de tempestades a chegada de um corpo. Besouro nunca casou, além de marítimo ele era jagunço, além do remo tinha um rifle, além da faca de marinheiro tinha uma navalha.

Também Rosa Palmeirão, mulher do cais que valia dois homens, nunca conseguiu um filho. Jacques, que ia casar nesse mês com Judith, uma mulatinha órfã de pai, ficou indeciso depois da morte de Traíra. Fugiu também, foi para Cachoeira pensar, assim como Guma está pensando, estirado no saveiro, pitando um cachimbo, ouvindo uma música. Lívia não tem mistério, seus olhos não esperam nada de mau na vida. Ligar sua vida a um marítimo é desgraçar seu destino, bem diz a canção. Guma tem raiva, tem vontade de gritar, de se jogar n'água, que é doce morrer no mar, de brigar com muitos homens como fazia Besouro.

A estrela de Besouro pisca no céu. É clara e grande. As mulheres dizem que ele está espiando os malfeitos dos homens (barões, condes, viscondes, marqueses) de Santo Amaro. Está vendo todas as injustiças que os marítimos sofrem. Um dia voltará para se vingar.

Voltará outro, ninguém saberá que é Besouro. A sua estrela desaparecerá do céu, ele brilhará na terra. Talvez seja esse o milagre que dona Dulce espera, o dia de que falam os versos do dr. Rodrigo. Talvez que nesse dia os marítimos possam casar, dar vida melhor para as mulheres e garantir que não morrerão de fome após a morte deles, nem tampouco precisarão de se prostituir. — Quando chegará esse dia? — Guma interroga a lua e as estrelas.

Besouro foi valente e só o mataram à traição, cortaram seu corpo todo, foi preciso catar os pedaços para o enterro. Ele lutava contra os barões, condes, viscondes, marqueses que eram e são donos dos engenhos, dos campos verdes de cana, que estabeleciam as tabelas de fretes para os saveiros e canoas, ele invadia os engenhos, tirava um pouco do que era deles e dividia pelas viúvas, pelas crianças cujos pais morreram no mar. Os barões, viscondes, marqueses e condes faziam discurso no Parlamento, conversavam com d. Pedro II, bebiam vinhos caros, defloravam escravas, surravam negros, tratavam os saveireiros e canoeiros como criados. Mas de Besouro tinham medo, era o diabo para eles, nome que não gostavam de ouvir. Botaram polícia, botaram homens e mais homens contra ele. E não puderam com Besouro porque não havia mulher no cais, no rio, nas cidades do Recôncavo que não pedisse por ele a Iemanjá. E não havia saveiro, não havia canoa e batelão que não lhe desse guarida. Tremiam os barões, tremiam os viscondes de Santo Amaro, pediam por Deus a Besouro que poupasse suas terras e por isso foram poupadas algumas negras, alguns negros, alguns marítimos. Porque os senhores tinham medo de Besouro.

Um dia Besouro voltará. Guma deve esperar esse dia para casar. Ninguém sabe como Besouro voltará. Talvez volte mesmo como muitos homens, com o cais todo se levantando, pedindo outras tabelas, outras leis, proteção para as viúvas e órfãos.

Lívia o espera, ele sabe. A noite é para o amor e ela o espera. Rodolfo deve ter ficado aborrecido por não ter encontrado Guma. Ele não sabe que Guma fugiu, não quis desgraçar o destino de Lívia. Mas agora uma tentação de voltar o invade, uma vontade de a rever, de ficar diante dela, parado. Lívia há de vir com ele, há de dormir muitas noites nesse saveiro. E se ele morrer ela há de ter coragem para não se prostituir. A noite é para o amor e o amor para Guma é Lívia. Ele não quer amor de aventuras, amor de acaso, uma cabrocha qualquer. Foi Lívia quem Iemanjá lhe mandou, ele não pode discutir as ordens de Iemanjá. Canoeiros, pescadores, mestres de saveiro temem o amor. O que terá decidido Jacques, que foi para Cachoeira pensar? Guma não quer desgraçar o destino de Lívia, mas não pode. Destino é coisa feita, ninguém pode desmanchar. O destino de Lívia é o destino infeliz das mulheres do cais. Nem ela, nem Guma, nem mesmo Besouro que virou estrela, podem desmanchar. Guma a irá buscar, não devia ter fugido que essa noite de lua bela e de tantas estrelas foi feita para o amor. Numa noite assim ninguém pensa em tempestade, em barulho, em temporal, em morte. Guma pensa que Lívia é bela e ele a deseja.

Santo Amaro é a terra de Besouro. Não importa que aqui tivessem nascido nobres do Império, senhores de escravos inúmeros. Não importa, marinheiros. Aqui nasceu Besouro, o homem do mar mais valente que já navegou nessas águas. Barões, condes, viscondes, marqueses dormem junto às ruínas dos castelos feudais em túmulos fechados que o tempo vai comendo. Mas Besouro brilha no céu, é uma estrela, derrama sua luz sobre o saveiro de Guma que parte rápido em busca de Lívia. Um dia Besouro voltará, marítimos de todo o mundo, e então todas as noites serão para o amor, haverá novas canções no cais e no coração das mulheres.

MELODIA

O MAR LHE MANDOU OS VENTOS MAIS RÁPIDOS, lhe enviou o nordeste que atira o *Valente* para o cais da Bahia. Canoas que passam, saveiros que cruzam, jangadas que levam pescadores, batelões carregados de lenha lhe desejam boa viagem:

— Boa viagem, Guma...

Boa viagem que ele vai em busca de Lívia. A lua ilumina sua rota, o mar é uma estrada larga e boa. E o nordeste sopra, o terrível nordeste das tempestades. Mas agora ele sopra como amigo que o ajuda a transpor mais rápido esse braço de rio. O nordeste traz as canções da beira do rio, canções de mulheres lavadeiras, cantigas de pescadores. Os tubarões saltam nas ondas da entrada da barra. Há danças no navio iluminado que entra. À luz da lua um casal conversa. "Boa viagem", diz Guma e sacode a mão. Eles respondem e ficam comentando, entre sorrisos, a saudação daquele marítimo desconhecido.

Ele vai buscar Lívia, ele vai buscar uma mulher bonita para oferecer ao mar. Não demorará muito a carne de Lívia terá o gosto da água salgada do oceano, os seus cabelos serão úmidos dos salpicos do mar. E cantará no *Valente* as canções do cais. Saberá da história de Besouro, da história do cavalo encantado, de todas as histórias de naufrágios. Será, como um saveiro, o casco de uma canoa, uma vela, uma cantiga, apenas uma coisa do mar.

O nordeste sopra, empina as velas do *Valente*. Corre, saveiro, corre, que já brilham as luzes da Bahia. Já se ouve o baticum dos candomblés, a música dos violões, o triste gemer das harmônicas. Guma parece já ouvir a risada clara de Lívia. Corre, saveiro, corre.

RAPTO DE LÍVIA

Seis meses de um desejo intenso de a ter, de a possuir. O *Valente* cortava as águas do mar e do rio, o *Valente* ia e vinha, e o desejo não abandonava Guma. Ele a vira logo que chegara naquele dia de Santo Amaro. Foi com Rodolfo e ela lhe parecera ainda mais bela, tímida, olhando com seus olhos claros. Os parentes dela, tios que tinham uma pequena quitanda, e na beleza de Lívia (poderia fazer um bom casamento...) punham toda a sua esperança, logo após os agradecimentos não viram Guma com bons olhos. Esperavam que ele aparecesse, recebesse os agradecimentos e seguisse sua viagem sem olhar para trás. Que podia Lívia esperar de um marinheiro? E que podiam eles esperar de alguém que era ainda mais pobre que eles?

Seis meses em que, para vê-la, para dar dois dedos de prosa (era somente ela quem falava, ele ouvia calado), tinha que atravessar sob os olhares dos tios. Olhares de raiva, de antipatia, de desprezo. Ele lhes salvara a vida, mas agora queria tirar a única esperança que lhes restava de uma vida melhor. Mas, apesar dos olhares, das palavras murmuradas em tom que ele as ouvisse, Guma voltava sempre vestido com a única roupa de casimira que possuía, mal-arranjado dentro dela, com os movimentos presos.

Logo na primeira semana tinha escrito uma carta para Lívia. Primeiro quis mostrar a dona Dulce para ela consertar os erros. Mas teve vergonha e mandou assim mesmo como estava:

> Minha estimada L... de toda a pureza dalma.
>
> Saudações.
>
> É com a mão pesada e com o coração louco e apaixonado por ti que te escrevo essas mal traçadas linhas.
>
> Lívia meu amor peço minha filha que você leia esta carta com atenção para poder me responder com urgên-

cia, mas quero uma resposta sincera saída de seu coração para o meu.

Lívia você sabe que o amor cresce de um beijo e termina numa sentida lágrima? mais minha filha eu penço que se você me corresponder que o nosso vai ser ao contrário, já nasceu de um olhar, há de crescer mais, de um beijo e nunca mais terminará não é assim meu amor? Peço que me responda todas as perguntas que lhe faço já ouviu? Minha filha eu penço que o teu coração é uma concha doirada aonde se encerra o nome BONDADE.

Lívia meu amor já nasci te amando não podendo mais ocultar esse segredo e não podendo mais suportar essa dor imensa que meu coração sente declarei a verdade meu anjo adorado, já ouviu?

Tu será para mim a minha única esperança, entrego a você meu coração para seguir o teu destino, penço que você não gosta de mim mas meu coração em tuas mãos sempre esteve e estará até meus últimos momentos.

Quando eu vi você meu anjo mais louco e apaixonado por ti eu fiquei quase que lhe declarava a verdade, mais quiz guardar mais tempo para lhe confessar até que chegou o momento de você ouvir as minhas súplicas.

Escrevi para você para poder desabafar meu coração, não amo a ninguém a não ser você, estimo-te e quero-te, para a minha eterna felicidade.

Peço agora um grande favor que não mostre a ninguém esta carta para não servir de chicanas de um coração apaixonado que eu sou capaz de rebentar o leme de um que se rir de mim. Assim como tenho esperanças de você responder satisfatoriamente não mostrarei a ninguém ficará entre nós dois este segredo.

Peço resposta urgente para eu saber se você corresponde um coração apaixonado, mais quero uma resposta sincera saída do seu coração para o meu já ouviu?

A tua resposta servirá de bálsamo para o meu coração dolorido, já ouviu?

Desculpe os erros e a letra.

Você há de reparar a mudança de letra é porque eu troquei de pena já ouviu? Fiz esta cartinha sozinho em casa te escrevendo e pensando em você já ouviu?

Sem mais aceite um abraço do teu G... que tanto te quer e te estima de todo o coração já ouviu?

Gumercindo. URGENTE

A verdade é que essa carta quase dá em briga, em barulho grosso. Foi o caso que quem começou a escrevê-la foi o dr. Filadélfio. Quase ninguém o chamava de Filadélfio, todos o conheciam como o "doutor". Ele escrevia história em versos, abcs do cais, cantigas. Vivia sempre meio embriagado, resmungando seu saber (estudara um ano num colégio de padres), ganhando cinco tostões de um e de outro para fazer cartas para as famílias, para namoradas, esposas e amantes eventuais. Fazia discurso nos batizados, nos casamentos, na inauguração de todas as bodegas do mercado e no batismo de todos os saveiros. Era admirado na beira do cais. Todos lhe davam com que comer e com que beber. Uma caneta atrás da orelha, um tinteiro arrolhado no bolso, um guarda-chuva amarelo, um rolo de papel, um livro de Allan Kardec embaixo do braço. Lia eternamente aquele livro e nunca chegara ao fim. Não passara mesmo da página 30 e se dizia espírita. No entanto nunca fora a uma sessão porque tinha um medo pavoroso de alma do outro mundo. Sentava-se todas as tardes em frente ao mercado e ali, em cima de um caixão, ele era o intermediário dos amores do cais, dramatizava doenças e falta de dinheiro para famílias de canoeiros, escrevia também cartas para Iemanjá, sabia da vida de todo mundo. Quando Rufino chegava ele ria sua gargalhada fina, sacudindo os ombros, e perguntava:

— Quem é a nova?

Rufino dizia o nome, ele escrevia a mesma carta de sempre. E quando via um conhecido avisava:

— A Elisa tá vaga. O Rufino abriu mão da bicha.

E escrevia uma carta para o outro. Assim, ganhava sua vida, o dinheiro para beber. Uma vez, por dez tostões, fez para Jacques uma obra-prima da qual muito se orgulhava. Um acróstico que agora Judith levava sobre o peito:

A mo-te loucamente
D ei-te todo o meu coração
E stimo-te de toda minha alma
U nica que eu amo e estimo
S ou teu até morrer.

Botou o título de "Adeus", olhou para Jacques com os olhos comovidos:

— Eu era para estar na política, menino. Isso de cais não é minha carreira. Na política era de ver que nem Rui se aguentava...

Leu o acróstico em voz alta, copiou com sua bela letra, recebeu dez tostões e disse:

— Se com isso ela não ficar caidinha que nem canoa emborcada eu lhe restituo os dez tostões...

— Você o quê?

— Restituo... Dou de novo... Pois é...

Quando chegava a época das festas em Cachoeira e São Félix ele se metia no saveiro de um mestre amigo e ia escrever cartas, acrósticos, versos, nas feiras e quermesses daquelas cidades onde há muito sua fama já chegara.

Era o confidente obrigatório de todos. Muitas vezes respondia ele mesmo a cartas que escrevera. Por seu intermédio muito menino nasceu no cais, muita moça se casou. Era também quem escrevia para as famílias distantes a notícia da morte de marinheiros que não voltavam ao seu porto. Nesses dias bebia ainda mais.

Guma esperara uma hora em que ele estivesse bem desocupado para lhe falar. O doutor estava com pouca freguesia naquela tarde e palitava os dentes pensando em quem lhe pagaria o jantar. Guma se aproximou.

— Boa tarde, doutor.

— Que os bons ventos te acompanhem, rapaz — gostava de falar certo.

Guma ficou calado sem saber entrar no assunto. O doutor o animou:

— Então você não vai botar ninguém no lugar de Rosa? Tou aqui para preparar uma poesia que nenhuma resiste.

— Era por isso...

— Quem é o peixe?

— Tá aí o que eu não queria dizer...

O doutor se ofendeu:

— Em doze anos aqui, ninguém desconfiou de mim. Sempre fui mudo como um cofre fechado a sete chaves.

— Não é desconfiança, doutor. Depois o senhor vem a saber...

— Tu há de querer uma epístola bem amorosa, não é?

— Tava querendo que o doutor me rabiscasse uma carta dizendo umas coisas...

— Pois vamos ver a dama de que categoria é?

— É muito bonita.

— Tou perguntando — ficou danado porque ia dizer inquirindo e se esqueceu na última hora — se é donzela, mulher da vida ou uma navegante — entendia por navegante as mulatinhas copeiras que vinham amar os marítimos por puro amor, sem esperar outras recompensas.

— É uma moça séria, quero me casar com ela.

— Então você tem que arranjar umas flores de laranjeira para depositar no envelope. E um papel com dois corações entrelaçados.

Guma saiu para ir arranjar o material. O doutor avisou:

— Carta assim custa dois cruzados. Mas fica dela se lamber.

Quando Guma voltou ele começou a escrever lendo ao mesmo tempo em voz alta. Em lugar do nome da amada botou L... como Guma pediu.

A briga saiu quando ele escrevia aquele trecho: "Minha filha eu penso que o teu coração é uma concha doirada aonde se encerra o nome bondade". Porque ele escrevera que o coração era um cofre doirado. Guma discordou do cofre e propôs concha. Achava que não havia nada mais bonito que concha. Cofre é uma coisa feia. Ora, o doutor não admitia discussões. Disse que ou ia cofre ou não ia nada. Ele não escrevia a "epístola". Guma arrancou a carta das mãos dele, arrancou também a caneta e o tinteiro e foi para o saveiro. Riscou cofre e botou concha. Depois escreveu ele mesmo, com uma grande alegria, todo o resto da carta. Quando chegou ao fim fez aquela explicação sobre as duas letras diversas e voltou para o doutor:

— Tome seus negócios...

— Não quer que eu continue?

— Não. Mas pago... — e deu oitocentos réis.

O doutor botou o dinheiro no bolso, fechou o tinteiro e espiou para Guma com um olhar sério:

— Você já viu cofre?

— Até já levei um verdão no meu saveiro pra Maragogipe...

— Mas nunca viu cofre doirado?

— Não.

— Por isso é que você diz que concha é mais bonito. Se tivesse visto um cofre doirado nem discutia.

E a carta foi com concha mesmo. Guma a levou de noite e no fim da visita disse a Lívia:

— Tenho uma coisa para lhe dar. Mas você jura que só vê lá dentro?

— Juro...

Ele entregou a carta e saiu quase correndo. Só parou no cais e viveu uma noite de agonia pensando na resposta que ela lhe daria.

A resposta ela deu verbalmente quando ele voltou lá:

— Eu tou preparando o enxoval...

Tios que esperavam tudo do casamento dela. Os tios quando souberam brigaram com Guma, disseram que ele não viesse mais a sua casa. Ninguém sabia por onde andava Rodolfo. Guma estava sem poder apelar para ninguém. Quando não estava viajando, passava até tarde da noite vigiando a casa dela para a ver de repente, dar duas palavras, combinar um encontro. E o desejo subindo dentro dele. Afinal se abriu com Rufino. O negro esgravatou o chão com um pedaço de pau e disse:

— Só vejo um jeito pra coisa...

— Qual é?

— Você roubar a moça.

— Mas...

— Não tem nada. Você acerta com ela, pega uma noite, mete no saveiro, veleja para Cachoeira. Quando voltar tem mesmo é que casar.

— E com quem ela fica lá em Cachoeira?

— Com a mãe da mulher de Jacques — disse Rufino depois de pensar um instante.

— Vamos logo ver o que Jacques diz.

Jacques tinha se casado há uns meses. A sogra morava em Cachoeira, Lívia podia ficar com ela enquanto Guma acertava o casamento com os parentes. Jacques concordou. Guma foi arranjar um meio de combinar com Lívia.

Conseguiu conversar com Lívia, ela estava de acordo, também ela o desejava. Combinaram tudo para daí a uma semana, na noite do próximo sábado, quando os tios iam fazer uma visita. Ela arranjaria meio de ficar e então fugiriam. Nessa noite no Farol das Estrelas Guma pagou cachaça para todos e concordou com o doutor que cofre era mais bonito que concha. Mas somente cofre doirado.

Era em junho, mês do vento sul, dos temporais. Em junho Iemanjá solta o vento sul que é um vento terrível. É bem perigosa a travessia da barra nessa época e os temporais são terríveis. É o pior mês para os pescadores e os mestres de saveiro. Até os baianos correm perigo no mês de junho, até mesmo os grandes paquetes.

Nessa noite de junho o céu se fechou de nuvens, em vão Iemanjá veio ver a lua. O vento sul corria pelo cais frio e úmido fazendo os homens se curvarem e se abrigarem em capas de oleado. Guma desde cedo estava na esquina da rua Rui Barbosa. Rufino estava com ele e não tiravam os olhos da casa de Lívia. Viram a quitanda fechar, ouviram ruídos de talher e bastante tempo depois os tios de Lívia saíam. Guma descansou. Ela tinha conseguido não ir. Acompanhou os velhos até o bonde. A velha sorria, o velho lia um jornal. Então Rufino foi buscar Lívia. Guma ficou na esquina. Quando Rufino bateu na porta, uma vizinha chamava Lívia:

— Não quis ir, Lívia? Então venha conversar aqui.

Lívia viu Rufino que batia, falou em voz baixa com ele, virou-se para a vizinha:

— Titia esqueceu a bolsa... Mandou pedir que eu fosse levar.

Entrou, pegou a bolsa e uma sombrinha, ainda falou para a vizinha:

— Está esperando no ponto do bonde. Vou levar a sombrinha também que vai chover.

A vizinha baixou os olhos:

— Eu jurava que ela tinha levado a sombrinha... Vai chover, sim.

E Lívia foi. Atravessaram a praça, desceram o elevador e ela se encontrou diante do cais e do mar, sua nova pátria. Guma a embuçara na capa de oleado, Rufino ia na frente para se desviar dos conhecidos, a chuva começara a cair, miudinha. Junto ao saveiro Rufino se despediu.

Era em junho e foi no mês do vento sul que Lívia se mudou para o mar. O saveiro partiu contra o vento e ia inclinado, a lanterna vermelha iluminando a estrada do mar. Um canoeiro que entrava desejou boa viagem a Guma. Pela primeira vez Lívia respondeu à saudação do mar:

— Boa viagem...

O vento sul levantava seus cabelos, Guma ia curvado no leme, do mar vinha um cheiro sem comparação e de dentro dela uma alegria que a fez cantar para o oceano. Lívia saudou o mar com a mais bela canção que sabia e assim o saveiro atravessou o quebra-mar e entrou na boca da barra, porque as belas canções que as mulheres cantam compram o vento e o mar. Lívia era feliz e Guma de tão feliz não viu, pela primeira vez, o temporal que se aproximava. Lívia deitou-se a seus pés e os seus cabelos esvoaçavam com o vento. Iam calados porque ela já não cantava. Agora só o vento sul assoviava a sua canção de morte.

O temporal veio rápido como costumam chegar os temporais de junho. O vento sul estremeceu as velas do *Valente*. A luz da lanterna iluminava os vagalhões da boca da barra. Não tinham sido poucos os temporais que Guma pegara nos seus anos de mar. Alguns tinham sido trágicos para muitos dos canoeiros e mestres de saveiro. Uma noite ele saiu sozinho, o temporal era tão forte que ninguém se aventurou, para salvar um navio. E jamais tivera medo. Acostumara com a morte, com a ideia de ficar no fundo do mar. Hoje será forte também esse temporal. Os vagalhões se atiram uns sobre os outros, apostando qual será o mais alto. No entanto ele já pegou temporais piores e jamais teve medo. Por que tem medo hoje, por que teme que a lanterna se apague? Pela primeira vez seu coração bate apressado no meio do temporal. Lívia está cansada do dia inteiro de espera, da angústia de tudo poder fracassar no último momento, se os tios fizessem questão de levá-la com eles, e vem se deitar no madeirame do saveiro, aos pés de Guma que vai ao leme. Ele sente a carícia dos cabelos dela. Muito a deseja e talvez nunca a possua. Talvez sigam os dois para as terras de Aiocá sem que os corpos se unam. A hora de morrer não chegou porque não se possuíram ainda, ainda conservam um desejo nos corpos que estremecem de prazer quando tocam um no outro, apesar da tempestade, do mar bravio em torno. Guma não quer morrer sem a possuir, porque então há de voltar sempre em busca daquele corpo.

Lívia, que não conhece nada da vida do mar, pergunta com os olhos assustados:

— É sempre assim, Guma?

— Se fosse assim toda a vida na segunda viagem a gente ficava.

Então ela se levanta e se aperta a ele:

— A gente pode morrer hoje?

— Pode ser que não... O *Valente* é um barco bom. E eu entendo meu bocado disso — e apesar da tempestade sorri.

Ela se encolhe mais junto ao seu ombro. E murmura:

— Se tu vê que a gente vai morrer vem logo ficar com eu. É melhor.

Esse também é o desejo de Guma. Assim morreriam depois de terem sido um do outro, das carnes terem se encontrado, dos desejos terem se aplacado. Assim poderão morrer em paz. Mas ele sabe que se conseguir atravessar a boca da barra e penetrar no rio estará salvo pois encostará o saveiro numa das margens. Impossível é seguir viagem contra esse vento sul que arrasta o barco para o largo. A lanterna ainda está acesa, a salvação ainda é possível. A água fustiga o vestido de Lívia, encharca a roupa de Guma, lava a coberta do saveiro. As velas recebem todo o vento e o *Valente* se inclina, quer voltar, termina indo de lado, se afastando cada vez mais para o largo, para um mar que não é mais deles, é dos transatlânticos e dos negros cargueiros. Guma sustenta o leme com toda a força, governando o seu barco apesar da fúria do vento e das vagas. Lívia se aperta contra a sua cabeça, suplica:

— Se a gente vai morrer vem ficar com eu...

— Talvez a gente se arranje...

Nem uma estrela no céu, essa noite não é para o amor. Tanto assim que não cantam no cais, só o vento assovia. No entanto eles querem se amar nessa noite que bem pode ser a última. Tudo é rápido e incerto na vida do mar. Até o amor tem pressa. As vagas banham os corpos e o saveiro. Pouco adiantaram em todo esse tempo. Tudo que Guma conseguiu foi não ir para o largo, não ser arrastado para fora da barra. Um navio entra. Mil luzes o iluminam. As vagas quebram contra o seu casco e são impotentes contra ele. Mas não o são contra o pequeno saveiro de Guma que por vezes parece desaparecer sob uma onda. Só Lívia infunde coragem, só o desejo de tê-la, de viver para ela consegue que ele continue. Nunca teve medo dum temporal. Hoje é a primeira vez. Medo de morrer sem a ter possuído.

Conseguiram entrar no rio. Porém ainda aí a tempestade não está melhor. A lanterna do *Valente* se apaga com uma rajada de vento. Lívia tenta acendê-la mas acaba toda a caixa de fósforos sem o conseguir. Guma procura uma pequena bacia onde possa encostar o saveiro. São poucas naquele começo de rio. Só mesmo nas terras onde corre a assombração do cavalo branco existe uma. Porém para um marítimo é melhor ficar em meio à tempestade que parar ali, ouvir o cavalgar do antigo senhor de engenho. Estão perto. Já se ouve perfeitamente o tropel da cavalgada estranha. O cavalo passa, volta, os caçuás batem nas suas costas, os raios desenham seu vulto.

Lívia canta baixinho uma canção que é um convite para Guma. Mas o cavalo branco corre, é melhor morrer na tempestade. Mas como deve ser bom possuí-la, apertar o seu corpo contra o corpo virgem de Lívia! Ela vê a bacia à luz do raio que corta a noite:

— Espie, Guma... O barco pode ancorar ali.

Que importa o cavalo branco? Ele não deixará que ela morra naquela noite que era sua noite de núpcias. O cavalo branco corre, mas Lívia canta e não tem medo dele. Ela teme é a tempestade, o vento sul, o trovão que é a voz colérica de Iemanjá, os raios que são o brilho dos olhos de Iemanjá.

E Guma embica o saveiro para a pequena bacia.

Muitos anos depois um homem (um velho do qual ninguém sabia mais a idade) contava que não só as noites de lua eram para o amor. Também as noites de tempestade, noites de cólera de Iemanjá, eram boas para o amor. Os gemidos de amor eram música das mais lindas, os raios paravam no céu e viravam estrelas, as vagas eram ondas pequenas quando vinham bater na areia onde alguém amava. Também as noites de tempestade são boas para o amor. Porque no amor há música, estrelas, bonança.

Havia música nos gemidos de dor de Lívia. Havia estrelas nos seus olhos e os raios pararam no céu. O grito de orgulho de Guma calou os trovões. As vagas vieram mansas bater na areia da pequena bacia, mansas como ondas. E eles foram tão felizes, foi tão bela essa noite escura, sem lua e sem estrelas, tão cheia de amor, que o cavalo encantado sentiu que lhe tiravam os arreios e seu castigo terminara. E nunca mais trotou pelos caminhos da margem do rio, onde agora os marinheiros vêm amar.

MARCHA NUPCIAL

OS TIOS DISSERAM QUE MATAVAM, que faziam e aconteciam. Guma deixara Lívia com a sogra de Jacques e voltara para a Bahia. Rodolfo, que, como sempre, aparecera de repente, acalmava os tios, impedia que eles dessem parte à polícia. Guma já o encontrou no porto. Rodolfo forcejava por fazer cara feia. Não conseguiu. Abraçou Guma, avisou:

— Eu quero bem de verdade a minha irmã. Você sabe que eu não presto mesmo, mas quero que ela seja feliz. Veja bem o que você vai fazer...

Guma falou:

— Eu quero é casar. Se fiz isso a culpa foi dos velhotes que não queria...

Rodolfo riu:

— Eu sei, sim. Tou arranjando tudo com eles. Você tem dinheiro para tratar dos papéis?

Guma confiou tudo a Rodolfo que no dia seguinte avisou que o casamento seria daí a doze dias na igreja de Mont Serrat e no fórum. Quem se danou foi o velho Francisco. Ele sempre achara que um marítimo não deve casar. Uma mulher só serve para atrapalhar a vida deles. Mas não disse nada que Guma estava um homem e não seria ele quem se meteria na sua vida. Mas que achasse bom, que apoiasse, não apoiava. Principalmente agora que a vida estava tão difícil, as tabelas de transporte nos saveiros e canoas tão baixas. Avisou a Guma que se mudaria:

— Vou procurar ancoradouro aí por qualquer canto...

— Vosmicê tá é besta... Vosmicê vai ficar é aqui mesmo.

— Tua mulher não há de gostar...

— Vosmicê tá me chamando de galinha. Na sua casa quem mandava era vosmicê ou titia?

O velho Francisco resmungou qualquer coisa. Guma continuou:

— Vosmicê vai gostar dela. É boazinha mesmo.

O velho Francisco continuou a remendar velas. Falava no próprio casamento.

— Foi um festão de causar admiração. Veio gente de toda banda pra comer a peixada daquele dia. Até teu pai, que era um coisa-ruim que ninguém nunca sabia dele, apareceu. Maior só o enterro dela.

Ficou pensando, a agulha com que consertava a vela parada na mão:

— Não adianta a gente casar. Acaba sempre mal. Não é pra agourar, não...

Guma sabia que era assim, que o velho Francisco tinha razão. Sua tia morrera de alegria, quando numa noite de tempestade o velho Francisco voltara. Morrera de alegria, mas quase todas morriam de tristeza, os maridos não voltavam.

Por isso o dr. Rodrigo o olhara espantado quando ele foi convidá-lo para o casamento. Guma bem sabia em que o dr. Rodrigo pensava enquanto o fitava. Estava se lembrando com certeza daquele dia no qual Traíra morrera, se fora num navio ou numa nuvem no meio do delírio clamando pelas filhas. Rachel recebeu uma boneca, é bem verdade. Mas não fora da mão de seu pai, não foi na volta de uma de suas viagens. Guma se lembrava, se lembrava de outros também. Ficavam no mar, ficavam num barulho, iam para as terras do sem-fim. Como pode viver uma mulher no cais sem o marido? Umas lavam roupa para as famílias da Cidade Alta, outras se prostituem e bebem no Farol das Estrelas. São tristes umas e outras, tristes as lavadeiras que choram, tristes as prostitutas que riem entre copos e canções. O dr. Rodrigo estendeu a mão e sorriu:

— Estarei lá para lhe dar o meu abraço... — mas a sua voz vinha sem entusiasmo, sem alegria. Ele pensava em Traíra, nos outros também, que haviam passado pelo seu consultório.

Só dona Dulce sorriu com alegria e entusiasmo:

— Eu sei que ainda vai ser mais difícil a vida para vocês. Mas você gosta dela, não é? Faz bem em casar. Isso não pode ser assim a vida toda. Às vezes eu fico pensando, Guma... — e havia uma esperança infantil na sua voz. Ela esperava um milagre, Guma sabia, sabiam todos do cais. E a amavam, amavam seu rosto seco, com óculos, seu corpo magro e envelhecido. E lhe entregavam os filhos por cinco ou seis meses. Ela procurava avidamente a palavra que lhes haveria de ensinar, a palavra que realizasse o milagre.

Apertou a mão de Guma, pediu:

— Traga ela aqui para eu conhecer...

O dr. Filadélfio meteu os dedos no colete sujo e riu sua risada fininha:

— Vamos tomar um trago pra comemorar...

Lembrou-se:

— Se você tivesse posto cofre não teria demorado tanto...

Bebeu no Farol das Estrelas à saúde de Guma e da sua "futura". O botequim todo bebeu. Vários eram casados, outros estavam para isso. Grande parte porém não tivera coragem de sacrificar uma mulher à sua vida.

Lívia veio para a casa de dona Dulce. Os tios a visitaram, já estavam conformados. Trouxeram o enxoval e a festa se preparava. O velho Francisco é que ficou pelo beiço com Lívia. Ficou tão contente que parecia que era ele quem ia casar. No cais só se falava no casamento de Guma, que foi num sábado, primeiro no fórum com pouca gente (Rufino era padrinho e levou meia hora assinando o nome), depois na igreja de Mont Serrat, cheia de flores. Ali estava toda a gente do cais, que vinha ver Guma e a noiva. Todos a achavam bela. Muitos olhavam para Guma com inveja. Num grupo comentavam:

— Teve sorte, que baita mulher... Se eu pudesse ela era minha.

Riram.

— Mas agora é tarde...

Um do grupo falou:

— É só você esperar um pouco. Não demora ela fica viúva...

Ninguém riu mais. Apenas um marinheiro velho fez um sinal com a mão e disse para os rapazes:

— Essas coisas não se diz.

O que tinha falado baixou a cabeça envergonhado e um que era casado sentiu um frio lhe percorrer a espinha como se fosse o vento sul.

Lívia passou linda e Guma ria para todos sem mesmo saber de quê. A tarde fria de junho caía sobre a cidade. O cais já estava iluminado. Eles desceram a ladeira do morro.

Era uma tarde úmida e enevoada. Os homens passavam abrigados em capotes, a chuva caía miudinha, cortante. Os navios, apesar de ainda ser cedo, se iluminaram. Os saveiros de velas arriadas apontavam com o mastro para o céu cor de chumbo... As águas do mar estavam paradas nessa tarde úmida do casamento de Guma. O velho Francisco vinha contando a Rufino a história do seu próprio casamento e o negro, já meio embriagado, ouvia com apartes escabrosos. Filadélfio pensava no discurso que pronunciaria dentro em pouco na mesa de Guma e nos aplausos que receberia. A chuva caía sobre o cortejo nupcial enquanto os sinos de Mont Serrat repicavam anunciando a chegada da noite. A areia do cais estava encharcada e foi triste a saída de um navio na tarde pardacenta.

No fim do cortejo dona Dulce conversava com dr. Rodrigo. Vinham de braço dado como noivos, mas ela já estava um pouco curva e via com dificuldade apesar dos óculos. Ele pitava o cachimbo.

— Mundinho morreu... — disse ele.

— Pobre da mãe...

— Eu fiz tudo. Mas não havia possibilidade de salvá-lo aqui. Falta de higiene, de toda espécie de recurso...

— Ele esteve na escola. Era um bom aluno. Iria longe...

— De qualquer maneira não havia de demorar lá.

— Essa gente não pode, doutor. Precisam dos filhos para

ajudar a ganhar o pão. Muitos deles são inteligentes que faz gosto. Guma mesmo...

— Há muitos anos que a senhora está aqui, não é, dona Dulce?

Ela corou um pouco e respondeu:

— Faz muito tempo, sim. É muito triste...

Dr. Rodrigo ficou sem saber se ela se referia à sua própria história ou à vida do cais. Ela ia curva e a chuva prateava seu cabelo.

— Por vezes eu fico pensando... Já podia sair daqui, arranjar uma cadeira melhor... Mas tenho pena dessa gente que gosta tanto de mim. No entanto eu não sei o que dizer a eles...

— Como?

— Nunca foi uma mulher chorando à sua casa? Nunca foi uma recém-viúva? Muitas eu vi casar como Lívia. E depois vão lá em casa chorando porque o marido ficou no mar. Eu não sei o que dizer...

— Não faz muito tempo morreu um homem no meu consultório, se se pode chamar aquilo de consultório... Morreu com uma bala na barriga. Só falava nas filhas, era canoeiro...

— Eu não sei o que dizer a elas... A princípio eu tinha fé, ainda era feliz. Acreditava que um dia Deus teria pena dessa gente. Hoje tenho visto tanta coisa que até não creio mais. Porém naquele tempo ao menos eu consolava...

— Quando eu vim para aqui, Dulce (ela o olhou quando ele a tratou de Dulce somente, mas compreendeu que ele era seu irmão), acreditava também. Tinha fé na ciência, vinha para beneficiar toda essa gente...

— Hoje...

— Também não sei o que lhes dizer. Falar em higiene onde só há miséria, falar em conforto onde só há perigo de morte... Penso que fracassei...

— Eu espero um milagre. Não sei o quê, mas espero.

Lívia sorria lá na frente para dona Dulce. O dr. Rodrigo suspendeu a gola da capa:

— Só mesmo um milagre. Isso prova que você ainda tem fé no seu Deus. Já é alguma coisa. Eu já perdi a fé na minha deusa.

Ouviam o ruído das conversas, a risada do velho Francisco ao escutar um comentário de Rufino, o sorriso feliz de Guma, o chamado amigo de Lívia para que se aproximassem. Então dona Dulce disse:

— Não é mais um milagre do céu que eu espero. Já roguei muito aos santos e assim mesmo os homens e as crianças morreram. Mas eu tenho fé, sim. Tenho fé, Rodrigo, nesses homens. Uma coisa me diz que eles é que farão o milagre...

Dr. Rodrigo olhou para dona Dulce. Os olhos da professora eram bondosos e sorriam. O médico pensou nos seus versos fracassados, na sua ciência fracassada. Olhou a gente que sorria em torno dele. Mestre Manuel saltava do *Viajante sem Porto* com Maria Clara e corria para o casal. Chegara atrasado e ria muito se desculpando. Dr. Rodrigo disse:

— Que milagre, Dulce? Que milagre?

Ela estava transfigurada, parecia uma santa. Os olhos doces corriam para o mar. Uma criança veio e ela descansou a mão descarnada na sua cabeça:

— Um milagre, sim.

A criança ia agora com eles na noite úmida que se aproximava. Dulce continuou a falar:

— Você nunca imaginou esse mar cheio de saveiros limpos, com marítimos bem alimentados, ganhando o que merecem, as esposas com o futuro garantido, os filhos na escola não durante seis meses, mas todo o tempo, depois indo aqueles que têm vocação para as faculdades? Já pensou em postos de salvamento nos rios, na boca da barra? Às vezes eu imagino o cais assim...

A criança ouvia silenciosa e sem compreender. A noite úmida, o mar parado. Tudo triste e sem beleza. A voz de Dulce:

— Um milagre desses homens, Rodrigo... Assim como a lua nessa noite de inverno. Clareando tudo, embelezando tudo.

Rodrigo olhou a lua que subia no céu. Era cheia e iluminava tudo, transfigurando o mar e a noite. As estrelas surgiram, uma canção veio do forte velho, os homens não iam mais curvados, o cortejo nupcial era belo. A umidade da noite desapareceu, ficou o frio seco. A lua clareou a noite do mar. Mestre

Manuel ia abraçado com Maria Clara e Guma sorria para Lívia. Dr. Rodrigo olhou para o milagre da noite. A criança sorria para a lua. Dr. Rodrigo se apercebeu então do que Dulce dizia. Botou a criança no braço. Era verdade. Um dia aqueles homens realizariam um milagre assim. Disse baixinho a Dulce:

— Eu acredito.

O cortejo entrava na casa de Guma. O velho Francisco gritava:

— Entra, gente, que a casa é de todos. É pobre mas é do coração.

Quando dr. Rodrigo e dona Dulce passaram ele perguntou:

— Falavam do casório próximo?

Dr. Rodrigo respondeu:

— A gente falava de um milagre.

— Já se foi o tempo dos milagres... — riu Francisco.

— Ainda não — atalhou dona Dulce. — Mas o milagre agora é outro.

A lua entrava pela janela.

Jeremias trouxera o violão. Outros tinham trazido harmônica e o negro Rufino trouxera sua viola também. Ali estava Maria Clara com sua voz. E cantaram as canções do mar, desde aquela que diz que a noite é para o amor (e todos sorriam para Guma e Lívia) até a que dizia que é doce morrer no mar. E dançaram também, todos quiseram dançar com a noiva, beberam cachaça, comeram os doces que dona Dulce tinha mandado e a feijoada que o velho Francisco, ajudado por Rufino, tinha preparado. Riam muito, esquecidos da noite úmida, do vento sul, do mês de junho. Breve seria São João e as fogueiras crepitariam no cais.

Guma esperava que eles saíssem. Estava como os tios de Lívia nos primeiros tempos. Desde aquela noite em que a raptara e a possuíra na tempestade não mais a tivera nos seus braços. E desde aquele dia seu desejo não fizera senão crescer. Olhava os outros que riam, bebiam e conversavam. Decididamente eles não iriam embora tão cedo. Mestre Manuel contava uma história de brigas:

— Foi um sopapo e tanto. Deu um tangolomango nele, o homem se desmanchou que nem espuma…

Depois pediram uma embolada a Rufino. Lívia descansou a cabeça no ombro de Guma. Francisco pediu silêncio. Rufino pinicou o violão, sua voz ressoou na casa:

Dinheiro é quem rege o mundo.
Quem rege o mundo é dinheiro.

A embolada continuou. A voz do cantador era rápida como ondas do temporal. Os versos corriam uns sobre os outros:

Cava no chão é buraco,
Gancho de pau é forquia,
Desate e torne a marra,
E marre o cabelo, Maria.

Olhava para as cabrochas na sala e cantava para elas, que ele gostava de variar de mulher e as mulheres gostavam de rolar na areia com ele. Dele se dizia no cais que era tão bom canoeiro que "metia a canoa na orça, apertava o remo, ela embicava". E isso era um gesto de bravura raro, enfiar a canoa de proa na água. Proeza que só os velhos canoeiros fazem.

Foi ele que me ensinou
Namorá — qui eu não sabia.
A onça pega no sarto
E a cobra pega no bote.
E o vaqueiro pra sê bom
Tira a novia do lote.

Riam na sala, mulatas requebravam os olhos para Rufino. Mestre Manuel acompanhava a música da embolada batendo as mãos nos joelhos. Rufino cantava:

Quem tem ferida é quem geme,
Quem geme é quem sente a dô.
Ferreiro é quem bate o malho,
Sacristão é quem bate o sino.

Pinicava o violão. Lívia gostava, mas preferiria sem dúvida uma canção, uma daquelas velhas canções que só são cantadas no cais. Pouco lhe dizia a embolada. Muito tem sempre que dizer uma canção. Rufino terminava:

Eu sou como a dô de dente
Quando começa a pinicá.
Sem pimenta faço o molho,
Sem farinha molho o cardo.
Eu não sou olho de cana,
Que morre e torna a vivê.

Depois de todos esses gabos, botou o violão no chão, pinicou os olhos:

— Vamos dançar, minha gente, que o dia é de alegria...

Dançaram. As harmônicas se desesperavam na música, eram como ondas que iam e vinham. Mestre Manuel contava para o dr. Rodrigo:

— O tempo tá brabo, doutor. A gente tá cortando uma volta nessas viagens. Nesse inverno vai ficar muita gente com Janaína...

O barulho da música se estendia até o cais próximo. Seu Babau entrou, trazia umas garrafas de bebidas, era o seu presente para os noivos. Fechara o Farol das Estrelas, ninguém fora lá naquela noite. E foi logo pegando uma dama e volteando na sala. O samba ia forte, o chão reboava com o sapateado. Depois Maria Clara cantou. A sua voz penetrou pela noite, como a voz do mar, harmoniosa e profunda. Cantava:

A noite que ele não veio
Foi de tristeza pra mim...

Sua voz era doce. Vinha do mais profundo do mar, tinha como seu corpo um cheiro de beira de cais, de peixe salgado. Agora a sala a ouvia atenta. A canção que ela cantava era bem deles, era do mar.

Ele ficou nas ondas
Ele se foi a afogar.

Velha moda do mar. Por que só falam em morte, em tristeza essas canções? No entanto o mar é belo, a água azul e a lua amarela. Mas as cantigas, as modas do mar são assim tristes, dão vontade de chorar, matam a alegria de todos.

Eu vou para outras terras,
Que meu senhor já se foi
Nas ondas verdes do mar.

Nas ondas verdes do mar vão todos eles um dia. Maria Clara canta, ela também tem um homem que vive sobre as águas. Mas ela nasceu no mar, veio dele e vive dele. Por isso a canção não lhe diz novidade, não faz estremecer seu coração como o de Lívia:

Nas ondas verdes do mar.

Para que Maria Clara canta assim na noite do seu casamento? — pensa Lívia. Ela é como uma inimiga, sua voz é como a tempestade. Uma velha de coque, que perdeu o marido há distantes anos, chora na sala. As ondas do mar levam tudo. O mar que tudo lhes dá, tudo lhes toma. Maria Clara diz:

Eu vou para outras terras...

Para essas terras que vão os marítimos. Terras longínquas de Aiocá. Guma sorri com a boca entreaberta. Lívia descansa no seu ombro e pela primeira vez teme pela vida de seu homem.

E se um dia ele ficar no mar, que será dela? A canção diz que todos ficarão um dia nas ondas verdes do mar. E na sala ninguém discorda, ninguém se revolta sequer. Só Lívia é que soluça alto, que quer fugir, levar Guma dali, para o fim do mundo, para um lugar onde não ouçam o chamamento das ondas verdes do mar.

Lívia mal respira. A canção acaba. Mas na noite fria de junho a sua voz se prolonga para os navios, o cais, os saveiros. E fica batendo dentro de todos os corações. E para esquecer vão todos dançar, os que não dançam vão beber.

Maneca Mãozinha suspende o cálice grosso e grita:

— Eta pinga marvada. Inté parece chumbo.

A chuva cai lá fora. As nuvens cobriram a lua.

Sua marcha nupcial fora aquela canção de desgraça. Canção que resumia a vida do cais. "Ele se foi a afogar", podia qualquer mulher dizer quando o marido saía. Destino triste o dela. Seu irmão aparecia e desaparecia, ninguém sabia dele. Não viera ao seu casamento, havia dias que ela não o enxergava. Fora quem tratara dos papéis, marcara a data, depois desaparecera. Ninguém sabia da vida dele, onde morava, onde comia, onde repousava a bela cabeça de cabelos escorridos. O marido ia diariamente a se afogar nas ondas verdes do mar. Um dia em vez dele viria seu corpo, ele navegaria nas terras do sem-fim de Aiocá.

Lívia tira o vestido, enxuga as lágrimas. Seu corpo agora não tem mais desejos de amor. No entanto não está saciado ainda, só sentiu seu homem uma vez. E hoje se casaram, hoje é dia de se amarem e ela está triste, a canção tirou o desejo que havia no seu corpo. Pensaria no corpo de Guma chegando das ondas quando o abraçasse. Pensaria no marido indo a se afogar. Ela só teria desejo, só o amaria completamente se pudesse fugir para bem longe do mar nessa noite. Ir para as terras agrestes do sertão, fugir da fascinação das ondas. Os homens de lá, as mulheres de lá vivem pensando no mar. Não sabem que o mar é senhor brutal que mata os homens. Diz uma cantiga do sertão que a mulher de

Lampião, que é o senhor daquilo tudo, chorou porque não pôde ter um vestido da fumaça do vapor. O vapor é do mar e no mar ninguém manda, nem mesmo um cangaceiro corajoso como Lampião. O mar é senhor de vidas, o mar é terrível e é misterioso. Tudo que vive no mar é cercado de mistério. Lívia se esconde sob as cobertas e chora. De agora em diante seus dias serão trágicos. Assistirá a Guma ir a se afogar diariamente nas ondas verdes do mar.

E então toma uma súbita resolução. Irá sempre com ele. Será marítima também, cantará as canções do mar, conhecerá os ventos, as coroas de pedra do rio, os mistérios do mar. Sua voz aplacará também as tempestades como a de Maria Clara. Correrá apostas no seu saveiro, vencerá com sua música. E se um dia ele for para o fundo das águas, ela irá com ele e farão juntos a viagem para as terras desconhecidas de Aiocá.

Guma de fora do quarto pergunta se já pode entrar. Ela enxuga os olhos e manda que ele entre. A luz da vela se apaga, crescem os ais de amor na madrugada. Ele irá a se afogar, ficará boiando nas ondas verdes do mar. Ela soluça e o ama, se possuem loucamente como se a morte estivesse rondando o leito, como se fosse a última vez.

A madrugada rompe e Lívia jura que seu filho não será marítimo, não navegará nos saveiros, não ouvirá essa música, não amará o mar traiçoeiro. Na madrugada um preto canta que o mar é doce amigo. O filho de Lívia não será do mar. Será um homem da terra e terá vida calma, sua mulher não sofrerá o que Lívia está sofrendo. Não irá a se afogar nas ondas verdes.

A madrugada rompe e Guma pensa que seu filho será um marinheiro que dominará um saveiro melhor que mestre Manuel, andará numa canoa melhor que Rufino e viajará um dia num navio enorme, para terras mais distantes ainda que aquelas onde anda Chico Tristeza. O mar é doce amigo, ele irá no mar.

A madrugada rompe e novamente se elevam os ais de amor.

O PAQUETE VOADOR

ROTEIRO DE MAR GRANDE

Meses maus para o cais. Os saveiros poucas viagens faziam, as tabelas de carregamento muito por baixo, muitos iam pescar para cavar o dinheiro da boia. Guma se movimentava, levava as cargas que apareciam, topava qualquer parada. Lívia quase sempre o acompanhava. Fiel ao que prometera a si própria, procurava estar sempre junto ao marido. Porém uma noite de temporal Guma lhe confessou que a viagem se tornava muito mais difícil com ela ao lado. Ele, que nunca tinha medo, sentia um verdadeiro terror quando a tarde se anunciava e eles estavam no mar. A vida dela lhe trazia aquele terror, aquele medo dos ventos e das tempestades. Ela então espaçou mais as suas viagens, só o acompanhava quando ele estava de bom humor. Por vezes até era ele quem a convidava, sentindo o desejo nos olhos dela:

— Tu quer ir comigo, negra?

Tratava-a de negra carinhosamente. Ela ia se preparar sorridente, e, se ele perguntava por que ela gostava de acompanhá-lo, ela nunca dizia que temia pela vida dele. Dizia que era ciumenta e tinha medo que nos portos ele se metesse com mulheres. Guma sorria, puxava uma fumaçada do cachimbo, falava:

— Você é tola, negra. Fico no barco pensando em você.

Quando não ia, quando ficava em casa sozinha, com o velho Francisco, ouvindo velhas histórias do cais, sabendo de naufrágios, mortes e afogados, o terror a invadia. Sabia que o marido estava no mar, em cima de uma frágil embarcação, ao sabor dos ventos. Podia não voltar ou voltar cadáver, carregado numa rede por dois homens possantes. Podia voltar também com o corpo cheio de siris, chocalhando, como seu Andrade, cuja história o velho Francisco está contando enquanto remenda velas, ajudado por Lívia.

Ela nunca pudera se esquecer daquela canção que Maria Clara cantara no dia do seu casamento. Ele se ia a afogar nas ondas verdes do mar. Assistia agora, sem poder fazer um gesto, sem o poder deter, ao marido ir pela manhã ou pela noite ao encontro da morte. Outras mulheres do cais olhavam indiferentes os maridos que partiam. Mas aquelas haviam nascido ali, haviam assistido à chegada do corpo do pai, de um irmão, de um tio. Sabiam que era assim, que era a lei do cais. Há no cais qualquer coisa ainda pior que a miséria das fábricas, a miséria dos campos: há a certeza de que o fim será a morte no mar, numa noite inesperada, numa noite de repente. Elas sabiam disso, era uma sina milenar, era um destino traçado. Ninguém se revoltava. Choravam os pais, arrancavam os cabelos quando os maridos ficavam, se atiravam com fúria ao trabalho ou à prostituição até que os filhos crescessem e se fossem também por sua vez. Elas eram do cais, traziam os corações já tatuados.

Mas Lívia não era do cais. Viera para ali por causa de um homem a quem amava. E temia por ele, procurava um meio de salvá-lo, de, quando nada, morrer com ele, não ter que o chorar. Ele ia a se afogar, ela quer ir também. O velho Francisco só sabe casos do mar. Conta histórias o dia todo, mas suas histórias são cheias de naufrágios, de tempestades. Narra com orgulho a morte corajosa dos mestres de saveiro que conheceu, cospe quando fala no nome de Ito, o que para se salvar deixou morrer quatro pessoas no seu saveiro. Cospe de nojo. Porque um saveireiro nunca faz isso. São assim todas as histórias que o velho Francisco conta. Elas não consolam o coração de Lívia, o amarguram ainda mais, fazem com que muitas vezes seus olhos se encham de lágrimas. E o velho Francisco tem sempre novas histórias para contar, novas desgraças para anunciar. Lívia muitas vezes chora, muitas vezes foge para o seu quarto para não mais ouvir. E o velho Francisco, que já está começando a caducar, continua a contar para si próprio, sóbrio de gestos, sóbrio de palavras também.

Por isso mesmo Lívia gostou quando Esmeralda, amásia de Rufino, veio morar junto dela. Era uma mulata bonita, peituda, ancas roliças, um pedaço de mulher. Falava muito também, ria demais, uma gargalhada escancarada, não ligava à sorte de Rufino, que tinha um pegadio danado com a mulata. Só falava em vestido novo, em brilhantinas, em sandálias que vira nas vitrines, mas distraía Lívia, tirava da sua cabeça aquela ideia de morte. Também Maria Clara vinha às vezes, mas Maria Clara, que nascera e sempre vivera nos saveiros, amava o mar sobre todas as coisas e mestre Manuel mais ainda que o mar. Tudo que desejava era que ele continuasse a ser o melhor mestre de saveiro daquelas bandas, lhe fizesse um filho e fosse valentemente com Iemanjá quando sua hora soasse.

Acabada a aula, dona Dulce passava por lá, dava dois dedos de prosa, mas quem divertia mesmo era Esmeralda, com sua voz engraçada, os requebros do seu corpo, a sua conversa sem sentido. Vivia tomando coisas emprestadas, entrando pela casa adentro (o velho Francisco lambia os beiços, piscava o olho, ela sorria: "olha a graça da arraia velha..."), perguntando por tudo. Rufino andava com a canoa rio acima, rio abaixo, levava uma noite em casa, uma semana fora, ela nem ligava. Um dia em que Lívia chorava, ela disse:

— Você tá bestando. Ligando muita importância a homem... Deixa eles ter suas mulher por lá. Faça como eu... Não ligo.

— Não é por isso não, Esmeralda. Tenho medo é que numa viagem ele morra.

— E nós todos não tem que morrer? Eu é que não me abalo. Se o meu morrer arranjo outro.

Lívia não compreendia. Se Guma morresse ela morreria também, porque, além da falta que sentiria dele, não era mulher para trabalho duro e não pretendia vender seu corpo para ganhar o que comer.

Esmeralda não concordava. Se Rufino morresse arranjaria outro, continuaria sua vida. Não era o primeiro que tinha. Um ficara nas ondas também, seu marido se fora num navio cargueiro para outras plagas, o terceiro se mudara numa canoa com uma noiva. Ela não ligava, ia vivendo. Sabia lá o que Rufino faria um dia, que fim havia de levar? Queria era brilhantina para escorrer o cabelo, sandália para pisar no cais, vestido bonito para cobrir suas ancas. Lívia ria, ria de morrer. Esmeralda a divertia. Ainda era uma sorte tê-la por vizinha. Senão como seriam os seus dias, ouvindo histórias trágicas do velho Francisco, pensando no marido que se fora a afogar?

Mas, quando Rufino chegava com a canoa, Esmeralda era outra. Sentava nas pernas do negro, gritava para Lívia:

— Vizinha, meu moreno chegou. A boia hoje vai ser melhorada...

Rufino tinha rabicho por ela, havia até quem dissesse que ela mandara fazer feitiço forte, escrevera bilhetes a dona Janaína. Rufino a levava ao cinema, ao circo quando havia circo, por vezes iam dançar no Oceano Futebol Clube, que não tinha time de futebol, mas, em compensação, dava baile aos sábados e domingos para a gente do cais. Pareciam felizes e Lívia muitas vezes invejava Esmeralda. Mesmo quando Rufino bebia e distribuía bofetadas em casa. Esmeralda não temia por ele. Tinha o coração descansado.

Certas vezes esperava Guma num dia e passava o tempo todo no cais a distinguir entre as velas que entravam a do *Valente*. Acontecia uma ser parecida com a dele, o seu coração saltava de alegria. Pedira a Rufino que lhe tatuasse no braço roliço o nome de Guma e o do *Valente*. E espiava para o braço, espiava para o mar, até que via que se enganara, que não era o seu saveiro que vinha. Tocava a esperar outra vela. Será ele quem aponta agora? E a esperança enchia seu coração. Não era ainda. Ocasiões passava a tarde e parte da noite nessa espera. E quando ele não vinha na data marcada, atrasado por uma coisa ou outra, ela voltava para casa com o coração amargurado. Não adiantava Esmeralda dizer:

— Desgraça se sabe logo. Se tivesse sido alguma coisa a gente já sabia...

Não adiantava também o velho Francisco rebuscar na memória cansada casos de demora de homens que, às vezes, passavam meses sem ninguém saber onde e um dia apareciam. Ela não dormia, andava no quarto de um lado para outro, muitas vezes ouvindo (as casas eram parede-meia) os gemidos de amor de Esmeralda se torcendo nos braços de Rufino. Não dormia e lhe parecia ouvir na voz do vento a voz de Maria Clara cantando:

Ele ficou nas ondas,
Ele se foi a afogar.
Eu vou por outras terras,
Que meu amor já se foi
Nas ondas verdes do mar.

E se o sono a vencia, se o cansaço a jogava na cama, então seus sonhos eram pesadelos, cheios de visões de tempestades e de corpos com siris chocalhando.

Só descansava quando ouvia sua voz no meio da noite ou nas manhãs claras. Ele vinha gritando numa alegria infantil:

— Lívia! Lívia! Vem espiar o que eu trouxe pra você...

Mas quase sempre quem olhava primeiro era Esmeralda, que aparecia na porta da sua casa, abraçava Guma com força, roçando os seios no seu corpo, e perguntando:

— E pra mim não trouxe nada?

— Pra você é Rufino quem traz...

— Aquilo? Nem um rabo de peixe seco se lembra de trazer...

Lívia aparecia, os olhos já enxutos, e nem acreditava que fosse ele, tantas e tantas vezes o vira morto na noite passada.

Uma sexta-feira Guma a convidou:

— Tu quer ir comigo amanhã, negra? Vou levar uns tijolo pra Mar Grande. Manuel vai também. E a gente vai tirar uma diferença que a gente tem...

— Diferença de quê? — perguntou Lívia com receio de briga.

— É uma aposta que a gente fez. Uma vez a gente apostou corrida, ele ganhou. Faz tempo. Agora a gente vai ver de novo. E tu vai cantar para o *Valente* correr...

— E adianta cantar? — sorriu ela.

— Tu não sabe? O vento ajuda quem canta melhor. Da outra vez ele só ganhou porque Maria Clara ia cantando um troço bonito. Eu não tinha ninguém pra cantar.

Agarrou a mulher pela cintura, reparou nos olhos dela:

— Por que é que você chora quando eu não tou aqui?

— Mentira. Quem contou?

— Esmeralda. O velho Francisco também já me alertou. Tu tem alguma coisa?

Os olhos dela eram sem mistério. Límpidos e claros como a água, a água clara do rio. Lívia passou as mãos nos cabelos longos de Guma:

— Eu, se tivesse em mim, ia toda vez com você no saveiro...

— Tu tem medo de mim? Eu sei manobrar um barco...

— Mas todos ficam...

— Também lá em cima — apontava para a cidade — se morre. É assim mesmo.

Lívia o abraçou. Ele a deitou na cama, amassou seus lábios com a pressa que sempre tinha, a pressa dos homens que não sabem onde estarão amanhã. Mas Esmeralda ia entrando e perturbou com sua voz a carícia de Guma.

Guma saiu, foi carregar o saveiro. Pela tardinha Lívia se vestiu melhor e tomou o elevador. Ia visitar os tios. Estava satisfeita porque no dia seguinte viajaria com Guma, passaria dois dias com ele, metade dos quais em cima do saveiro, pois de Mar Grande iriam a Maragogipe.

No fim da tarde Guma voltou. Sabia que Lívia tinha saído, por isso demorara mais. Tomara um trago no Farol das Estrelas (seu Babau estava capengando de uma perna, o dr. Filadélfio escrevia uma carta para Maneca Mãozinha e bebia copos e copos) e agora parara para conversar com Esmeralda, que toda bonita impava na janela.

— Não quer entrar, vizinho?

— Tou bem, vizinha.

Ela convidou com um sorriso:

— Entre. Sentado fica mais à vontade.

Ele relutou. Estava bem ali mesmo, não demoraria a entrar em casa, Lívia não devia tardar. Esmeralda falou:

— Tá com medo dela ou de Rufino? Rufino tá viajando...

Guma a olhou espantado. Era verdade que ela o abraçava roçando os seios nele, que tomava umas intimidades, mas nunca se atirara assim. Ela estava convidando, sem dúvida. Era uma mulata e tanto. Mas era amásia de Rufino, Rufino tão seu amigo, e ele não podia trair nem Rufino nem Lívia. Guma resolveu fazer que não entendia, mas nem foi preciso. Lívia vinha subindo a ladeira. Esmeralda disse:

— Fica para outro dia...

— Tá bem.

Agora ele queria amor, amor que não pudera ter pela manhã que Esmeralda impedira, amor que não pudera ter agora que a amizade impedira. A amizade ou Lívia que subia? Guma pensava consigo mesmo. Esmeralda era uma mulata de encher a boca d'água. E estava se dando a ele, se oferecendo. Era amásia de Rufino, Rufino era amigo de Guma, lhe prestara favores, era seu padrinho de casamento. Demais Guma tem a mulher mais bela do cais, não precisa de outra. Tem uma mulher que o ama. Para que o corpo rebolante de Esmeralda? As ancas de Esmeralda balançam, seus seios mulatos pulam no vestido. E ela tem olhos verdes, é mulata de olhos verdes. Que faria Rufino se Esmeralda o traísse com Guma? Mataria os dois com certeza, abriria depois no mar sem porteira, Lívia tomaria veneno. Os olhos de Esmeralda são verdes. Lívia avisa:

— A comida está esfriando.

Que esfrie. Ele a leva para o quarto:

— Me mostre uma coisa.

Ela estremece na cama. Ele tem a mulher mais bela do cais. Nunca trairá um amigo.

A manhã é bela, cheia de sol. Outubro é o mês mais belo desta beira de cais. O sol não é quente ainda, as manhãs são claras e frescas, são manhãs sem mistério. Dos saveiros próximos vem um cheiro de fruta madura que chega para o mercado. Seu Babau compra abacaxis para fabricar cachaça gostosa para os fregueses do Farol das Estrelas. Uma preta passa com latas de mingau. Outra vende mungunzá para um grupo. O velho Francisco toma dois tostões de mingau de puba. Um saveiro parte carregado. Barcos vão pescar, os pescadores nus da cintura para cima. O mercado começa a se movimentar, descem homens pelo elevador que liga as duas cidades, a Alta e a Baixa.

Mestre Manuel já está no cais. Maria Clara veste chita vermelha, uma fita nos cabelos. O velho Francisco, que madruga sempre, vem para junto deles:

— Vai sair, mestre?

— Tou esperando Guma. Tá casadinho de novo, chega tarde...

— Já faz cinco mês...

— Parece que foi ontem — disse Maria Clara.

— Eles vive bem, isso é que vale.

Vinham chegando. Lívia com os olhos ainda empapuçados da noite sem sonhos. Guma com os braços cansados, certo de perder a corrida:

— A aposta tá perdida. Eu tou naufragado.

Ela riu sem maldade, apertou o braço do marido:

— É bom...

Mestre Manuel saudou:

— Tu não tá com pressa...

Lívia conversava agora com Maria Clara, que dizia:

— Você tá engordando muito. Olhe esse negócio.

— Não, não é nada.

— Olhe que vem por aí um mestre de saveiro.

Lívia se ruborizou:

— Nem mestre de saveiro nem canoeiro. A gente não tá cuidando disso... O dinheiro mal chega para dois.

Maria Clara confessou:

— É isso mesmo. Mas eu digo que logo que Manuel quiser eu também quero... Só tenho medo é que saia mulher...

Mestre Manuel já tinha embarcado. O velho Francisco foi andando para um grupo no mercado. Mas antes avisou a Guma:

— Na volta da ilha, ganhe terreno. Manuel não é forte nessas manobras.

— Tá certo — porém Guma tinha certeza de perder.

Faziam apostas no mercado. Muitos apostavam em mestre Manuel, mas Guma, desde o salvamento do *Canavieiras*, e principalmente depois do caso de Traíra (que logo se espalhou pelo cais), tinha seus admiradores.

O *Viajante sem Porto* saiu na frente. O vento era favorável, ele se adiantou logo, tomando o caminho do quebra-mar. Guma acabava de levantar a âncora do *Valente*. Lívia se segurava nas velas. De perto do quebra-mar vinha a voz de Maria Clara:

Corre, corre, meu saveiro,
Corre, corre com o vento.

No quebra-mar o *Viajante sem Porto* esperou. Dali começava a aposta. O *Valente* ia saindo nas primeiras manobras. No cais um grupo espiava. O saveiro de Guma sentiu o vento, as velas enfunaram, breve ele chegou ao lado do *Viajante sem Porto*. E saíram os dois. Mestre Manuel ia um pouco na frente, Maria Clara cantava, Guma sentia os braços cansados, o corpo cansado. Lívia veio e se deitou ao lado dele. O vento levava a voz de Maria Clara:

Corre, corre, meu saveiro,
Corre, corre com o vento.

Lívia cantou também. Só a música compra o vento e o mar. E eram vozes belas, vozes do cais que se ofertavam a ele. Lívia cantava:

Corre, corre, meu saveiro,
Corre, corre mais que o vento.

Acaricia o *Valente*. A manhã clara põe reflexos na água azul. Guma aos poucos vai deixando de sentir o cansaço da noite de amor e ajuda ao saveiro, ajuda ao vento. Vão quase parelhos agora e mestre Manuel fala:

— Vai ser dura, rapaz.

A ilha de Itaparica é uma mancha verde no mar azul. É tão raso em certo ponto que se veem as pedras no fundo. Deve ter conchas também. Por causa de concha e cofre, quase que uma vez Guma briga com Filadélfio. Andava namorando Lívia, só pensava em a possuir naquele tempo. E hoje pensará por acaso em outra coisa? Saiu de uma noite de amor, e nessa aposta não pensa em ganhar, pensa é em tê-la novamente nos braços, em a apertar com força. Guma a chama. A voz de Maria Clara atravessa a boca da barra.

— Deita aqui, Lívia.

— Só depois de você ganhar.

Ela sabe que, se deitar ao lado dele, ele não pensará no leme, na corrida, no bom nome do saveiro. Só pensará no amor.

Os saveiros vão na mesma reta. O vento os leva, os homens ajudam. Qual chegará primeiro? Ninguém o sabe, Guma está dando tudo, Maria Clara canta. Lívia volta a cantar. E o *Valente* avança mais um pouco. Mas mestre Manuel se curva no *Viajante sem Porto* e toma a dianteira.

Agora é a hora da curva. Bem aqui tem uma coroa de pedras. Mestre Manuel maneja para a direita, para ganhar distância para a curva. Vai bem na frente. Mas Guma faz coisa que ninguém nunca ouviu dizer, a curva fechada, bem por cima da coroa que chega a roçar no casco do barco. E quando mestre Manuel volta com o seu saveiro, o de Guma já ganhou distância e no miserável cais de Mar Grande os pescadores saúdam o herói de tão difícil façanha. Nunca viram daquilo, nunca viram uma curva tão em cima das coroas. Só um velho pescador discorda:

— Ele ganhou, mas o outro é melhor marinheiro. Um marinheiro não deve jogar seu barco tão em cima das pedras.

Mas os moços não querem ouvir as palavras sensatas e aplaudem Guma. O velho resmunga e sai. O saveiro atraca. Logo depois chega mestre Manuel e ri:

— Tá igual. Naquele dia eu ganhei. Agora você. Um dia deste a gente tira a teima.

Bota a mão no ombro de Guma:

— Mas te lembra sempre que um homem não faz duas vez o que você fez hoje. Na segunda vez fica.

Mas Guma não ouve:

— Coisa mais fácil...

Lívia sorri, Maria Clara troça:

— E o que vem aí haverá de fazer isso?

Lívia fica séria e pensa que seu filho nunca fará dessas coisas. No entanto, mesmo sem querer, ela acha belo, acha um destino digno de um homem.

Guma e mestre Manuel ficaram descarregando os saveiros. Depois irão carregá-los de novo e partirão para Maragogipe, de onde volverão com charutos e fumo para a Bahia. Pegaram essa viagem juntos, uma viagem boa nesses meses maus de pouco movimento.

Maria Clara e Lívia saem pela estrada de Mar Grande que é a praia. As casas são de palha. Passam homens que vendem peixe, as calças arregaçadas, os braços tatuados. Aqui em Mar Grande existem candomblés afamados, pais de santo respeitados. Há algumas casas de pedra na zona dos veranistas. É terra dos pescadores. Daqui saem todas as manhãs os barcos para a pescaria e voltam à tarde, lá pelas quatro horas. Antigamente levavam e traziam veranistas da cidade. Hoje há uma lancha que faz esse serviço.

É outubro e ainda venta de sudeste. Mas quando o verão chegar cairá o "fresco" que é o nordeste fraco. Os veranistas, quando vêm, têm que saltar nos braços dos pescadores, através os arrecifes, por onde a lancha não se afoita. Só os saveiros penetram entre eles. Em nenhum lugar os temporais são fortes como nessa zona de Mar Grande.

Nisso pensa Lívia enquanto atravessa a praia, única rua daqui. Maria Clara vai calada, de quando em vez apanha uma concha na praia.

— É para fazer moldura para retrato — explica.

De repente topam com as ciganas. Já passara por elas um homem batendo caçarolas. Era um cigano. Agora vêm as mulheres num grupo de quatro. Sujas, falando numa língua desconhecida, parecem discutir entre si. Maria Clara pergunta:

— Vamos ler a mão?

— Pra quê? — estranha Lívia, que tem medo.

Mas a outra corre para as ciganas, sem ouvir o que Lívia diz. Uma velha toma a mão de Maria Clara e avisa:

— Bota quatrocentos réis que adivinho tudo, presente, passado, futuro.

Outra pede a Lívia:

— Quer que eu leia a sua sorte?

— Não.

Maria Clara anima:

— É só um cruzado, tola, fica sabendo de tudo...

Lívia entrega o níquel e a mão. A velha está dizendo a Maria Clara:

— Vejo uma viagem. A senhora vai viajar muito. Vai ter muitos filhos...

— Janaína lhe ouça... — ri Maria Clara.

A outra cigana, que está grávida, com grandes brincos nas orelhas, adverte Lívia:

— Tá atravessando um tempo ruim de dinheiro, mas vai ser pior. Depois seu marido vai melhorar muito, mas com muito perigo.

Lívia está assustada. A cigana continua:

— Mas se me der dez tostões eu conjuro o perigo.

Lívia está sem dinheiro, pede a Maria Clara. Entrega à cigana que resmunga uma reza estranha. E o grupo parte, recomeçando naquela língua desconhecida a discussão interrompida. Maria Clara ri:

— Ela disse que eu vou ter uma dúzia de filhos. Manuel vai

ficar danado. Eu bem que queria. Botava tudinho no *Viajante*, ia por aí afora.

Lívia está ouvindo as palavras da cigana:

— Vai ser perigoso...

Em que vai se meter Guma, assim tão perigoso? Com certeza ela se referia à própria vida do cais. A praia de Mar Grande se estende infindável. Elas voltam para o porto. Os saveiros já estão descarregados. Elas agora fazem comida, fritam peixe. Guma e mestre Manuel riem, cheirando o ar de onde vem o cheiro de peixe frito. Depois voltam a carregar os saveiros.

E à noite saem. O mar continua calmo no roteiro difícil de Mar Grande. E dos saveiros eles ouvem a música e as canções em língua estranha dos ciganos. É bonito, mas é triste. Guma diz a Lívia:

— Só parece que essa música anuncia desgraça...

Lívia baixa a cabeça e não responde. Há estrelas inúmeras no céu.

Essa rota de Mar Grande é uma rota difícil. Por isso os saveiros vão com cuidado atravessando os arrecifes. Aqui já ficaram muitos. E, dias depois, numa noite tempestuosa, aqui ficaram Jacques e Raimundo, seu pai. Foi Guma quem descobriu os corpos, quando voltava de Cachoeira. O velho segurava a camisa do filho, tentara com certeza salvá-lo. E Judith ficou viúva naquela noite. Lívia tinha esperado Guma no cais. Rufino foi quem avisou que Jacques morrera. Fora a sogra de Jacques quem a hospedara quando ela fugira de casa com Guma.

Agora os arrecifes de Mar Grande engoliram Jacques e mais seu pai. Roteiro difícil de Mar Grande, roteiro percorrido todo dia por dezenas de embarcações. A cigana dissera a Lívia que viria uma tarefa perigosa. Que novo roteiro de Mar Grande vai percorrer Guma? A vida de Lívia já é de tanto desesperar, já é tão cheia de angústia. Quando ele parte com o *Valente* para Mar Grande, seu coração só pensa desgraças. Maria Clara já lhe disse que assim ela até agoura Guma.

Roteiro difícil de Mar Grande, que já engoliu tantos corpos! Um dia chegará a vez de Guma, mas antes — disse a cigana — ele tem trabalhos mais perigosos para realizar. Será que ele vai ficar navegando somente para Mar Grande? Quem sabe o que vai acontecer? Nem as ciganas sabem, as ciganas que ninguém descobre de onde vêm nem para onde vão, as ciganas que ouvem a voz do mar num búzio. Nem elas sabem.

Lívia trouxe de Mar Grande um punhado de conchas e nelas emoldurou o retrato de Guma, um que ele tirou no jardim, debaixo do elevador, encostado numa árvore. O outro, o que traz ele e o *Valente*, ela mandou num envelope para Janaína, pedindo que não levasse consigo aquele que é pai de seu filho. Porque Maria Clara tem razão. Há um ser que se move no ventre de Lívia, um ser que um dia — é o destino — fará também o roteiro de Mar Grande.

LÍVIA PRIMEIRO PROCUROU O DR. RODRIGO. Ele recomendava muito que as mulheres que se achassem grávidas fossem a ele. Não gastavam nada com o tratamento, os partos ficavam fáceis. E falavam também no cais que ele não se negava a "fazer anjos". Muita mulher abortara com a ajuda do dr. Rodrigo. Até uma vez dona Dulce lhe perguntou se era verdade:

— É, sim. Essas pobres vivem sofrendo o diabo, passando fome, vendo os maridos morrerem. É justo que muitas delas não queiram mais ter filhos. Às vezes têm oito ou dez, sem ter com que criar. Vêm me pedir, o que é que eu vou fazer? Deixar que abortem com essas curandeiras daí? É pior...

Dona Dulce quis replicar qualquer coisa, mas calou. Ele tinha realmente razão. E ela baixou a cabeça. Bem sabia que não era por maldade que as mulheres do cais abortavam. Se o faziam era para depois não ter que abandonar os filhos pelos botequins do cais, não ter que vê-los trabalhar desde os oito anos. Havia sempre falta de dinheiro. Dr. Rodrigo tinha razão. Apenas em dona Dulce falava o seu fracassado instinto de maternidade. Pensava em braços de criancinhas se agitando, em cabelos loiros, em vozes balbuciantes. Dr. Rodrigo disse:

— É preciso encarar a realidade como ela é. Eu não espero milagres...

Ela sorriu:

— Você não deixa de ter razão. Mas é uma pena...

Porém Lívia não fora lá para arrancar seu filho do ventre. Foi para saber se era realmente verdade, pois devia ser recente, sua barriga nem se arredondara ainda. Dr. Rodrigo quase afirmou que era. E lhe disse que estava disposto a ajudar no tratamento para que o parto fosse fácil e o filho forte. Com certeza ela não quereria abortar. Dr. Rodrigo sabia perfeitamente que elas nunca abortavam no primeiro filho.

Guma chegou à meia-noite. Atirou as coisas que carregava para um lado, mostrou a Lívia o presente que trazia. Ganhara numa aposta com um marinheiro de um navio do Lloyd Brasileiro que estava ancorado no porto um corte de fazenda. O navio estava com as máquinas escangalhadas e o marinheiro aproveitara para ir ver a família em Cachoeira. Fora no saveiro de Guma que ia partir (fazia três dias), e apostara como ele não passaria na frente do baiano, que também rumava para lá. Guma ganhou a aposta:

— Era um troço arriscado, mas eu achei a fazenda bonita. Ele ia levando pra uma conhecida...

Lívia disse:

— Você não vai fazer mais isso.

— Não tem nada...

— Tem, sim.

Só então Guma reparou que ela estava séria.

— O que é que deu em você?

— Eu também tenho um presente pra tu.

— O que é?

— Pague as alvíssaras...

Ele tirou duzentos réis do bolso:

— Tá pago.

Ela então chegou para perto dele e avisou:

— A gente vai ter um filho...

Guma pulou da cama, ainda não tinha se despido completamente. Se atirou porta afora, Lívia perguntou:

— Aonde tu vai?

Bateu na porta de Rufino, bateu muito. Ouviu ruído de gente que despertava e foi ficando encabulado de vir acordar os outros assim, a estas horas da noite, só para dar a notícia de que Lívia ia ter um filho. Ouviu Rufino perguntar:

— Quem é?

— É de casa. É Guma.

Rufino abriu a porta. Tinha os olhos inchados do sono. Esmeralda aparecia embrulhada num lençol na porta do quarto:

— Aconteceu alguma coisa?

Guma ficou sem jeito. Notícia besta que tinha para dar, tinha ido acordar os outros. Rufino repetiu:

— O que foi, mano?

— Nada. Estou chegando agora, passei para ver vocês.

Rufino não compreendia:

— Bem, se você não quer contar...

— É coisa besta...

Esmeralda não se conformava:

— Solta a língua, homem. Desatraca de uma vez.

— Lívia vai ter um filho...

— Agora? — perguntou Rufino.

Guma estava com raiva:

— Não. Daqui a uns tempos. Mas hoje é que viu que tava grávida.

— Ah!

Rufino espiou a noite lá fora. Esmeralda acenara para Guma um adeus:

— Amanhã vou lá brigar com aquela enganadeira. Tava me negando.

Rufino saiu. Ia calado ao lado de Guma:

— Vamos beber um trago no Farol. Pra comemorar.

Beberam. Não um trago, mas muitos. Havia bastante gente no botequim, marinheiros, canoeiros, prostitutas, homens das docas. No fim da noite, já inteiramente embriagado, Rufino propôs:

— Minha gente, vamos beber um copo aqui em honra de um acontecimento que vai acontecer ao meu compadre Guma.

Os outros olharam. Encheram os copos. Uma mulher magra veio perguntar a Guma:

— O que é?

Ela não estava bêbada. Guma disse:

— Minha mulher vai ter um filho.

— Que lindo... — e bebeu um pouco de cerveja de um copo. Depois voltou para o seu canto e para o homem que a contratara para essa noite. Antes de sair ainda sorriu para Guma e disse:

— Desejo que ela seja feliz.

Com a manhã voltaram para casa.

Guma levou a notícia a todos os seus conhecidos, e eram muitos, espalhados pelos diversos pontos do Recôncavo. Alguns deram presentes para o menino que ia nascer, a maior parte desejou felicidades. Também Esmeralda fora à sua casa logo pela manhã do dia seguinte. Fizera muito escândalo, muita história fiada, que estava tão contente como se fosse ela mesma, mas quando Lívia foi à cozinha fazer um pouco de café para eles tomarem, ela arriscou:

— Só eu não topo com um homem que me faça um filho. Sou pesada até nisso. Homem meu não faz filho... — mostrava um pedaço das coxas, as pernas cruzadas.

Guma riu:

— É só você pedir a Rufino.

— Aquele? E quero lá filho de negro. Estou precisando de um filho de gente mais branca do que eu para melhorar a família...

Olhava para Guma como para indicar que ele é que lhe podia fazer um filho. Seus olhos verdes indicavam isso também porque fitavam Guma de um modo estranho, chamando. E os lábios dela estavam entreabertos, o seio arfava. Guma ficou um momento em suspenso, depois a desejou com toda a intensidade. Mas lembrou-se de Rufino, lembrou-se de Lívia:

— E Rufino?

Esmeralda se levantou de um repelão. Gritou para Lívia:

— Já vou, minha vizinha. Tenho muito que fazer. Depois dou um pulo aqui.

Estava com o rosto cheio de raiva e de vergonha. Saiu apressada, passou por junto de Guma, falou:

— Trouxa...

Ele ficou sentado com a cabeça entre as mãos. Mulher dos diabos aquela. Queria a pulso que ele fizesse a desgraça. E depois, Rufino? Ele devia era contar tudo a Rufino, falar a verdade. Mas talvez ele nem acreditasse, talvez até brigasse com ele, Rufino estava embeiçado pela mulata. Não adiantava dizer. Mas também não iria andar com ela, trair um amigo. O pior é que quando ela o tentava, quando o olhava com aqueles olhos verdes, ele não via mais nada, não enxergava nem Rufino lhe fazendo favores, nem Lívia grávida, só via o corpo dengoso da mulata, os peitos salientes, as ancas rebolantes, o corpo chamando, os olhos verdes chamando. Uma canção do mar fala em homens que se vão a afogar nas ondas verdes do mar. Assim os olhos de Esmeralda. É como se ele fosse se afogar nos olhos verdes dela. Ela o tenta, ela o quer. O seu corpo dançava ante os olhos de Guma. E ela o chamara de trouxa, pensava com certeza que Guma era incapaz de derrubá-la, de fazer o seu corpo gemer de tanto amor. Ah! mas Guma havia de lhe mostrar. Ela gemeria tanto, se dobraria tanto que teria de confessar que se enganara. Que importa Rufino se ela o quer? Quanto a Lívia nunca há de saber. É Lívia quem entra. Traz uma caneca de café e repara o rosto alterado de Guma:

— Tu tá com alguma coisa?

Ela está grávida, sua barriga se arredonda cada dia mais. Tem lá dentro um filho seu, ela não merece ser traída. E o pobre do Rufino, tão bom, sempre junto dele, desde criança? Vê no copo de café os olhos verdes de Esmeralda. Os seus seios são empinados como os de Rosa Palmeirão. Precisa escrever a Rosa Palmeirão, pensa ele, para comunicar o próximo nascimento do garoto. Porém seus pensamentos não se desviam. A figura de Esmeralda está diante dele. E Guma foge para o cais, onde aceita ir buscar uma carga de fumo em Maragogipe, mesmo sem ter nada para levar.

De Maragogipe vai a Cachoeira. Lívia o esperou inutilmente. Ficou na beira do cais muito tempo, todo um dia e uma noite. Também Esmeralda o esperou. Ela o deseja tenazmente, deseja aquele marinheiro quase claro, que dizem que é tão corajoso. E o deseja principalmente porque Lívia é tão feliz, e tão diferente dela, tão preocupada com o bem-estar do marido, que ela gostaria de feri-la no mais fundo do seu coração. Ela sabe que ele virá. Há de fazer tudo para isso. Há de tentá-lo de toda a maneira. Guma chegou atrasado de dois dias.

Esmeralda o esperava na janela:

— Andava desaparecido...

— Tava velejando. Trazendo fumo.

— Sua mulher até pensou que você tinha dado o suíte...

Guma riu sem jeito.

— Eu pensei que você tava com medo...

— Medo de quê?

— De me ver.

— Não sei por quê.

— Não se lembra mais da desfeita que me fez? — o princípio dos seios pujantes aparecia no decote do vestido.

— A gente vai ver um dia...

— O quê?

Mas Guma fugiu novamente. Senão entraria na casa dela naquela hora mesmo e nem a deixaria sair da sala, seria ali mesmo. Lívia o esperava.

— Você demorou. Quase uma semana para ir a Maragogipe...

— Você pensou que eu tinha fugido?

— Tá doido.

— Foi a notícia que eu tive.

— Quem inventou?

— Esmeralda que me falou.

— Também você agora antes de chegar em casa conversa com a vizinha, não é?

O pior é que não havia raiva nenhuma na voz dela. Apenas mágoa. Ele de repente, sem saber como, se encontrou defendendo Esmeralda:

— Ela tava brincando. A gente se cumprimentou, ela pegou, toca a falar bem de você. Parece que é sua amiga mesmo. Era bom porque eu gosto do negro Rufino.

— Ela é que não gosta tiquinho dele.

— Já reparei... — fez Guma de mau modo. Agora não se lembrava mais que Esmeralda estava quase sua amante. Estava com raiva dela porque a mulata não correspondia ao pegadio de Rufino. — Já reparei. No dia que Rufino der tento disso, ela tá desgraçada...

— Deixa de falar mal dos outros... — disse o velho Francisco que ia entrando. Vinha bêbado, o que era raro, e trazia Filadélfio para jantar. Encontrara o doutor no Farol das Estrelas sem um níquel e após beberem tudo que o velho tinha, este o trouxera para jantar:

— Tem boia para mais um? Um boa boca.

Filadélfio apertou a mão de Guma:

— O que tiver serve. Não precisa botar água no feijão — e riu muito da pilhéria. Os outros riram também.

Lívia serviu o jantar. O eterno peixe de sempre, feijão com carne-seca. Filadélfio, no meio do jantar, contou a história da carta para Lívia, da briga por causa da concha e do cofre. E perguntou a Lívia:

— Cofre não é muito mais bonito?

Ela tomou o partido de Guma:

— Acho concha...

Guma estava encabulado. Lívia não sabia que a carta fora de colaboração. Filadélfio insistia:

— Olhe que é cofre doirado. Já pôs os olhos em cofre doirado?

Quando eles saíram, Guma começou a explicar a história da carta. Lívia saltou para o seu colo:

— Cala a boca, coisa-ruim. Tu nunca gostou de mim...

Ele a carregou para o quarto. Ela protestou:

— Depois do jantar, não.

Mas pelo meio da noite Lívia começou a passar mal. Deralhe uma coisa, o estômago embrulhava, parecia que ela ia morrer. Tentou vomitar, não conseguiu. Rolava na cama, estava com falta de ar, a barriga doía toda.

— Será que eu vou botar o menino?

Guma saiu feito doido. Acordou Esmeralda (Rufino estava viajando) com pancadas fortes na porta. Ela perguntou quem era:

— Guma.

Ela veio, pegou a mão dele, puxava-o para dentro:

— Lívia está morrendo, Esmeralda. Deu uma coisa nela. Tá morrendo.

— O quê? — Esmeralda já tinha entrado. — Vou pra lá. É só mudar a roupa.

— Fique com ela que eu vou ver o doutor Rodrigo.

— Pode ir que eu fico.

Da esquina ele ainda viu Esmeralda atravessando o pedaço de barro que separava as duas casas.

Dr. Rodrigo, enquanto se vestia, pediu que ele contasse o que tinha feito. Depois consolou:

— Não há de ser nada... Coisa mesmo da gravidez.

Guma conseguiu encontrar o velho Francisco abancado numa mesa do Farol das Estrelas, bebendo com Filadélfio, contando histórias a uns marinheiros. No botequim um cego tocava ao violão. Guma despertou Francisco da sua embriaguez:

— Lívia tá morrendo.

O velho Francisco esbugalhou os olhos e quis sair correndo. Guma o impediu:

— Não, o doutor já foi ver ela. Vosmicê vai lá em cima chamar os tios dela. Vá depressa.

— Eu queria ver ela — o velho Francisco tinha a voz engasgada.

— O doutor disse que talvez não tenha nada.

O velho Francisco partiu. Guma voltou para casa. Vinha com medo. Ora quase corria, ora diminuía os passos com receio de encontrá-la morta, perdidos ela e o filho. Penetrou na casa como um ladrão. O candeeiro estava no quarto de onde vinham vozes. Viu Esmeralda sair apressada e voltar com uma bacia com água e um pano. E ele sem coragem de se aproximar. Depois foi o dr. Rodrigo que saiu. Então Guma o alcançou no corredor:

— Como vai ela, doutor?

— Não foi nada. Seria se você não tivesse me chamado logo. Ela poderia ter abortado. Agora precisa é de repouso. Amanhã passe lá em casa, eu vou dar um remédio para ela.

Guma ria pela boca e pelos olhos:

— Então ela não vai ter nada?

— Pode estar descansado. Ela precisa é repousar.

Guma entrou no quarto. Esmeralda pôs o dedo na boca exigindo silêncio. Alisava a cabeça de Lívia, estava sentada na borda da cama. Lívia voltou os olhos, viu Guma, sorriu:

— Maginei que ia morrer.

— O médico disse que não é nada. Você precisa é dormir.

Esmeralda mandou que ele saísse. Ele se afastou e agora sentia uma ternura diferente por Esmeralda, uma vontade de a acariciar sem desejos de posse. Ela fora boa para Lívia.

Entrou na sala escura. Tinha uma rede estirada de lado a lado, ele deitou e começou a pitar o cachimbo. Ouviu os passos suaves de Esmeralda que saía do quarto com o candeeiro. Ela ia na ponta dos pés, ele podia jurar. O seu corpo forte iria balançando como um saveiro, pois ela iria na ponta dos pés. Suas nádegas iriam gingando como um marinheiro. Uma mulata e tanto. Ela pousou o candeeiro na sala de jantar. Agora anda para onde Guma está. Ele sente os passos dela, em surdina. E o desejo vai se apossando dele, aos poucos. A respiração ainda difícil de Lívia chega até à sala. Mas os passos de Esmeralda se aproximam, vão encobrindo, no seu barulho, o barulho da respiração de Lívia.

— Está dormindo — disse.

Encostou-se nas cordas da rede:

— Você gramou um sustinho, hein?

— Você está cansada? Fui lhe acordar...

— Faço de coração para você.

Sentou-se na rede. Agora as suas pernas tocam nas de Guma. E de repente ela se atira sobre ele e o morde na boca. Enrolam-se na rede e ele a possui sem sequer a despir, sem pensar. A rede range e Lívia acorda:

— Guma!

Sacode Esmeralda, que está trepada nas suas pernas. Corre para o quarto. Lívia pergunta:

— Tu tá aí?

— Tou, sim.

Ia alisar o cabelo dela, mas sua mão ainda traz um calor do corpo de Esmeralda e ele suspende o gesto. Ela chama:

— Vem dormir comigo...

Ele fica sem saber o que dizer. Na outra sala Esmeralda o espera para concluírem o que começaram. Mas se recorda dos tios dela:

— Durma você. Eu estou esperando teus tios que mandei o velho Francisco chamar...

— Você foi assustar eles.

— Eu também fiquei com medo.

Novamente suspende a mão para a acarinhar. Novamente se recorda de Esmeralda e um nó toma sua garganta. E Rufino? Lívia volta-se na cama, cerra os olhos. Ele vai para a sala. Esmeralda está estirada na rede, abriu o vestido, os seios pularam. Ele fica parado olhando como um demente. Ela estende a mão, o chama. Arrasta-o para cima de si, se aperta contra ele. Mas ele está tão longe que ela pergunta:

— Me acha tão azeda assim?...

E recomeçam. Ele agora está louco, não sabe mais o que faz, não pensa, não se recorda de ninguém. Só do corpo que aperta contra o seu na luta que mais parece de morte. E quando caem um sobre o outro Esmeralda fala baixinho:

— Se Rufino visse isso...

Guma volta a si. É bem Esmeralda quem está ali. É a mulher de Rufino. E sua própria mulher dorme doente no outro quarto. Esmeralda novamente fala em Rufino. Guma não ouve mais nada. Seus olhos estão vermelhos de sangue, sua boca está seca, suas mãos procuram o pescoço de Esmeralda. Começam a apertar. Ela diz:

— Deixe dessa brincadeira...

Não é brincadeira. Ele a matará e depois irá se encontrar com Janaína no fundo do mar. Esmeralda já vai gritar quando Guma ouve as vozes dos tios de Lívia conversando com o velho Francisco. Pula da rede, Esmeralda se compõe apressadamente mas a tia de Lívia espia para a sala com uns olhos espantados. Guma sacode as mãos agora inúteis:

— Lívia já está melhor.

ERAM CINCO MENINOS

Logo que Lívia melhorou ele viajou. Fugia de Esmeralda que agora o perseguia, queria marcar encontros em pontos desertos do areal do cais, ameaçava fazer escândalo. Mas fugia principalmente de encontrar Rufino que chegava daí a poucos dias trazendo uma carga para a feira de Água dos Meninos do próximo sábado.

Pegara uma viagem para Santo Amaro, demorara. Contra seu costume andara por todos os botequins, quase não parava no saveiro para espiar a lua e as estrelas no céu. Via logo Rufino, via o rosto de espanto que ele faria se soubesse. Guma via sua vida desgraçada. Desde pequeno uma maldição pesara sobre ele. Um dia sua mãe viera, ele esperava uma mulher da vida, tivera desejos por ela. Nesse dia pensara em se jogar n'água, em ir com Iemanjá para a viagem sem fim dos mares de Aiocá. Seria bem melhor se tivesse se matado naquela época. Ninguém sentiria sua falta, o velho Francisco talvez se entristecesse, mas logo depois se consolaria. Mandaria tatuar o nome de Guma no seu braço, junto com os dos quatro saveiros que possuíra e juntaria a sua história de criança às muitas que sabia:

— Eu tive um sobrinho que Janaína desejou. E numa noite de lua cheia levou ele pra junto dela. Era um menino ainda mas já conduzia um saveiro, levantava um saco de farinha. Janaína quis ele...

Assim contaria o velho Francisco a sua história. Agora seria diferente. Nem se matar ele podia, não podia deixar Lívia na miséria com um filho na barriga. E que história deixaria para o velho Francisco contar? Traíra um amigo, andara com a mulher de alguém que lhe prestara favores. E depois se jogara n'água com medo do que o amigo fizesse, deixando a mulher passando fome com um filho na barriga. O velho Francisco acrescentaria que aquilo era da raça da mãe, mulher da vida. E não tatuaria seu nome ao lado dos nomes dos seus quatro saveiros. Teria vergonha dele.

Guma não fita a lua. Quebrou a lei do cais. Não é medo de Rufino que ele tem. Se não fosse seu amigo não se importaria. Tem é vergonha, vergonha dele e de Lívia. Gostaria de matar Esmeralda e depois morrer, virar com o *Valente* por cima de uma coroa de pedras. Ela o tentou, ele nem se lembrou de Rufino seu amigo, de Lívia doente no quarto vizinho. E a tia olhara desconfiada, nunca mais ele a pudera fitar. Talvez ela nem tivesse chegado a desconfiar, até agradeceu muito a Esmeralda o cuidado tomado com Lívia. E o pior é que Lívia agora estava muito grata a Esmeralda, mandara comprar um presente para ela, a mulata se aproveitava disso para viver metida lá, espiando para Guma. Ele saía, ia para o Farol das Estrelas, bebia tanto que até já se falava no cais. E ela o perseguia, toda vez que podia falar com ele queria saber onde se podiam encontrar, dizia que sabia lugares desertos no areal. Guma também sabia. Muita mulata, muita negrinha, levara para o areal nas noites de grande lua. Mas Esmeralda ele não queria levar, não queria mais vê-la, queria era matá-la e se matar depois. Mas não podia deixar Lívia com um filho na barriga. Foi sem pensar, que o desejo não vê nada. Naquela hora não vira ninguém, nem Rufino, nem Lívia, ninguém. Só vira o corpo moreno de Esmeralda, os seios pujantes, olhos verdes tão brilhantes. E agora sofre. Terá que encontrar Rufino mais dia menos dia, terá que conversar com ele, rir com ele, abraçá-lo como se abraça a um amigo a quem se deve favores. E, pelas costas de Rufino, Esmeralda lhe fará sinais, marcará encontros, sorrirá.

E Lívia que tanto sofre quando ele viaja, Lívia que tanto teme por ele? Lívia também não merecia isso, Lívia estava doente por causa dele, tinha um filho dele na barriga. Da sala ele ouvira a respiração presa de Lívia e no entanto não se lembrara de nada disso. Esmeralda se encostara na rede, ele só vira o corpo da mulata, seus olhos dengosos. Depois a quis matar. Havia de estrangulá-la se os tios não viessem.

A noite de Santo Amaro é clara. Nas margens do rio os canaviais se estendem, verdes, à luz da lua. Besouro brilha no céu, foi um homem valente, nunca se falou que Besouro tivesse possuído a mulher de um amigo. Era homem respeitador dos seus compromissos, amigo das suas amizades. Guma abandonara tudo, agora só lhe restava ir viajar no fundo das águas. Senão como seria sua vida? Encontraria Esmeralda todos os dias, alguma vez teria de estar com ela, deitar com ela, gemer de amor com a mulata. Veria também nesses dias Lívia grávida, trabalhando em casa, chorando por ele, pensando que um dia ele morreria nas águas. Veria Rufino rindo sua gargalhada, passando o braço no seu ombro, dizendo "seu mano, seu mano". Veria todos aqueles a quem traía, porque traía Esmeralda também, já não a queria mais, não desejava mais seu corpo cheio de dengues. Traíra a todos, traíra também seu filho por nascer, pois não lhe deixava uma tradição no cais. Ninguém apontaria para ele, dizendo com orgulho:

— Lá vai o filho de Guma, um bicho batuta que teve por estas bandas...

Não. Era um traidor, fizera igual ao sujeito que apunhalou Besouro pelas costas. Esse se dizia amigo do cangaceiro, um dia meteu-lhe o punhal nas costas, chamou os outros para o cortarem a facão. Virou cabo de polícia, mas hoje só falam dele cuspindo de lado para seu nome não manchar a boca que o pronuncia. Assim está Guma. Ele se estira no saveiro, mete a mão na água fria. No cais ninguém sabe ainda. Só que se admiram dele agora beber tanto, ele que nunca foi dessas coisas. Mas não sabem por quê, pensam que é alegria de ter um filho a nascer.

Lívia a estas horas pensará nele, sofrerá por ele estar sobre as águas. A mulher do velho Francisco morreu de alegria no dia que ele voltou. Assim também Lívia vive esperando que ele venha de torna-viagem. Com certeza ela gostaria que ele abandonasse o saveiro, fosse para a vida da cidade, trabalhasse noutra profissão. Mas ela nunca falou nisso porque bem sabe que os homens que vivem no mar nunca vão para a terra trabalhar noutra profissão. Mesmo aquelas pessoas que vêm para o mar, como dona Dulce, não voltam mais. O feitiço de Iemanjá é muito forte. Mas poderia ir embora. Iria com Lívia para bem distante dali, alguém já lhe disse que em Ilhéus um homem pode ganhar muito dinheiro. Iria trabalhar noutro ofício, fugiria daquele lugar.

Olha o *Valente*. Saveiro bom. Fora do velho Francisco, fora o quinto que o velho possuíra. Já não era muito novo, corria aquelas águas há muitos anos. Cortara a baía e subira o rio inúmeras vezes, fora com Guma salvar o *Canavieiras*, algumas vezes esteve para naufragar, um dia ficou com um rombo no casco. Já tivera não sei quantas velas, era um saveiro de tradição. E agora Guma está disposto a acabar com a sua carreira. Vendê-lo-á a um mestre qualquer e irá embora. Essa é a melhor solução. É o castigo que merece: deixar o cais, abandonar o mar, ir para outras terras. Um dia ele pensara em viajar, em correr os mares num grande navio, como Chico Tristeza. Depois conhecera Lívia, abandonara suas ideias de viagens, ficara com ela, a trouxera para a vida triste do cais, para o sofrimento de o esperar todos os dias de uma morte certa. E depois ainda a traíra e traíra Rufino, seu amigo. Guma esconde o rosto nas mãos. Se não fosse um marinheiro choraria como uma criança ou uma mulher.

Agora só lhe resta esperar uma aventura que o leve, e que leve também o *Valente* que ele gostaria de não passar a outro. Porque fugir do cais, ir para outras terras é coisa impossível dele fazer. Só os que vivem no mar sabem quanto é impossível abandoná-lo. Mesmo para aqueles que não podem olhar a face de um amigo nem fitar a lua brilhante no céu.

Se não fosse um marinheiro Guma choraria como uma criança, como uma mulher, como um preso de lúgubre prisão.

Encontrou Rufino no meio d'água e foi melhor assim. Rufino estava com a canoa engolindo água, saíra do porto sem notar. Guma ajudou a calafetar. Parte da carga estava perdida, era açúcar que o negro trazia. Os sacos do fundo estavam molhados, o açúcar se dissolvia. Guma os removeu para o *Valente* e os expôs ao sol. Procurava não olhar para Rufino que estava preocupado com o prejuízo:

— Pelo menos o dinheiro do frete tá perdido, pra pagar o prejuízo.

— Talvez que não. Os sacos secam, a gente vai ver se falta muito. Me parece que não.

— Nem sei como foi. Eu sou de muito cuidado nessas coisa. Mas o coronel Tinoco mandou os homens dele arrumar o açúcar, tava com eles sem fazer nada. Eu peguei, fui beber um mata-bicho, que tava chovendo pra lá, quando cheguei tava tudo pronto. Saí, só no meio do caminho dou pela coisa. A canoa pesada que eu não aguentava. Fui ver o que era, a água invadindo...

— Você deve não pagar nada e ainda cobrar o buraco da canoa. Se foi feito pelos homens dele...

— Mas é que eu não dou certeza disso. Quando fui, passei mesmo raspando em cima da coroa da entrada do rio. É por isso.

Voltaram ainda um pedaço conversando. Mas logo o saveiro se adiantou. Rufino remava atrás para ajudar a canoa. Até que desapareceu, Guma não o via mais. Não sabia mesmo como pudera conversar com ele, como pudera sustentar seu olhar, rir quando ele ria. Devia era ter dito, ter deixado que Rufino lhe metesse o remo na cabeça. O saveiro corre nas águas, o vento sopra.

Lívia espera no cais. Esmeralda está com ela, e pergunta com um ar inocente:

— Viu meu negro por aí?

— Vem vindo com a canoa. Até trouxe uns sacos de açúcar dele. A canoa andou se arrombando...

Lívia se interessa:

— Mas não aconteceu nada?

Esmeralda fita Guma:

— Não foi ninguém que fez? — ele percebe que ela teme que tivesse havido briga entre os dois.

— Parece que foi na subida, ele se topou numa coroa... Não demora embica aí. Tá danado com o prejuízo.

Descansou o saveiro, foi andando para casa com Lívia. Esmeralda avisou:

— Vou pro porto da Lenha, esperar por ele.

— Diga que os sacos tão aqui.

— Tá bem.

Ficou olhando o casal que subia. Guma fugia dela. Medo de Rufino, medo de Lívia, ou não gostava do amor dela? Muito homem no cais se pelava por ela. Tinham medo de Rufino mas assim mesmo achavam jeito de lhe dizer dichotes, de fazer propostas, de enviar presentes. Só Guma fugia dela, Guma que ela desejava porque era claro, tinha cabelos pretos longos quase até ao pescoço e os lábios vermelhos como lábios de criança. Seu peito se levantou, seus olhos acompanharam com saudades o homem que subia o cais. Por que ele fugia? Não pensou que pudesse ser remorso. Faria uma carta para Janaína, iria ver. Foi andando para os lados do porto da Lenha. Os canoeiros a saudavam, um marinheiro que pintava o casco de um cargueiro suspendeu seu trabalho, assoviou com admiração. Só Guma fugia dela. Para andar uma vez com ela, fora preciso fazer não sei quantas coisas, se jogara mesmo, se oferecera como uma mulher da vida, depois ele ainda a quisera matar. As ancas de Esmeralda valiam ouro, diziam no cais. Guma não as notava, Guma fugia dela. Fugia do seu corpo, dos seus olhos. Só tinha olhos para Lívia, magra e chorosa. Esmeralda ouvia o assovio fino do marinheiro. Olhou e sorriu. Ele fez com os dedos que às seis horas estaria livre, indicou o areal. Ela sorria. Por que Guma fugia dela? Era medo de Rufino com certeza, medo da vingança do negro, dos braços musculosos dele, fortes do remo o dia inteiro na canoa. Esmeralda não pensava em remorso. Talvez nem conhecesse essa palavra. Um vento frio corria pelo cais. Ao longe apontava a canoa de Rufino, abrindo água.

A noite caiu fria, o vento encrespava a areia do cais e a água do mar. Alguns saveiros saíram. Era raro aquele vento trazer temporal. A areia voava fina pelo cais, ia até às ruas da cidade.

Havia festa na igreja da Conceição da Praia, mulheres passavam embrulhadas em xales, homens desciam a ladeira. O vento atravessava entre eles. Os sinos repicavam. O comércio fechara, a cidade ia ficando deserta.

Acabado o jantar o velho Francisco saiu. Ia conversar no pátio da igreja, contar e ouvir histórias. Guma acendeu o cachimbo, pretendia ir ao cais mais tarde ver se já haviam descarregado o saveiro, ver se cavava alguma viagem para o dia seguinte. Lívia lavava os pratos, a barriga ia na frente dela, tinha perdido um pouco a cor, agora estava baça, um pouco lívida. Levava um filho na barriga, ia todo dia se tratar com dr. Rodrigo, tinha enjoos. Guma a espiava. Ela ia e vinha, lavava os pratos de flandre, os copos grossos. O cachorro, um vira-lata preto e pequeno, comia espinhas na cozinha de barro. A xícara vazia descansava na borda da mesa. Guma ouviu Rufino se levantar na sala da casa vizinha. Acabara de jantar com certeza. Falava com Esmeralda, era como se estivesse falando na sala de Guma, ele ouvia tudo:

— Vou conversar com o coronel Tinoco pra ver esse troço dos saco que se molhou. Vai ser um pega brabo.

Esmeralda falava alto:

— Tu deixa eu ir dá uma espiada na festa da Conceição? A igreja tá tão bonita, e é uma santa da minha devoção.

— Vai mas tá cedo aqui, tou cansado, quero encornar cedo.

Esmeralda falara alto. Naturalmente fora para ele ouvir, pensa Guma. Mas não irá a Conceição da Praia. Pela janela pode ver a igreja tão iluminada que nem um navio de passageiros. E se for será com Lívia que sem dúvida quererá ir rezar pelo filho. Os sinos repicam convidando. O vento entra pela janela, Guma estuda o céu cinzento. Estava tão bonita a tarde! No entanto a noite nada anuncia de bom. A lua é minguante, uma coisa fina e amarela no céu. A voz de Rufino atravessa a parede:

— Tu tá aí, meu mano?

— Tou.

— Vou quebrar a cabeça com o velho Tinoco.

— Tu não teve culpa.

— Mas aquilo é cabeçudo que nem cágado que a gente corta a cabeça e ainda tá se bulindo, querendo viver.

— Tu explica.

— Dou dois berro que ele vai ver...

Esmeralda se despedia no outro lado:

— Daqui a pouquinho tou aqui.

A voz de Rufino chegou abafada:

— Deixa dá um cheiro no cangote, mulata.

Guma se sentiu mal. Não queria ter nada com ela, nem a queria ver, mas aquilo buliu com ele como se Rufino estivesse a lhe roubar uma coisa. Em verdade fora ele quem roubara Rufino, quem o traíra. Os passos de Esmeralda se afastavam. Rufino falou alto:

— A mulata vai pra igreja...

E gritou pra ela, se lembrando:

— Diabo, tu não chama Lívia?

— Ela me disse que vai com Guma — e os passos se perderam na ladeira.

Rufino agora andava na sala. Guma olhou novamente o céu. O vento era cada vez mais forte, raras estrelas apareciam sob as nuvens. "Vai ter temporal", pensou ele. Lívia acabava de lavar os pratos, perguntou:

— Tu quer ir ver a festa?

Estava pálida, muito pálida. A barriga suspendia o vestido, talvez estivesse ridícula. Mas Guma não notava nada disso. Só sabia que ela tinha um filho dele, estava doente por isso e ele a traíra. Ouviu Rufino se despedir. Lívia estava parada, esperava resposta:

— Vai mudar o vestido.

Ela entrou para o quarto mas saiu logo porque batiam na porta:

— Quem é?

— É de casa.

No entanto a voz era estranha, eles não se recordavam de tê-la ouvido. Lívia olhou para Guma e seus olhos estavam amedrontados. Ele se levantou:

— Tá com medo?

— Quem é?

As pancadas se repetiam na porta:

— Não tem ninguém? Isso é cemitério ou casa de navio naufragado?

Marítimo era com certeza. Guma abriu a porta. No escuro da rua um cachimbo brilhava e um vulto aparecia por detrás, embrulhado num grande capote:

— Cadê Francisco? Onde aquela peste está? Que não morreu eu já sei, aquilo é traste tão ruim que diabo não quer...

— Saiu.

Lívia espiava por detrás de Guma. O vulto se moveu, parecia que se encaminhava para o corredor. E era assim mesmo. A cabeça se adiantou, espiou para dentro. Parece que só neste momento percebeu Guma:

— E tu quem é?

— Guma.

— Quem diabo é Guma? Pensa que eu vou lá saber?

Guma ia se irritando:

— E você quem é?

A resposta do vulto foi se adiantar e penetrar pela porta. Mas Guma meteu o braço, impediu a passagem:

— Que é que quer?

O velho empurrou o braço de Guma, encostou o mestre de saveiro na parede, e Guma nem pôde se mover. O vulto tinha a força de vinte homens. Lívia se adiantou:

— Que é que o senhor quer?

O homem largou Guma, entrou na sala iluminada pelo candeeiro. Agora Guma via que era um velho de bigodes brancos, alto, quase um gigante. O capote abriu ligeiramente e Lívia notou o punhal que aparecia. O velho espiava a casa, a luz vermelha do fifó que aumentava as sombras:

— Entonce é aqui que o idiota do Francisco mora, não é? E tu quem é? — apontava para Lívia.

Ela ia responder, Guma se atravessou na frente:

— Primeiro diga quem é você.

— Tu é filho de Francisco? Não me chegou que ele tivesse um filho.

— Sou filho de Frederico. Sou sobrinho dele — se arrependeu de haver respondido.

O velho olhou com espanto:

— De Frederico?

Olhou para Lívia, tornou a olhar para Guma:

— É tua mulher?

Guma abanou com a cabeça que sim. O velho espiou a barriga de Lívia, novamente fitou Guma:

— Teu pai nunca foi casado...

Ele tinha cabelos brancos e parecia estar com frio, mesmo com o casaco. Apesar de tudo o que ele dissera, Guma não se sentia insultado.

— Morreu faz tempo, não é?

— Faz tempo sim.

— Só Francisco não morreu, não é?

Olhou para o fifó, voltou-se para Guma:

— Tu não sabe quem eu sou? Francisco nunca falou?

— Não.

O velho perguntou a Lívia:

— Tu tem cachaça aí? Vamos beber um trago pra festejar a volta de um parente.

Lívia saiu mas quase no mesmo instante ouviu o berro de Francisco que chegara e espiava pela janela para ver quem era o visitante:

— Leôncio!

Entrou rápido para a sala. Lívia voltava com a garrafa de cachaça, ficou espiando. Francisco ainda não acreditava:

— Te fazia morto. Faz tanto tempo...

Guma disse:

— Quem é afinal?

O velho Francisco falou quase em segredo, parecia um homem que estivesse cansado de longa carreira:

— É teu tio. Meu irmão.

Voltou-se para o recém-chegado, apontou Guma:

— É filho de Frederico.

Lívia serviu a cachaça, o velho bebeu de um trago, pousou o copo no chão. Francisco se sentou:

— Tu não demora, não é?

— Tu tá com pressa de me ver pelas costas, não é? — o velho tinha uma risada para dentro. O bigode branco tremia.

— Tu não tem nada que fazer aqui. Todo mundo te faz morto, ninguém te conhece mais.

— Todo mundo me faz morto, não é?

— Sim, todo mundo te faz morto. Que é que tu quer aqui ainda? Não tem nada pra tu ver, nada, nada...

Guma e Lívia estavam espantados, ela segurava a garrafa de cachaça. O velho Francisco tinha um ar de cansaço, de homem próximo da morte, parecia muito mais velho, estava defronte de uma história que ele nunca tinha contado. Leôncio olhou o cais pela janela. Uma mulher passou pela frente da casa, era Judith. Ia de preto, levava um menino no colo. Sua casa era distante, a mãe agora estava com ela, viera ajudá-la, lavavam roupas ambas, o filho era magro e falavam que não resistiria. Leôncio perguntou:

— Uma viúva?

— É uma viúva, que tem isso? Já te disse que você não tem nada a ver aqui, nada. Pra que veio? Tava morto, pra que veio?

— Pra que veio... — repetia o velho e era como se chorasse. Porém riu. — Tu não tá contente de me ver. Tu nem abraçou teu irmão.

— Tu vai embora. Não tem nada que fazer aqui.

De novo os olhos do velho procuraram o cais, o céu enevoado. Era como se tentasse reconhecer aquilo tudo, um velho marinheiro que tinha voltado ao seu porto.

Era como se tentasse reconhecer tudo aquilo. Olhava longamente o céu, o cais perdido na bruma. A noite ia fria pelo mar. O velho voltou-se para Francisco:

— Vai haver temporal esta noite... Tu já reparou?

— Tu vai embora. Teu caminho não é aqui.

Fez um esforço enorme, continuou:

— Não é teu porto...

O velho perdera a agressividade, baixou a cabeça, e a sua voz veio suplicante, como se viesse de muito longe:

— Deixe eu ficar nem que seja duas noites só. Faz tanto tempo...

Lívia atalhou a recusa do velho Francisco:

— Fique, essa casa é sua.

Francisco olhou para ela com mágoa.

— Eu tou cansado, venho de muito longe.

— Fique o tempo que quiser — repetiu Lívia.

— Duas noite só... — voltou-se para Francisco. — Não tenha medo.

Olhou o céu, o mar, o cais. Havia em todo o seu ser uma alegria de chegada. Um velho marítimo que tivesse voltado ao seu cais. Francisco fechou os olhos na cadeira, as rugas do rosto se apertaram. Leôncio só se voltou para perguntar:

— Tu não tinha um retrato do meu pai?

Como não tivesse resposta calou algum tempo. Depois disse a Guma:

— Tu dorme cedo?

— Por quê?

— Vou aí no porto, tu deixa a porta encostada. Quando eu entrar fecho.

— Tá bem.

Ele abotoou o capote, arriou o boné na cabeça, e se dirigiu para a porta. Mas voltou e chegando perto de Lívia, meteu a mão no peito enorme, arrancou uma medalha, deu a ela:

— Isso é pra você.

O velho Francisco, depois que ele saiu, ainda disse:

— Pra que veio? Tu não vai deixar ele aqui, não é, Lívia?

— Me conte isso, tio — pediu Guma.

— Não vale a pena bulir com os defuntos. Todo mundo fazia ele morto.

Saiu de novo e viram que ele se dirigia para o Farol das Estrelas. Não ancorara nenhum navio naquele dia no cais, como viera Leôncio? Também não saiu nenhum navio naquela noite e no entanto ele não voltou nem naquela noite nem nunca mais. A medalha que dera a Lívia era de ouro e parecia vir de um país longínquo, de um tempo passado. Também ele parecia vir de muito longe e ser de outra época.

Ainda foram à igreja da Conceição da Praia. Lívia tinha perguntado a Guma se ele sabia alguma coisa daquela história. Ele não sabia de nada, o velho Francisco nunca falara naquele irmão. Não viu Esmeralda na igreja. Naturalmente ela se cansara de o esperar, fora embora. Guma se sentiu aliviado. Não teria que suportar os sinais dela. Seria por uma história assim que Leôncio não podia aparecer no cais, perdera seu porto? Um marinheiro só perde seu porto, seu cais, quando faz qualquer coisa de muito miserável. Esmeralda não estava na igreja, que cheirava a incenso. Havia quermesse lá fora, o dr. Filadélfio ganhava níqueis na sua banca de fazedor de versos e cartas. Um negro cantava para uma roda:

No dia que eu amanheço,
Danado do meu miolo,
Faço de bolo banana,
Faço de banana bolo.

Voltaram para casa. Do outro lado da parede a voz de Rufino perguntou:

— É tu, meu mano?

— É a gente, sim. Tamo chegando.

— Já acabou a festa?

— A da igreja já acabou. Mas tem quermesse no largo.

— Tu viu Esmeralda por lá, Lívia?

— Não vi ela, não. Mas a gente só teve um nadinha lá.

Rufino resmungou uma ameaça. Guma perguntou:

— Que arranjou com o coronel?

— Ah! a gente divide o prejuízo...

Passados minutos falou:

— A noite tá feia. Parece que vai haver coisa braba.

Guma e Lívia foram para o quarto. Ela olhou a medalha que Leôncio lhe dera. Guma examinou também: "É bonita". Ouviam os passos de Rufino na outra casa. Esmeralda era capaz de estar com outro no areal, em qualquer parte. Rufino ia desconfiar, era capaz dela contar que Guma fora seu amante também. E então a coisa ia ser feia, pior que um temporal. Ele não levantaria a mão contra Rufino, não brigaria com ele. Se deixaria matar que ele era seu amigo. E Lívia, e o filho deles, e o velho Francisco? Seria um marinheiro sem porto mesmo depois de morto. Ficou nessa angústia até ouvir os passos de Esmeralda entrando e a sua voz para Rufino:

— Demorei, meu nego. Mas tava vendo as coisa. Maginei que tu aparecia.

— Sua cachorra, onde é que tu andou? Ninguém viu você lá.

— Ora, naquele mundão de gente. Eu até vi Lívia...

Depois ouviram o estalar das bofetadas. Ele dava nela, com certeza:

— Se pego tu me enganando, te mando pras profundas.

— T'enganando? Arrenego. Não me bata...

Depois não eram mais pancadas, não era mais briga. A mulata tinha olhos verdes e ancas redondas. Esse ruído não é mais de briga, de pancada. Ela tinha os seios pontudos e Rufino estava enrabichado por ela.

O temporal caiu no meio da noite. Em geral aquele vento não trazia temporal, mas quando trazia era terrível. Caiu no meio da noite, pegou muitas embarcações no mar. Guma foi acordado pelo velho Francisco que chegava do Farol das Estrelas. Acordou Rufino também:

— Parece que já virou três barcos. Tão pedindo socorro. Vão sair uns barcos, tão pedindo pra vocês ir também. Uns barco trazia umas famia, virou tudo.

— Donde?

— Pertim. Na boca da barra.

Saíram correndo. Guma desatracou o saveiro, Rufino foi

com ele. Os vagalhões se batiam contra a borda do cais. Outros saveiros já iam na frente, Guma logo os alcançou. Viam na noite negra uma vela de um dos saveiros naufragados. O *Viajante sem Porto* ia um pouco na frente, cortando o mar. O vulto de mestre Manuel aparecia à luz da lanterna. Guma avisou:

— Eh! Manuel!

— É tu, Guma?

Rufino ia sentado. De repente perguntou a Guma:

— Tu já ouviu falar de Esmeralda no cais?

— Falar de que jeito? — Guma perguntou com esforço.

As vagas arrebentavam contra o saveiro. Na frente o *Viajante sem Porto* parecia desaparecer cada vez que vinha uma onda.

— Falar que ela não é direita. Comigo não vão falar...

— Nunca ouvi, não.

— Tu sabe que ando viajando. Quero que você me faça uma coisa: quando tu souber de alguma coisa, tu me diz... Não quero ser corno. Tou falando isso porque tu é meu amigo. Tenho medo daquela mulata.

Guma não sabia sequer para onde ia o saveiro. Rufino continuou:

— O pior é que gosto dela.

— Nunca ouvi falar...

Alcançavam a boca da barra. Destroços de três saveiros boiavam. O temporal tentava naufragar os que vinham salvar. Pessoas seguravam-se em pedaços de tábua, nos cascos dos saveiros. E gritavam, choravam, menos Paulo que era mestre de um dos saveiros naufragados e segurava uma criança nos braços. Os tubarões já tinham pegado dois e de um terceiro arrancaram a perna. Mestre Manuel começou a recolher gente no seu saveiro. Outros faziam o mesmo, mas nem sempre era fácil, os saveiros iam e vinham, alguns náufragos se soltavam das tábuas onde se seguravam e não tinham tempo de alcançar o saveiro, desapareciam no fundo d'água. Paulo entregou a criança a Manuel. Quando entrou para o saveiro disse:

— Era cinco. Só ficou esse...

Salvaram também a mãe da criança que olhava como louca

e ficou com o filho apertado contra o peito. O homem de que o tubarão comera a perna ficou deitado no saveiro de Guma, gritando. Um velho também veio para o seu saveiro. Rufino se jogou n'água para salvar um que não pegara o saveiro a tempo. Mas nem o viu, só viu o tubarão que o perseguia, que nadava em torno dele. Guma olhou, largou o leme do *Valente*, mergulhou com a faca na boca. Nadou debaixo do peixe, Rufino subiu ileso. Na hora da morte o tubarão ainda volteou o rabo, deixou Guma quase sem sentidos.

Rufino lhe disse:

— Se não fosse você...

— Não tem nada.

Agora, procuravam os cadáveres. Um pedaço de braço boiava, era de mulher nova, o resto estava com os tubarões. Pedaços de vestidos, corpos. Tinham morrido sete. Quatro meninos, dois homens e uma mulher. Os que se tinham salvado vieram com os cadáveres. A mãe que apertava o filho contra o peito via o outro de cabelos anelados deitado no saveiro. Eram cinco, eram cinco crianças que o pai esperava no porto. Vinham de um passeio em Cachoeira, o temporal os pegara. Os dois homens que tinham morrido eram mestres de dois dos saveiros naufragados. Só se salvara Paulo e assim mesmo para salvar a criança. Senão morreria também com seus passageiros, iria para o fundo com seu barco. Eram cinco crianças e agora a mãe aperta a única viva contra o peito. O cadáver de outra vai no saveiro. Os dois outros ficaram com os tubarões, nem os cadáveres a mãe verá mais. O que vai no *Valente* é de um menino de cabelos encaracolados. A mãe não chora, aperta apenas o único filho que lhe resta. O mar se agita em grandes ondas. Os saveiros voltam. Lentamente desaparece o casco de um dos naufragados. Eram cinco crianças.

DESDE A VOLTA E O NOVO DESAPARECIMENTO de Leôncio, o velho Francisco pouco parava em casa. Vivia no cais conversando, bebendo no Farol das Estrelas, chegando embriagado pela madrugada. Não quisera contar a história de Leôncio e pediu a Guma que nunca a recordasse na sua vista. Guma andava preocupado com os pileques do velho Francisco, o dr. Rodrigo já lhe dissera que assim o velho não duraria muito. Pensava em chamar a atenção do tio mas recebeu uma resposta que o desanimou…

— Se meta na sua vida…

Também Rufino andava diferente. A princípio Guma pensou que ele houvesse desconfiado da coisa. Porém, até Esmeralda há muito o deixara inteiramente de lado, parecia ter arranjado outro. Guma andava mais descansado, mais calmo. Só pensava ela morrendo, era mesmo a coisa que ele mais pensava: Esmeralda morta, ele livre de todo aquele peso. Tinha a impressão de que se a mulata morresse todos os motivos para tristeza e remorso desapareceriam. Tanto pensou nisso que chegava a ver o corpo estendido na mesa da sala, os olhos verdes fechados, a boca sedenta de beijos cerrada na morte. Via Rufino cedo se consolando com outra. Lívia choraria junto ao caixão, os homens do cais viriam vê-la pela última vez. Tinha sido uma mulata bonita.

Pior porém é que ela não morria, estava viva e com certeza traía Rufino com outro. Mesmo sem querer Guma sentia ciúmes. Falavam no cais que era um marinheiro. Um cargueiro parava no porto há bem oito dias em conserto. Um marinheiro olhara as ancas de Esmeralda, provara seus beijos, possuíra sua carne. Rufino estava desconfiado, vigiava a mulata.

Uma tarde Guma acabara de chegar de uma viagem, Rufino o procurou. Foi logo falando:

— Ela me botou os chifres!

— Que é?

— Corno, é o que sou.

E explicou:

— Eu já tava com a pulga atrás da orelha. Botei os olhos em cima, acabei descobrindo a safadeza. Hoje achei uma carta dele.

— Quem era?

— Um marinheiro do *Miranda*. O navio saiu hoje, por isso ele não engole um pedaço de ferro.

— O que é que tu vai fazer?

— Eu vou ensinar a ela. Brincou com a minha amizade. Eu gostava daquela mulata um pedaço, seu mano.

— O que tu vai fazer? Tu não vai te desgraçar por causa dela!

— Eu já tava farto de saber que ela não prestava. Mulher traideira tava ali. Quando eu peguei ela, já tinha sido de outros, trazia fama ruim. Mas quando a gente tá embeiçado não vê nada.

Olhava para qualquer coisa na linha do horizonte. Sua voz era baixa e monótona. Nem parecia o mesmo Rufino que cantava emboladas.

— Tava pensando que ia ser como as outras. Pegava e largava. Mas ela me enrabichou, foi coisa-feita. E todo mundo se ri de mim no cais.

Baixou mais a voz:

— E tu sabia e nunca me disse nada.

— Eu não sabia. Tou sabendo agora da tua boca. O que é que tu vai fazer?

— Só tenho vontade de lascar ela e naufragar o camarada.

— Tu não vai te desgraçar por causa dela.

— Vou te dizer uma coisa: eu não tou certo do que vou fazer, mas quero que se suceder uma desgraça tu me faça uma coisa.

— Deixe de pensar em fazer besteira. Bota ela pra fora...

— Todo mês eu mandava vinte mil-réis pra minha mãe, é uma velha. Mora nas bandas da Lapa, não guenta mais trabalho. Se eu me desgraçar tu vende minha canoa, manda o dinheiro pra ela.

Saiu de repente, sem dar tempo a Guma de detê-lo. Ia depressa para o cais. Na casa vizinha Esmeralda cantava alto. Guma saiu atrás de Rufino mas não o alcançou mais.

A lua, lua cheia que alveja no céu, escuta a canção de Rufino. "Eu tenho saudade dela, mulher que foi falsa e enganou meu coração." A canção era popular na beira do cais e Esmeralda ia na canoa sem desconfiar de nada. Vestira o vestido verde, que ele dissera que iam para as festas de Santo Amaro. E, como o vestido verde era o da predileção dele, ela o pusera para agradar seu homem. Não gostava dele, é verdade. Mas quando o negro cantava não havia quem resistisse àquela voz quente. Esmeralda foi se chegando para junto dele. Os remos cortavam a água, ajudavam o vento que empurrava a vela. O rio está deserto, aberto numa grande largura, e reflete estrelas como um espelho. Rufino continua a cantar a sua canção. Mas como a hora chegou ele larga os remos, sua voz se cala. Esmeralda se encosta nele:

— Tava bonito...

— Tu gostou?

Olhou para ela. Olhos verdes que tentavam, boca que se abria para um beijo. Rufino desviou o olhar, talvez não resistisse. Um marinheiro a estas horas se ria dele a bordo do *Miranda*.

— Você sabe o que é que eu vou fazer?

— O que é?

— Vou matar você.

— Deixe de brinquedo...

A canoa ia devagar, a brisa soprava mansamente. Era uma noite para o amor. Rufino falava com tristeza, não havia ódio na sua voz:

— Você me enganou com um marinheiro do *Miranda*.

— Quem lhe soprou?

— Todo mundo sabe, todo mundo se riu de mim. Se tu não

gostava de mim por que não foi embora? Mas queria que todo mundo risse de mim. Por isso é que vou matar você.

— Quem lhe disse foi Guma, não foi? (Ela sabia que a morte era certa, queria torturá-lo o mais possível.) E tu vai me matar? Depois tu vai comer cadeia. É melhor tu não me matar. Tu deixa eu ir embora, nunca mais apareço nesse cais.

— Tu vai ver Janaína. Te prepara.

— Foi Guma que te disse, não foi? Ele tava com ciúme, eu já tinha visto. Pensava que eu era só dele? Mas eu só tive com Guma poucas vezes. Gostava era do marinheiro.

— Tu não me intriga com Guma, não. Ele me tirou da boca do tubarão, você tá querendo me intrigar com ele.

— Tou querendo?

Contou tudo com os mínimos detalhes. Contou como Guma a possuíra na noite da moléstia de Lívia. E ria.

— Agora tu me mata. Fica muita gente no cais para rir quando você passar, fica o Floriano, fica Guma.

Rufino sabia que ela tinha contado a verdade. Seu coração estava triste, estava querendo a morte. Não se sentia capaz de matar Guma que o salvara uma vez. E demais havia Lívia que não tinha culpa. Mas seu coração pedia a morte e já que não podia ser a de Guma, seria a dele. A grande lua do mar brilhava no céu. Esmeralda ainda ria. E foi rindo assim que morreu, o remo abriu sua cabeça. Rufino ainda olhou o corpo que afundava. Os tubarões atendiam ao chamado do sangue que ficou boiando nas águas do rio. Ele olhou, era um corpo muito amado que afundava. Corpo bom, dengoso, de olhos verdes e seios pujantes. Corpo que esquentara o seu nas noites de inverno. Carne que fora sua. Não pensou em Guma um só momento. Era como se o amigo tivesse morrido há muito. Passou longamente a mão pelo casco da canoa, olhou pela última vez as luzes distantes do seu porto, as águas se abriram para seu corpo. E na hora em que subiu pela última vez (já não percebia a canoa sem canoeiro que ia desgovernada) desfilaram perante seus olhos todos aqueles a quem o negro amara: viu seu pai, um gigante, sorrindo; viu sua mãe curvada e trôpega; viu Lívia, sua afilhada de casamento, e Lívia ia no cortejo nupcial; viu dona Dulce; viu o velho Francisco, dr. Rodrigo, mestre Manuel, saveireiros e canoeiros. E viu também Guma, mas Guma ria dele, ria nas suas costas. Seus olhos quase sem vida viram Guma rindo dele. Morreu sem alegria.

O VALENTE

CHICO TRISTEZA VOLTOU! UM DIA UM NAVIO o trouxe de volta como um navio o havia levado há muitos anos. Voltara um negro hercúleo. Passou dois dias no porto, tempo que demorou seu navio que era um cargueiro escandinavo. Depois entrou de novo pelo oceano. Mas a noite que passou no cais foi noite de festa. Os que o conheciam vieram vê-lo, os que não o conheciam vieram conhecê-lo. Ele sabia línguas esquisitas, andara por terras quase tão distantes como as de Aiocá.

Guma apertou sua mão, o velho Francisco pedia novidade. Chico Tristeza ria, tinha trazido um xale de seda para sua velha mãe que vendia cocada. De noite veio para a frente do mercado, os homens se reuniram em torno dele, contou histórias daquelas terras. Histórias de cais, de marinheiros, de navios, histórias ora cômicas, ora melancólicas. Quase todas tristes, porém. Os homens o ouviam pitando os compridos cachimbos, olhando os saveiros. O vulto do mercado ao fundo se despenhava sobre eles. Chico Tristeza contou:

— Lá pras bandas da África onde eu tive, meu povo, vida de negro é pior que vida de cachorro. Tive nas terras dos negros que agora são dos franceses. Ali negro não vale nada, negro é só escravo de branco, apanha de chicote. E ali é terra deles...

— Calcule se não fosse...

Chico Tristeza olhou o aparteador:

— Nas terras deles eles não vale nada. Só vale branco, branco é tudo, pode tudo. Os negros trabalha no cais, carrega, descarrega navio. Anda tudo depressa que nem rato de bordo, com os sacos nas costas. Se um não anda depressa o branco manda o chicote que é mesmo uma beleza.

Os outros ouviam mudos. Um negro tremia de raiva. Chico Tristeza continuou:

— Foi nessa terra que se passou a história que eu tou contando, meu povo. Foi quando tive lá num navio do Lloyd Brasileiro. Os negros tava carregando o navio, o chicote do branco estalava no ar. Só queria que um preto não andasse depressa para estalar nas costas dele. Vai um preto que era foguista do navio — um de nome Bagé — vinha chegando, tinha ido visitar uma cabrocha. Ia chegando, atrapalhou um negro da terra que tava com um saco nas costas subindo pela tábua, é por uma tábua que eles sobe. O negro parou um minuto só, o chicote do branco caiu nas costas dele, ele naufragou no chão. Bagé nunca tinha apreciado o chicote do branco trabalhar, era a primeira vez que ia naquelas terras. Quando viu o negro se torcendo de dor, Bagé arrancou o chicote do francês, deu um direto nele, o francês embicou com a proa no chão. O francês ainda quis se levantar, mas Bagé deu outro tranco, ele acabou de rebentar o focinho. Então os pretos de lá subiro do porão e cantaram um samba porque nunca tinham visto daquilo.

Os outros ouviam. Um negro não aguentou, murmurou:

— Gosto desse Bagé...

Mas Chico Tristeza foi embora. Seu navio só demorou dois dias, na segunda tarde levantou os ferros, entrou pelo mar oceano que era o destino de Chico Tristeza.

Guma se despediu dele com saudade. Ficara dentro dele a história do negro Bagé. É assim aos poucos que o milagre de dona Dulce vai se realizando.

Guma pensara em viajar também quando era mais moço. Iria para terras distantes, vingaria negros humilhados, aprenderia aquelas coisas que Chico Tristeza sabia. Mas ficara no cais por causa de Lívia. Ficara somente por causa dela e no entanto a traíra, traíra Rufino, traíra as leis do cais. Agora nem Rufino nem Esmeralda viviam mais, só tinham sido encontrados pedaços de cadáveres, os tubarões da boca da barra haviam devorado os corpos. Outros vizinhos vieram para a casa ao lado, nunca mais ele viu o busto de Esmeralda estendendo os seios para fora da janela numa provocação aos homens que passavam. Nunca mais viu suas ancas roliças, seu olhar dengoso. Dengue que ela tinha, olhos verdes de mar, tudo ficara com os tubarões, senhores daquele pedaço d'água que vai de onde acaba o mar até onde começa o rio: a boca da barra. De quando em vez ainda pensava ouvir a voz de Rufino dizendo: "Seu mano, seu mano", ou então se lastimando: "E eu gostava daquela mulata, tava enrabichado por ela". No cais tudo começa e acaba de repente, como a tempestade. Menos o medo de Lívia que é todo dia, que é um sofrer sem fim.

Lívia teme cada vez mais. Não se acostuma com a vida de eterna espera do cais. Ao contrário, diariamente seu receio aumenta, cada vez a vida de Guma lhe parece mais em perigo. Diariamente o espera, nos dias de tempestade o seu coração bate rápido. Já viu muitos, nesses meses, chegarem nos braços dos pescadores. Viu chegar os pedaços de Rufino e Esmeralda, mortos ambos, ninguém sabe como. A canoa ficara boiando nas águas, ia sem rumo, desgovernada, foi por isso que procuraram os corpos. Não encontraram senão pedaços de braços e pernas, a cabeça de Esmeralda, os olhos verdes abertos num espanto. Lívia vira chegar também o corpo de Jacques e Raimundo. Eram filho e pai, morreram num temporal. Jacques deixou Judith viúva, o filho acabara de nascer, ela vivia uma vida desgraçada, vivia quase que de esmolas. Vira Risoleta se prostituir, ir com um e outro, ela que só fora de um homem mais de dez anos. Mas seu homem morreu no naufrágio do *Flor dos Mares*, saveiro que batera numa coroa de pedras. Vira muitos outros casos assim. Poucos mestres de saveiro morrem em terra firme, numa casa do cais. É raro um morrer na cama, sem ver na hora de se acabar o céu estrelado, o mar azul. Lívia teme. Se ainda pudesse se conformar — como Maria Clara, que é filha do mar — tudo iria bem. Maria Clara não tem angústia no coração porque sabe que tem que ser assim, que sempre foi assim. Nasceu no mar, no oceano estão todos os seus. Só mestre Manuel ainda cruza as águas e no entanto ela teve família grande, pai, irmãos, parentes vários. Só o seu homem resiste ainda, mas seu dia há de chegar. Então Maria Clara procurará uma fábrica que queira alugar suas mãos, cantará as canções do mar em surdina junto aos teares ou às máquinas de fazer cigarros. Voltará para o mar quando estiver próximo o dia da morte porque nasceu ali, ali é seu porto, ali deve morrer. Assim pensa Maria Clara. Porém Lívia veio de terra, não nasceu no mar, ninguém da sua família ficou nas águas, ninguém foi com Iemanjá para as terras do sem-fim. Irá Guma. Destino do cais, ele não pode escapar. Maria Clara diz que ela põe agouro nele, que assim ele morre mesmo. Mas é tamanha a certeza que ela tem que toda a vez que o vê voltar é como se o visse ressuscitar.

São tristes de espera e de temor os dias de Lívia. O cais belo, o mar vem se bater nas pedras, não há céu mais bonito. Há música em todos os saveiros, risadas nas bocas dos homens. Mas para Lívia os dias são tristes e de muito sofrer.

Um dia Rodolfo deu de si. Vinha aflito, indagando por Guma. Lívia não perguntou de onde ele vinha. Jantou com ela, esperou que Guma chegasse. O saveiro era esperado lá para as nove horas. Rodolfo ficou fumando, estava muito impaciente, andava de um lado para outro. Disse para Lívia, que o olhava:

— No dia do casamento eu não vim. Não foi por querer não. Uma atrapalhação que aconteceu. Mas tou vendo que as coisas tão indo bem, vou ter um sobrinho...

— Até quando tu quer levar essa vida sem jeito, Rodolfo? Tu podia parar, arranjar qualquer coisa direita pra fazer... Essa vida não serve, você vai acabar mal, os outros vão sentir...

— Ninguém sente por mim, Lívia. Sou um traste ruim, ninguém gosta de mim.

Viu que era injusto e que Lívia estava triste:

— Quando falo isso tiro você do meio. Você tem pena de mim, é minha irmã, é boa de verdade.

Parou no meio da sala:

— Já pensei em largar essa vida um bocado de vezes depois que lhe encontrei. Mas não tá em mim, arranjo um trabalho, acho um troço muito pau, caio na gandaia de novo. Depois de te conhecer já larguei umas três vezes. Passou dez, quinze dias no emprego, dou o fora. Não aguento. Ainda não faz três meses eu tava numa casa de jogo. Tava empregado, até deixava dinheiro. Ganhei uns cobres bons...

— O que era que tu fazia lá?

— Eu era farol.

Diante da incompreensão dela, explicou:

— Era eu que tapeava os trouxas. Ficava jogando, só fazia ganhar. Os cara vinha, via minha sorte, caía tudo na patota. Era apostar e perder — riu.

Lívia não disse nada. Ele voltou a caminhar.

— Pois não durei. Achava aquilo pau. Dei o fora. Não sei o que é, não sei mesmo. É um troço que tá dentro de mim. Só posso tá fazendo negócio complicado, negócio arriscado.

— Tu precisa acomodar tua vida. Um dia posso precisar de você.

— Você tem um marido bom. Guma é um cabra direito.

— Mas pode morrer — bateu a mão na boca, renegando as palavras. — Aí só fica você pra me ajudar... — Baixou a cabeça e murmurou: — E ao filhinho.

Rodolfo se voltou. Estava de costas, só o rosto virado para ela:

— Vou contar a você. Sabe por que eu não vim ao casamento? Vontade eu tinha, mas queria um dinheiro qualquer. Era para um presente pra tu. Mas tava miqueado. Topo com um coronel, cara de sujeito que ainda tá dormindo, quis passar o conto nele.

Calou-se um momento. Parecia desculpar-se:

— Era pra dar um relógio pra você. Tinha espiado um bonitão numa vitrine. Quando dei de mim o homem tinha me deitado a mão, o guarda já tava junto de mim. Gramei uns meses... Tá aí porque foi...

— Eu não queria presente, queria era que tu viesse.

— Mesmo de mão abanando? Tu é direita, tu é mesmo uma santa. Mas dá uma coisa em mim, não tem jeito. Mas se tu precisar um dia...

Ela amparou a cabeça do irmão. Ele estava cansado e impaciente. Guma não chegava. Ela agora temia pelo irmão e pelo marido. Rodolfo viera por um motivo que ela não conhecia e ele não quisera contar. Viera sem dúvida pedir dinheiro, havia de estar a nenhum, recém-saído da cadeia. Ele se estendeu na esteira no chão. O cabelo bem penteado, alisado a brilhantina barata. Descansou no colo de Lívia. Ela passou a mão na sua cabeça, cabeça cansada de aventuras, de roubos arriscados, e cantou uma cantiga de ninar. Assim como ninaria seu filho ninava agora seu irmão. Era um ladrão. Passava contos do vigário, vendia terras que não existiam, era sócio de casas vagabundas de jogo, andava nos piores lugares, encostava mesmo o punhal nos peitos dos homens para tomar as carteiras. Andara pelas prisões, tinha um talho embaixo do lábio, a mão cortada de navalha. Mas agora dormia como uma criança, era sem culpas como o filho que Lívia trazia no ventre. Era uma criança que ela ninava, um recém-nascido que dormia.

Eram mais de onze horas da noite quando Guma chegou. Lívia descansou com cuidado a cabeça do irmão na esteira e correu para o marido. Ele explicava o atraso, uma demora no carregamento em Mar Grande. Ouvindo a voz do cunhado, Rodolfo acordou.

Se abraçaram, Guma foi buscar a cachaça para beberem um copo. Para comemorar o aparecimento de Rodolfo, explicava, e mesmo porque estava molhado da cabeça aos pés:

— Tou molhadinho da silva.

Lívia botou comida para Guma. Rodolfo sentou diante do cálice de cachaça. Guma comia o peixe rapidamente. Sorria ora para a mulher, ora para o cunhado, apontando com o beiço a barriga de Lívia. Rodolfo olhou. Ficou olhando muito tempo. Balançou a cabeça, alisou o cabelo, bebeu o resto da aguardente:

— Bem. Vou me botando.

— Já vai tão cedo?

— Só vim ver vocês...

— Mas tu não disse que queria falar com Guma? — fez Lívia.

— Queria mas era ver ele, faz tempo que não vejo.

— Veja se agora tu aprende o caminho da casa...

Rodolfo riu. Botou o chapéu com cuidado para não desmanchar o cabelo, se mirou num espelho que tirou do bolso, deu adeus, saiu assoviando.

Lívia murmurou:

— Bem que ele tinha um negócio pra falar com você. Parecia que ele tava querendo dinheiro.

Guma largou o prato, chamou da janela:

— Rodolfo! Rodolfo!

O outro ia no fim da rua, voltou. Parou embaixo da janela. Guma perguntou em voz baixa:

— Tu tá miqueado? É isso que queria conversar? Posso cavar uns cincão.

Rodolfo descansou a mão no ombro do cunhado, examinou uma tatuagem que Guma tinha no braço:

— Não era nada disso... — tirou dinheiro do bolso, mostrou. — Tou cheio.

— Que era então?

— Não era nada, rapaz. Vinha só ver vocês. É sério.

Desceu novamente a rua. Ia assoviando, mas nem pensava na música. Pensava que viera ali propor a Guma um dos seus negócios. Uma coisa que podia dar dinheiro fácil para os dois. Podia dar cadeia também. Mordeu o bigode bem aparado, assoviou mais forte. Lívia era igual a uma santa. E ele, Rodolfo, ia ter um sobrinho. Sorriu imaginando a cara da criança como seria chorando na hora de nascer. Chutou uma pedra no caminho, perdera um bom negócio. Mas esqueceu logo aquilo, esqueceu mesmo que deixara de fazer um bom negócio só para não meter Guma numa empresa arriscada, por causa de sua irmã e de seu sobrinho. Agora seguia as águas de uma cabrocha que descia a rua também.

Os tios vinham vê-la, andavam mais prósperos agora, a quitanda crescia, o velho usava colete, a velha trazia verduras para Lívia. Quando eles entravam o velho Francisco saía, não gostava dos olhos com que eles espiavam a pobreza da casa. O tio torcia o nariz, dizia a Lívia que "esse negócio de saveiro não tem futuro". Por que ela não conseguia que Guma se mudasse para a cidade, largasse o mar de uma vez? Podia, com o produto da venda do saveiro, entrar para sócio da quitanda. Ampliariam aquilo, fariam mesmo um armazém e poderiam até enriquecer e garantir o futuro para o menino que ia nascer. Era o melhor que ele tinha a fazer, largar aquela vida arriscada de cais, de viagens pelo rio, e se mudar para junto deles. A tia acrescentava que outra coisa não se podia esperar de Guma se ele gostava realmente de Lívia como dizia. Lívia ouvia calada, no íntimo apoiava, gostaria que aquilo acontecesse.

Ela daria tudo para Guma deixar o cais. Bem sabia que um marinheiro dificilmente abandona seu saveiro, que quase nunca vai para outra vida, abandonando as águas. Quem nasce no mar, morre no mar. Por isso não falava com ele sobre o assunto. Mas seria uma solução para a sua vida. Acabaria aquele receio que não a deixava descansar. E demais seu filho não nasceria no mar, não se sentiria ligado a ele. Guma já fazia projetos de conduzir a criança nas suas viagens, de cedo lhe ensinar a manejar o barco. Depois de tanto sofrer por causa do marido, Lívia teria que sofrer outras noites também esperando o filho.

E, quando os tios se iam, ela pensava em falar com Guma. Havia de convencê-lo. Ele venderia o *Valente* (com muita pena, sem dúvida, até ela mesma tinha pena), iria se estabelecer com os tios. Ela não temeria mais. Fazia propósito de falar com ele, mas quando Guma chegava molhado do mar, ainda impregnado da viagem, da travessia, ela desanimava, sentia que era impossível tirá-lo do cais. Teria o mesmo fim que as outras. Ficaria sem seu homem numa noite de temporal. E seu filho já estaria então acostumado com as velas, com as quilhas de barcos, com as canções do mar e os apitos dos navios. E nada pode mudar o destino de Sindbad, o marinheiro.

* * *

Não choveu. Não se acumularam nuvens no céu naquela noite. Dezembro era mês de festa na cidade e no cais. Mas a lua não apareceu, a cor cinza do céu não ficou azul com a chegada da noite. O vento escurecia tudo. Valia como a chuva, os raios, os trovões, fazia o papel de todos, aquela noite era dele só. Ninguém ouvia a canção que Jeremias cantava, o vento a dispersava. Os velhos marinheiros olhavam as velas que entravam. Vinham numa velocidade demasiada, era preciso ser bom mestre de saveiro para saber parar um barco no cais numa noite assim. E vários estavam no mar largo ainda, outros velejavam para a boca da barra, vinham do rio.

O vento é o mais terrível dos dominadores do cais. Ele encrespa as águas, gosta de brincar com os saveiros, de fazê-los voltear no mar, destroncando os pulsos daqueles que vão nos lemes. Aquela noite era dele. Começou apagando as lanternas, deixando o mar sem suas luzes. Só o farol piscava ao fundo, indicando o caminho. Mas o vento levava para caminhos errados, desviava-os da sua rota, trazia-os para o mar largo, onde as ondas eram fortes demais para um saveiro.

Ninguém ouve a canção que o velho soldado canta no forte abandonado.

Ninguém vê a luz da lanterna que ele colocou no parapeito da ponte que entra pelo mar. O vento apaga tudo, tudo destrói: as lanternas, as canções.

Os saveiros vêm desgovernados, vêm ao sabor do vento, vêm girando como brinquedos. Os tubarões esperam assanhados na boca da barra. Nessas noites eles têm presa certa. Os saveiros vêm girando.

Lívia se cobriu com um xale (a barriga estava tão grande que ela já mandara chamar a tia) e desceu a ladeira. Na porta do Farol das Estrelas o velho Francisco estudava o vento. Foi com ela. Outros bebiam lá dentro, mas com os olhos para fora, para a noite ameaçadora.

Grupos no cais conversavam. No cais dos transatlânticos os guindastes se moviam de um lado para outro.

Lívia ficou também ao sabor dos ventos. O velho Francisco foi saber as novidades num grupo. Lívia escutava pedaços da conversa:

— ...é preciso ser macho de verdade...

— ...esse ventinho é pior que qualquer temporal...

Esperou muito tempo. Talvez não tivesse sido meia hora sequer. Mas foi muito tempo para ela. A vela do saveiro que aparecia ao longe não era do *Valente*. Parecia ser do barco de mestre Manuel. Vinha numa disparada louca, o saveireiro dobrado no leme, se aprontando para uma manobra que fizesse o barco parar. Maria Clara vinha curvada sobre qualquer coisa estendida na coberta do barco. Os seus cabelos voavam com o vento. Lívia ajeitou o xale que escorregava dos seus ombros, olhou os homens que desciam para a lama do cais e se aproximou da amurada. O saveiro atracara, Maria Clara estava curvada sobre um corpo. E mesmo antes de ouvir o que Manuel dizia: "O *Valente* naufragou", ela já sabia que era Guma quem estava ali deitado, no madeirame do *Viajante sem Porto*. Maria Clara estava curvada sobre ele. Lívia andou como uma embriagada mas logo ficou estendida na lama que a separava do saveiro.

O FILHO

CHAMARAM DR. RODRIGO. Guma tinha um ferimento na cabeça, fora de encontro a uma coroa de pedras. Mas quando o médico chegou, atendeu primeiro a Lívia, que com o susto adiantara o nascimento do filho de alguns dias. E o garoto já chorava quando Guma pôde se levantar com a cabeça enfaixada e o braço preso ao pescoço com tiras de gaze. Ficou olhando o filho. Maria Clara achava igualzinho à cara do pai.

— Não tem que tirar nem pôr. É Guma todinho.

Lívia sorria com cansaço, dr. Rodrigo mandou que saíssem para ela descansar. Mestre Manuel foi para casa, mas Maria Clara ficou com Lívia até a tia dela chegar. O velho Francisco tinha ido buscá-la e avisar aos conhecidos. Quando ficou só com Lívia, Maria Clara disse:

— Você hoje ganhou um filho e um marido.

— Me conte.

— Agora não, tu precisa de descanso. Depois tu sabe como foi. Também o vento tava impossível...

Guma andava na sala. Agora seu filho nascera e ele não tinha mais saveiro. Para ganhar a vida teria que se alugar como canoeiro de um batelão. Não teria um saveiro para deixar para seu filho quando se fosse para as terras de Aiocá. Agora iria alugar seu braço, não teria mais um saveiro que fosse seu, um barco para dirigir. Aquilo fora castigo, pensava. Castigo porque havia traído Rufino, havia traído Lívia. Aquilo fora castigo. O vento descera sobre ele, o atirara sobre a coroa. Se Manuel não o visse nas águas, Guma nem teria visto seu filho.

Os tios de Lívia entraram. Abraçaram Guma, o velho Francisco no caminho contara tudo, foram ver Lívia. Maria Clara se despediu, voltaria mais tarde. Avisou que Lívia estava dormindo, que não a acordassem. A tia ficou no quarto, mas o quitandeiro saiu logo e veio conversar com Guma:

— O saveiro tá mesmo perdido?

— Afundou. Era um barco bom…

— O que é que você vai fazer agora?

— Sei lá… Arranjar trabalho numa canoa ou nas docas.

Estava triste, não tinha mais barco, seu filho não possuiria um saveiro. O tio de Lívia então ofereceu a quitanda. Guma iria para lá, ficaria tomando conta do negócio, ajudando. Ele pretendia aumentar o negócio:

— Até tinha falado com Lívia. Você arranjava comprador pro saveiro, entrava de sócio. Agora não precisa você entrar com nada.

Guma não respondeu. Doía-lhe se afastar do cais, se dar por vencido. E não queria aceitar favores do tio de Lívia. O velho esperava que ela fizesse um bom casamento para ampliar o negócio, fundar o armazém. Fora contra o casamento com Guma. Depois fizera as pazes, pensara nele para seu sócio. Agora todos os seus sonhos iam por água abaixo, tinham que ficar era mesmo com a quitanda e Guma tirando dela o que comer. O velho esperava a resposta.

Francisco entrou. A tinta nova brilhava no braço. Mandara escrever o nome do *Valente* junto aos dos seus outros quatro saveiros e eram *Trovão*, *Estrela da Manhã*, *Laguna*, *Ventania* e o *Valente* que se juntara a eles. Mostrou a tatuagem nova com orgulho. Pousou o cachimbo, perguntou a Guma:

— O que é que tu vai fazer agora?

— Vou ser quitandeiro.

— Quitandeiro?

— Vai ser meu sócio — fez com força o tio de Lívia. — Vai largar isso.

O velho Francisco apanhou novamente o cachimbo, botou fumo e acendeu. O tio de Lívia continuava:

— Vai viver lá em cima. Vosmicê pode vim com a gente também…

— Ainda sou muito homem pra ganhar minha vida sem precisar de esmola.

A tia apareceu na porta do quarto, botou o dedo nos lábios:

— Conversem baixo, pra ela dormir — apontava para dentro do quarto.

— Não queria ofender — explicou o tio de Lívia.

Guma pensava no tio. Que seria dele sozinho no cais? Em breve não poderia mais remendar velas, não teria como ganhar a vida. O velho Francisco pitou o cachimbo, tossiu:

— Vou dizer ao doutor Rodrigo que não precisa mais...

— O quê?

— João Caçula tá vendendo o *Roncador*. Comprou três batelão, não quer mais o saveiro. Tá vendendo barato, basta dar a metade. O doutor Rodrigo tinha dito que ajudava... Mas tu vai ser quitandeiro...

— Doutor Rodrigo dá a metade?

— Dá emprestado. Tu vai pagando quando puder. A outra metade é fiado, paga todo mês.

— É um barco bonito.

— Não tem outro tão bom nesse porto — o velho Francisco se entusiasmava. — Só enxergo mesmo o *Viajante sem Porto*. Tudo mais perde pra ele. E ele tá vendendo baratinho.

Disse quanto era, Guma concordou que não estava caro. Pensava no filho. Assim ele poderia ter um saveiro.

— João Caçula tá aqui?

— Tá viajando. Mas quando ele voltar nós fala.

— Ninguém quer o barco?

— Quem é que não quer? Tem gente na frente mas eu arranjo com ele. Conheci João Caçula menino, comendo barro.

O tio de Lívia entrava no quarto. Guma olhava Francisco como a um salvador. O velho pitava o cachimbo, o braço em cima da mesa para a tatuagem secar. Comentou:

— Foi o meu barco que durou mais...

— O *Valente*?

— Tu te lembra quando eu ia jogando ele nas pedras?

Riu. Guma riu também. Foi buscar a garrafa de cachaça:

— A gente muda o nome do *Roncador*.

— E que nome bota?

— Tenho um batuta: *Paquete Voador*.

Entravam conhecidos. A garrafa de cachaça não demorou a se esvaziar. Um cheiro de alfazema dominava a casa.

Quando pôde conversar com ela a sós, lhe contou como fora o desastre. Ela ouvia de olhos semicerrados. Ao lado o filho dormia. Quando ele terminou ela disse:

— Agora que a gente não tem mais saveiro vamos procurar outra vida.

— Mas já tou negociando com outro saveiro...

Contou do negócio que tinha em vista. Com um saveiro como o *Roncador* faria dinheiro na certa. Um barco grande e ligeiro:

— Tu sabe que eu não podia ir pra casa de seu tio assim sem entrar com nada. Mas quando a gente tiver ganho dinheiro com o saveiro a gente pode vender e se juntar com eles. Aí sim...

— De verdade?

— Juro.

— Quanto tempo demora isso?

— Seis meses levo pagando... Com mais um ano a gente já juntou um dinheirinho, pode vender o barco. Junta tudo com o do velho, funda um armazém...

— Tu jura?

— Juro.

Ela então lhe mostrou o filhinho. E dizia com os olhos que era por causa dele. Somente por causa dele.

TOUFICK, O ÁRABE

CHEGARA NA TERCEIRA CLASSE DE UM LUGRE que tocara em vinte portos. Chegara das terras do outro lado do mundo, quase nada trazia na carteira de couro que apertara contra o peito ao começar a vencer a ladeira da Montanha. Chegara numa noite de tempestade, na noite em que o saveiro de Jacques virara na boca da barra. Naquela noite, a bordo da terceira classe, olhando a cidade estranha em sua frente, chorara. Viera da Arábia, de uma aldeia entre os desertos, vencera mares de areia, para vir ganhar a vida no outro lado da Terra. Outros tinham vindo antes dele, alguns haviam voltado e tinham bosques de oliveiras, casas lindas, eram ricos. Ele viera para isso também. Saíra de entre as montanhas, atravessara extensões de areia no dorso dos camelos, se metera na terceira classe de um navio, morou no mar muitos dias.

Nem sabia a língua ainda e já vendia sombrinhas, seda barata, bolsas às empregadas e criadas da Bahia. Aos poucos se familiarizou com a cidade, com a língua, com os costumes. Morava no bairro árabe da ladeira do Pelourinho, de onde saía todas as manhãs com sua mala de mascate. Depois foi melhorando de vida. Foi quando conheceu F. Murad, o árabe mais rico da cidade. A grande casa de sedas de F. Murad tomava quase um quarteirão da rua Chile. Falava-se que ele enriquecera no contrabando de sedas. Muitos dos outros árabes o odiavam, diziam que ele não ajudava os patrícios. Em verdade F. Murad tinha uma verdadeira estatística dos seus patrícios que viviam na Bahia. E quando um deles se revelava um sujeito que lhe podia ser útil, ele o chamava, tinha sempre trabalho nos diversos negócios. Há muito que se interessava por Toufick. Recebera uma carta dizendo que ele vinha e dizendo o verdadeiro motivo da sua vinda. Não era só em busca de riqueza que Toufick vinha.

Abandonara sua terra porque queria ser esquecido lá, deixara um rastro de sangue atrás de si. F. Murad o deixou em observação vários meses. Viu como ele prosperava rapidamente. Era além de tudo um homem de coragem, capaz de qualquer negócio que lhe trouxesse dinheiro. F. Murad o chamou e o empregou no mais rendoso dos seus vários negócios. Agora era Toufick quem tratava com os despenseiros de bordo, com os comandantes de navio, com os pilotos, com todos aqueles que se relacionavam com os carregamentos de seda que não deviam pagar impostos. Se revelara habilíssimo, nunca haviam corrido tão bem os negócios.

Dentro de alguns anos Toufick também poderia voltar, apagaria então na sua terra de montanhas entre areias o rastro de sangue que deixara, plantando sobre ele um bosque de oliveiras.

Conhecia o cais como pouca gente. Os mestres de saveiro lhe eram familiares, o nome dos barcos ele os sabia todos, se bem os pronunciasse de um modo pitoresco. Xavier, o mestre do *Caboré*, trabalhava para ele. E se não havia juntado dinheiro era que Xavier tinha um desgosto na vida e o seu dinheiro mal chegava para beber no Farol das Estrelas e para jogar nas roletas viciadas de certas ruas da Cidade Alta. Era o *Caboré* que ia receber as peças de seda, na calada da noite, de bordo dos navios e que as conduzia para lugares de poucos conhecidos. E de tanto fazer aqueles roteiros desconhecidos e perigosos, Toufick, o árabe, já era quase um verdadeiro mestre de saveiro. Pelo menos já ouvia embevecido as canções que pela noite adentro o soldado Jeremias cantava no forte velho. E numa noite de cerração cantou na sua língua uma canção do mar que ouvira de patrícios seus, marinheiros, no porto em que embarcara. Era uma melodia estranha na cerração da noite. Mas as canções de marítimos, por mais diversas que sejam a sua língua e a sua música, falam sempre em amor e em morte no mar. Por isso todos os marítimos as compreendem, mesmo quando são cantadas por um árabe das montanhas que as ouviu num porto sujo da Ásia.

CONTRABANDISTA

Agora o filho começava a andar, brincava com barcos que o velho Francisco fazia. Abandonados num canto, sem um olhar do garoto sequer, um trem de ferro que Rodolfo trouxera, o ursinho barato que Lívia comprara, o palhaço que era presente dos tios de Lívia. O barco feito de um pedaço de mastro que o velho dera valia por tudo. Na bacia onde Lívia lavava roupa ele navegava sob os olhares encantados do garoto e do ancião. Ia sem leme, ia sem guia, por isso nunca alcançava um porto, ou ficava parado no meio d'água, ou andava sem destino. O menino falava na sua língua que lembrava a de Toufick, o árabe:

— Vovô, fá petá.

O velho Francisco sabia que ele queria que a tempestade desencadeasse sobre a bacia. Como Iemanjá que fazia o vento cair sobre o mar, o velho Francisco inchava as bochechas e desencadeava o nordeste sobre a bacia. O pobre barco rodava sobre si mesmo, andava ao léu do vento rapidamente, o garoto batia palmas com as mãozinhas sujas. O velho Francisco inchava mais as bochechas, fazia o vento mais forte. Assoviava imitando aquela canção de morte do nordeste. As águas da bacia, calmas como as de um lago, se agitavam, ondas varriam o barco que terminava por se encher de água e afundar lentamente. O garoto batia palmas, o velho Francisco via sempre com tristeza o barco ir ao fundo. Apesar de ser uma miniatura, feita pelas suas próprias mãos, era de qualquer maneira um saveiro que afundava. As ondas da bacia serenavam. Ficava tudo como se fosse um lago. O saveiro no fundo virado de um lado. O garoto metia a mão na bacia e trazia o barco. O brinquedo recomeçava e assim criança e velho passavam a tarde, debruçados sobre uma miniatura do mar, sobre um saveiro em miniatura, sobre o verdadeiro destino dos homens do mar e dos barcos.

Lívia olhava com medo o urso, o palhaço, o trem abandonados. Nunca o garoto fizera o trem descarrilar no passeio da casa. Nunca fizera o urso matar o palhaço. Os destinos da terra não lhe interessavam. Seus olhos vivos seguiam o pequeno saveiro na sua luta contra a tempestade que saía das bochechas do velho Francisco. O urso, o palhaço, o trem abandonados. Uma vez uma esperança encheu o coração de Lívia. Foi no dia em que Frederico (se chamava Frederico) largou a bacia em meio à mais furiosa tempestade e foi procurar o palhaço. Quando o encontrou, pegou nele com cuidado. Lívia seguia atenta. Teria ele se cansado das tempestades e naufrágios? Teria somente se interessado pela sorte do bote enquanto aquilo era uma novidade? Voltava agora, cansado, para os outros brinquedos esquecidos? Mas não. Ele levou o palhaço para o barco. Queria era transformá-lo em mestre de saveiro, um mestre de saveiro bem esquisito, na verdade, com aquelas bombachas amarelas e azuis. Mas aparece tanto marinheiro de estranhas vestimentas que ninguém se admiraria de um vestido de bombachas. E daquele dia em diante todas as vezes que o saveiro naufragava, o palhaço (lutara contra a tempestade até o último momento) se afogava, morria como um mestre de saveiro. No fundo da bacia seu corpo de pano inchava como se estivesse cheio de siris. O garoto batia palmas, ria para o avô. Francisco ria também, o brinquedo recomeçava.

Naufragou tanto o barco, tantas vezes se afogou o seu mestre, que o pano foi apodrecendo e um dia ele ficou aleijado de uma perna. Mas um homem do mar não pede esmola. E o estranho marinheiro de bombachas continuou a lutar contra as tempestades com uma perna só, encostado no mastro do seu barco. O garoto dizia para o velho Francisco:

— Babá meu ele.

O tubarão tinha comido a perna dele, o velho Francisco entendia. Depois comeu a cabeça que se desprendeu do corpo no meio de uma tempestade braba. E mesmo sem cabeça (era o marinheiro mais estranho de todos os mares) continuou no leme do seu saveiro, atravessando com ele as tempestades. O garoto ria, o velho ria. Para eles o mar é amigo, é doce amigo.

Só Lívia não ria. Olhava o urso, o trem abandonados. Para ela o mar é inimigo, o mais terrível dos inimigos. E os homens que vivem no mar são como aquele palhaço de bombachas amarelas e azuis, que a sorte fez marinheiro: mesmo sem perna, mesmo aleijado, lutava contra a fúria do mar, sem um gesto de ódio.

O garoto e o velho riam. A tempestade soprava furiosa sobre a bacia, o barco corria ao sabor do vento, o marinheiro sem cabeça e sem perna procurava governar seu saveiro.

O *Roncador* tinha se transformado no *Paquete Voador* e fora pintado de novo. Também se fizeram necessárias novas velas e o barco ficou um dos mais velozes do cais da Bahia. Dr. Rodrigo entrara com a metade para Guma pagar quando terminasse o pagamento da outra parte a João Caçula. Foi dividida essa parte em dez prestações mensais. O dinheiro que tinham em casa ele empregou no conserto do barco. E se atirou ao mar com firmeza. O ano de prazo que pedira a Lívia, para conseguir algum dinheiro com que entrar como sócio do tio dela, ele o estendeu a dois anos. Porém no fim do primeiro ano ainda devia quase tudo a João Caçula e não começara sequer a pagar a parte do dr. Rodrigo. A vida para os canoeiros e mestres de saveiro tinha piorado muito. Além de haver pouca carga, era época de paradeiro, as tabelas estavam muito por baixo, devido às lanchas de gasolina que faziam o transporte mais rápido e mais barato. Pouco dinheiro se ganhava e o cais nunca ouvira tanta maldição.

Lívia já desanimara de conseguir que Guma abandonasse a vida do mar nesse ano. Trabalhava agora para que ele pudesse pagar o que devia, pudesse ficar com o saveiro livre. João Caçula andava em cima, as prestações estavam atrasadas, João Caçula também não ia bem com os batelões que comprara. Dr. Rodrigo não reclamava mas João Caçula vivia em cima deles, quase não saía da porta de Guma, ia esperá-lo de volta das viagens. Porém não eram muitas as viagens agora. Os mestres de saveiro e os canoeiros passavam grande parte do tempo na frente do cais do mercado comentando a vida difícil, o paradeiro do fim do ano. Quando não iam matar as mágoas no Farol das Estrelas, onde seu Babau ainda fiava cachaça, anotando os débitos num caderno velho de capa esverdeada. Guma estava aceitando todas as viagens, mesmo quando só havia carga para levar, aceitava mesmo viagens pequenas para Itaparica, mas nem assim sobrava dinheiro no fim do mês pra dar a João Caçula. Lívia ajudava o velho Francisco no conserto de velas. Passava grande parte do dia curvada sobre o pano grosso da vela rebentada pela tempestade, a agulha na mão. Mas quase todo esse trabalho era fiado, que as coisas estavam ruins para todos os da beira do cais. Estavam tão ruins que os estivadores falavam mesmo em entrar em greve. Guma vivia procurando serviço, fazia as viagens o mais rápido que podia, para ficar com o freguês. Vários mestres de saveiro venderam seus barcos e pegaram outros trabalhos no porto: docas, navios de longo roteiro, transporte de malas e objetos de viajantes.

E como pouco tinham de fazer cantavam e bebiam.

— Seu João Caçula teve aqui...

Guma sacudiu o saco de viagem na cama. Olhou o filho que brincava com Francisco. Era fim de mês e ele prometera pagar alguma coisa a João Caçula. Mas não tinha sobrado nada, essa última viagem rendera uma ninharia, era uma viagem a Itaparica. O menino brincava junto à bacia de água. Guma não quis jantar, saiu logo. Não tinham passado ainda cinco minutos quando João Caçula bateu na porta:

— Guma chegou, sinhá Lívia?

— Chegou mas já saiu, seu João.

João Caçula ainda olhou desconfiado para dentro:

— Não sabe pra que lados se botou?

— Não sei, seu João. Tava lá dentro.

— Então, boa noite.

— Boa noite, seu João.

João Caçula desceu a rua puxando o bigode. Candeeiros nas

casas iluminavam salas pobres. Um homem ia entrando embriagado numa delas e João Caçula ouviu uma mulher que dizia:

— É assim que tu chega, não é... Como se não bastasse...

No cais grupos conversavam. João Caçula perguntava por Guma. Não o haviam visto. Na frente do mercado, porém, alguém informou que Guma estava no Farol das Estrelas.

— Tá esquecendo as mágoas...

Outro perguntou:

— Como tá indo com teus batelão, Joãozinho?

— Como podia tá indo? Quem é que tá indo bem? Aquilo só dá despesa...

Continuou sua caminhada. Encontrou dr. Rodrigo que descia fumando.

— Boa noite.

— Boa noite, doutor. Eu até queria dar duas palavras a vosmicê...

— Que é, João?

— É a respeito daquela doença da patroa. Vosmicê foi lá uma porção de vez, botou ela em pé. Abaixo de Deus foi vosmicê que salvou ela. E eu não lhe paguei ainda.

— Não tem nada, João. Eu sei que as coisas não vão bem...

— Tão ruim mesmo, doutor. Mas o senhor precisa receber. O senhor não vive de brisa. Logo que melhore...

— Não se preocupe com isso. Eu me arranjo.

— Obrigado, doutor.

Rodrigo se foi com o seu cigarro. João Caçula pensou em Guma. Quis voltar (os tempos estavam ruins...), chegou mesmo a virar o corpo, mas tomou uma resolução e embicou para o Farol das Estrelas.

Viu logo Guma numa mesa diante de um copo de cachaça. Mestre Manuel estava com ele. Do alto do seu balcão seu Babau olhava com tristeza os fregueses, estava com uma cara de sono. João Caçula viu mestre Manuel suspender a mão num gesto de desânimo. Ficou quase sem coragem de entrar. Olhou Guma com pena. Os longos cabelos morenos do mestre de saveiro caíam-lhe na frente da cara e os olhos apareciam amedrontados.

"Ele está com medo", pensou João Caçula — e tentou recuar novamente. Mas tinha que pagar aos canoeiros dos batelões e se adiantou. Alguns fregueses do Farol das Estrelas o cumprimentaram. Ele respondia com gestos, se deixou cair numa cadeira junto a Manuel. Este disse:

— Como vai? — parecia ter arrancado o cumprimento com dificuldade.

— Seu João... — disse Guma.

João Caçula puxou o bigode, pediu uma cachaça. Mestre Manuel parecia muito desanimado, estava mudo, olhando o interior do copo vazio. E ficaram os três em silêncio algum tempo. Ouviram um freguês gritar num canto:

— Olhe se essa pinga sai ou não...

E seu Babau anotando nomes no caderno. De repente Guma levantou o corpo, passou a mão na cabeça botando o cabelo para trás e falou:

— Ainda nada, seu João. As coisas tão ruins.

Mestre Manuel repetiu como um eco:

— Tão ruins...

E perguntou em voz alta:

— Quanto tempo isso vai demorar?

Seu Babau olhou, suspendeu a mão do caderno, ficou com o lápis parado no ar. João Caçula começou a ouvir a modinha que o cego cantava na porta. Era triste, sem dúvida. A modinha vinha devagarinho e ia se apossando de João Caçula. Mestre Manuel respondeu à própria pergunta:

— Eu acho que isso nunca mais acaba. E a gente morre tudo de fome...

Seu Babau baixou o lápis. Coçou a cabeça e sorriu sem saber de quê. Dobrou o caderno e deixou de tomar nota das despesas. Agora encostara a cabeça no braço e parecia dormir.

— Arriou as velas — comentou alguém.

— Tão ruins... — disse João Caçula se referindo aos meses que passavam.

A modinha do cego se arrastava lá fora. Não se ouvia o ruído de nenhuma moeda pingando na sua lata. Mas ele cantava. E João Caçula tinha que ouvir aquela modinha mesmo que não quisesse. Guma tornou a falar...

— Tava pra dar a vosmicê dinheiro esse mês, mas tou limpo. Não fiz nada, não fiz mesmo nada, seu João.

Uma mulher entrava, era Madalena. Olhou para as mesas. Ninguém convidou. Ela riu, gritou com voz cheia:

— Tem enterro aqui?

Quase todos olharam para ela. Mestre Manuel estendeu a mão, já tinham sido amantes. Mas foi por causa de João Caçula que ela veio para a mesa:

— Me paga uma cachaça, João.

O menino trouxe a cachaça. A modinha do cego (falava na pobreza dele, pedia uma caridade) se eternizava lá fora. Guma continuou:

— Seu João, o senhor vai ter paciência. Deixar essa coisa melhorá...

Mestre Manuel duvidou:

— E isso melhora algum dia?

Madalena espiou para eles. Depois gritou para seu Babau:

— Não bota a vitrola hoje, Babau?

Babau levantou a cabeça do braço, olhou em torno, foi dar corda na antiquada vitrola. Um samba começou a encher a sala. Ainda assim era a modinha do cego que João Caçula ouvia.

— Só que tem, Guma, que eu também tou atrapalhado. Atrapalhado como o diabo. Tenho três canoeiros para pagar. Os batelão não tem dado nada, só despesa.

Fitou mestre Manuel, depois Madalena, abanou as mãos:

— Só despesa...

— Eu sei, seu João. Eu tou querendo pagar, mas cadê?

— Tou sem jeito, Guma. Ou arranjo dinheiro ou tenho que torrar um batelão nos cobres pra pagar as dívidas...

A modinha do cego penetrava apesar do samba. Guma baixou a cabeça. Seu Babau voltara a dormir em cima do caderno. Madalena acompanhava a conversa com interesse.

— Tava pensando... — seu João Caçula não continuou.

— O quê?

— A gente vendia o barco, tu recebia tua parte, eu me arranjava com o resto. Se tu quisesse a gente podia fazer uma combinação, você vinha trabalhar nos batelão.

— Vender o *Paquete*?

A modinha do cego dominava inteiramente o samba. Esse era mais alto, mais forte, porém eles só ouviam o que o cego cantava:

Tenha dó de quem perdeu
a luz dos olhos.

Mestre Manuel também não compreendia:

— Vender o *Paquete Voador*?

Madalena botou a mão na mesa:

— É um barco tão bonito...

— Sinão, como é que a gente vai se arranjar? — João Caçula perguntava.

Repetiu:

— Como é?

— Seu João, espere mais um mês, eu arranjo dinheiro. Nem que tenha que passar fome este mês...

— Não é por mim, Guma. Eu também tenho que pagar — estava com medo que pensassem que era usura dele. A música do cego o torturava. — Tu bem sabe que eu não sou capaz de me aproveitar de uma má ocasião pra esfolar um companheiro. Mas a coisa tá preta, eu não vejo outro jeito...

— Para o mês...

— Se eu não pagar os homens amanhã, eles larga as canoas.

Mestre Manuel perguntou:

— Não se pode dar um jeito?

— Como?

— Arranjar um dinheiro emprestado?

Ficaram pensando em quem poderia emprestar. Manuel lembrou mesmo dr. Rodrigo. Mas tanto Guma como João Caçula deviam a ele. Foi posto de lado. João Caçula continuava a se desculpar:

— Pergunte pro velho Francisco se sou homem pra essas coisas. Ele me conhece faz muito tempo... (Tinha vontade de pedir ao cego que se calasse.)

Madalena lembrou seu Babau:

— Quem sabe se ele pode emprestar?

— É mesmo... — disse Manuel.

Guma os olhava tímido, como que suplicando que eles o salvassem. E João Caçula continuava a se desculpar, tinha vontade de dar o saveiro de presente a Guma e depois se jogar n'água porque não tinha coragem de olhar os canoeiros atrasados no salário. Mestre Manuel levantou-se, foi até o balcão, subiu, pegou devagarinho no braço de seu Babau. E o trouxe para a mesa. Seu Babau sentou-se:

— O que é?

Guma coçou a cabeça. João Caçula estava inteiramente voltado para a modinha do cego. Foi mesmo mestre Manuel quem falou:

— Tu como vai de dinheiro?

— Quando receber tudo que me devem de cachaça tou rico — riu seu Babau.

— Mas tu tem algum que possa emprestar?

— Quanto tu quer?

— Não sou eu. É aqui seu João e Guma — virou-se para João Caçula. — Quanto você precisa com mais pressa?

João Caçula continuava a ouvir o gemer do cego. Explicou:

— É pra pagar meus canoeiros. Tou com um dinheiro com Guma, tu sabe como as coisas tão ruim...

Guma atalhou:

— Eu fico devendo, pago assim que arranje um dinheirinho. Tá tudo difícil.

Seu Babau perguntou:

— Mas quanto é?

João Caçula fez cálculos:

— Com cento e cinquenta eu me arranjava...

— Não tenho nem a metade aí. Posso abrir o cofre pra vocês ver...

Refletiu:

— Se ainda fosse negócio de cinquenta mil-réis...

— Tu não te arranja com cinquenta? — Manuel olhou para João Caçula.

— Cinquenta mal vai dar pra um. Os cento e cinquenta assim mesmo só paga parte.

— Quanto tu tinha que dar, Guma?

— Cem por mês... Mas tou atrasado no pagamento.

Seu Babau levantou-se, desapareceu no fundo do botequim. Madalena declarou:

— Se eu tivesse...

A vitrola parara. Ficaram em silêncio ouvindo o cego. Seu Babau voltou com cinquenta mil-réis em notas de dez e cinco. Deu a Guma:

— Tu me paga na primeira viagem, tá certo?

Guma entregou o dinheiro a João Caçula. Mestre Manuel pousou a mão no ombro de Madalena:

— Arranje um coronel que empreste cem mil à gente.

Ela sorriu:

— Se arranjar cincão hoje, tou feliz...

Guma disse a João Caçula:

— Espere mais uns dias. Vou ver se arranjo pra completar.

João Caçula fez um gesto concordando. Madalena suspirou descansada e começou a falar muito:

— Vocês conhece a Joana Doca? Tu conhece, não é, Manuel? Pois ela hoje tava na janela quando viu um cara espiando muito. Foi e...

Mas Guma interrompeu:

— Vocês sabe que eu não tenho nada tirando aquele barco, que nem é meu direito, devo ele quase inteirinho. Devo a você e ao doutor Rodrigo. Se eu ficar sem o barco o que é que deixo pra meu filho? A gente não vive muito, um dia cai um temporal, a gente vai embora. Ainda quem não tem filho nem mulher...

— Vida desgraçada — fez Manuel. — Por isso não quero filho. A patroa bem que quer...

— É uma mulher bonita a tua — disse Madalena a Guma.

— Tu conhece ela?

— Já vi andando com você.

A música do cego continuava na porta. Veio mais cachaça. João Caçula falou:

— Se eu arranjasse mais dez, dava vinte a cada homem... Talvez a gente pudesse ficar mais descansado.

— Dez eu arranjo amanhã de manhã — respondeu Manuel. — A patroa deve ter.

— Ela se parece com a mulher que tá morando lá em casa agora — fez Madalena.

— Tem gado novo em tua casa?

— Se aquilo é novo... Deus te livre.

— Quem é?

— Uma velhusca. Diz-que foi mulher do Xavier.

— Do Xavier? O mestre do *Caboré*?

— Desse mesmo.

— Uma vez ele contou umas coisas dela — disse Guma.

— Eu tava — concordou mestre Manuel.

— Ele gostava um bocado dela. Ela deu o fora nele, ele botou ainda o nome no barco... Ela chamava ele de Caboré.

— Eta sujeito esquisito — Madalena fez um muxoxo com a boca — nunca vi outro. Todo não sei como...

— Tu era muito amigo de Rufino, não era? — João Caçula virou-se para Guma.

— Por que pergunta? — ouvia distintamente a canção do cego.

— Diz-que aí que ele matou a mulher, ela tava botando os chifres nele com um marinheiro de um navio.

— Já ouvi falar — apoiou Madalena.

— Tou sabendo disso agora. E se fez foi bem feito. Era um negro direito.

— Não tinha dois canoeiro igual a ele nesse cais — fez Manuel.

Guma ouvia Rufino dizendo: "seu mano, seu mano". Mas se consolava porque pensava que Rufino morrera sem saber que ele também o traíra. João Caçula encerrava a conversa:

— Se fosse eu matava o cabra também...

Maneca Mãozinha ia entrando. Juntou-se ao grupo, mas falou pra sala toda:

— Vocês sabe o que se deu?

Ficaram esperando. Maneca Mãozinha contou:

— Xavier vendeu o barco a Pedroca por uma porcaria, engajou naquele grego que tava com falta de um marinheiro.

— Que tá dizendo?

— É como digo. Não falou com ninguém. Saiu há coisa de meia hora...

— Foi a mulher — murmurou Madalena.

— Diz-que a boia dos barco grego é uma mesera — comentou um negro.

Saíram. Na porta o cego cantava. Estendeu a meia cuia de queijo e João Caçula deixou cair uma moeda de dois tostões. Não compraria fumo para seu cachimbo naquela noite.

Toufick, o árabe, sofreu um grande abalo com a fuga de Xavier. Um navio entraria dentro de cinco dias com um carregamento grande de sedas de contrabando. Como tirá-lo do barco sem um saveiro, sem um mestre em quem confiasse? Explicou para F. Murad:

— Era um cachaceiro, foi por isso. Sujeito que bebe não serve. Agora vou arranjar um homem sério.

— Trate de arranjar logo. É preciso desembarcar o carregamento.

Toufick veio para o cais. Tratou de indagar com seu Babau das finanças dos diversos mestres de saveiro. Soube do caso da véspera, do empréstimo feito a Guma, da quase venda do *Paquete Voador*. Perguntou:

— É um sujeito sério?

— Guma?

— Sim.

— Não há homem mais direito no cais.

Foi certo para a casa de Guma. Foi Lívia quem atendeu:

— Guma saiu mas não demora, seu Toufick. Quer esperar?

Ele disse que sim. Ficou sentado na sala, rolando o chapéu na mão, olhando a criança que nos fundos da casa se sujava numa poça de água. E Toufick ficou se lembrando do que Rodolfo lhe dissera certa vez (Toufick o procurara, era credor de uma roupa de Rodolfo, para saber se Guma queria se meter no negócio de contrabandos): "Meu cunhado não é o homem que você precisa, turco". Dissera que Guma não era homem para se meter num negócio assim. E Toufick pensava se valia a pena estar ali esperando. Tinham que substituir Xavier com urgência. Guma era o homem indicado: estava endividado, era um dos melhores mestres de saveiro do cais, tinha um barco bom e veloz. Mas teria coragem de se meter naquele negócio? Em escrúpulos Toufick não pensou. Levantou-se, espiou na janela. Guma apontava na rua. Quando o viu apressou o passo:

— Que há de bom, seu Toufick?

— Queria conversar com o senhor.

— Tou às ordens...

Lívia veio espiar lá de dentro. Guma perguntou:

— Toma uma cachacinha, seu Toufick?

— Um pouco, quase nada.

— Uma cachaça, Lívia, pra seu Toufick.

Toufick apontou a criança no quintal:

— Seu filho?

— É sim.

Lívia veio com a cachaça. Toufick bebeu. Quando Lívia desapareceu no interior da casa ele chegou a cadeira furada para junto do caixão de Guma:

— Desculpe, seu Guma, mas como vai o senhor de dinheiro?

— Não tou indo bem não, seu Toufick. O paradeiro tá danado, por quê?

— Eu sabia. Os tempos estão maus, muito maus... Mas assim mesmo um homem decidido ainda pode ganhar muito dinheiro.

— Tá aí uma coisa difícil...

— O senhor não acabou de pagar seu saveiro novo.

— Tou atrasado. Como é que se pode ganhar dinheiro?

— O senhor já soube que Xavier foi embora?

— Soube. Foi a mulher dele que apareceu.

— Que mulher?

— A dele. Era casado.

— Então foi por isso. Pois ele trabalhava pra mim, o senhor sabia?

— Tinha ouvido dizer.

— Pois ele deixou Toufick na mão, como vocês dizem. E o trabalho dele era de deixar muito dinheiro.

— Recebia os contrabandos.

— Umas encomendas que vinham a bordo e...

— Não gaste sua finura comigo, seu Toufick. Todo mundo no cais tá farto de saber. E agora o senhor quer fazer negócio comigo?

— O senhor pode pagar seu saveiro em dois ou três meses. É negócio que dá. Pode ganhar de uma vez só até quinhentos mil-réis.

— Mas se a polícia mete o olho o camarada tá naufragado.

— Como a gente faz nunca se descobre. Já se descobriu?

Olhou Guma indeciso:

— Quarta-feira entra um barco alemão. Traz um carregamento grande. É negócio para dar... — suspendeu a frase. — Quanto ainda está devendo do seu saveiro? Muito dinheiro?

— Uns oitocentos mil-réis, mais ou menos.

— Pois é negócio para dar de uma bolada uns quinhentos mil-réis. Negócio grande, para umas três viagens do saveiro. Em menos de uma noite você pode botar mão nesse dinheiro.

Agora falava com a cabeça bem encostada na de Guma, falava em segredo, como um conspirador para outro. Guma pensava que podia fazer aquele serviço uma ou duas vezes, o necessário para pagar o barco, depois dava o fora em Toufick. Mas o árabe parecia adivinhar:

— Com dois ou três negócios você pode pagar o barco e até dar o fora se quiser. Eu me desaperto, pois estou sem ninguém.

Você se livra das dívidas. E demais é um ou dois carregamentos por mês. O resto do mês você viaja, nem dá na vista.

Toufick ficou esperando a resposta. Guma pensava. Faria aquilo uma ou duas vezes. Pagaria o barco, daria o fora. O próprio Toufick o dissera. Não tinha medo. Até gostava das empresas arriscadas. Mas temia o desgosto de Lívia se ele fosse preso. Ela já sofria tanto pelo irmão... Ouviu a voz de Toufick:

— Está precisando de dinheiro?

Viu João Caçula sem poder pagar aos canoeiros, querendo vender o saveiro:

— Senhor me adianta cem mil-réis? Topo o negócio.

O árabe meteu a mão no bolso da calça, tirou um embrulho de papéis. Eram cartas, recibos, vales. E dinheiro misturado com aquela papelada suja:

— Você sabe onde Xavier desembarcava as sedas?

— Onde era?

— No porto de Santo Antônio.

— Perto do farol da Barra?

— Era.

— Tá bem.

Recebeu os cem mil-réis. O velho Francisco entrava. Toufick se despediu, disse em voz baixa a Guma:

— Quarta-feira às dez horas esteja com o saveiro preparado.

O velho Francisco cumprimentou quando ele passou:

— Bom dia, seu Toufick.

Lívia veio saber:

— O que é que ele queria?

— Saber umas coisas do Xavier que foi embora. Parece que Xavier ficou devendo a ele.

O velho Francisco olhou sem acreditar. Lívia ainda comentou:

— Pensei que ele não saísse mais.

O filho no quintal chorou. Guma foi buscá-lo.

A noite estava quente sobre a terra. Mas no mar corria uma brisa fresca que dava um dengue aos corpos. No céu de estrelas havia uma lua enorme e amarela. O mar estava calmo e só as canções que vinham de toda parte cortavam o silêncio. Pouco distante do *Paquete Voador* estava o *Viajante sem Porto* e Guma ouvia os gemidos de amor de Maria Clara. Mestre Manuel amava no seu saveiro mesmo, atracado ao cais, nas noites de lua. O mar prateado se estendia por baixo deles. Guma pensou em Lívia, que a estas horas estaria em casa angustiada. Ela nunca pudera se conformar com a vida dele. Principalmente depois do desastre do *Valente* vivia numa eterna agonia, esperando ver Guma chegar morto no fim de cada viagem. Se então ela soubesse que ele estava de agora em diante metido no contrabando de sedas nunca mais teria um momento de sossego, porque ao receio da morte no mar se juntaria o medo de uma prisão. Guma jura que abandonará o negócio logo que pague o saveiro. Hoje será a primeira noite e mais tarde ele receberá quinhentos mil--réis. Irá pagar tudo que deve a João Caçula, dirá que arranjou emprestado. Depois só restará o dr. Rodrigo e esse não o importunava. Com duas viagens mais terá pago o barco. Então ganhará algum dinheiro, venderá o *Paquete Voador*, entrará como sócio num armazém com o tio de Lívia. Venderá mesmo o *Paquete Voador*? Depois de tantos sacrifícios para adquiri-lo é uma pena vendê-lo para ser sócio de um pequeno armazém. Deixar o mar, os saveiros, o seu porto. Isso é coisa que dói a um marinheiro, principalmente quando a noite está assim bonita, cheia de estrelas e com uma lua tão bela. Já passa das dez horas e Toufick ainda não chegou.

Guma viu quando o cargueiro alemão entrou. Eram três horas da tarde, ele estava no saveiro. O cargueiro não atracou, enorme para o cais, ficou lá fora, soltando rolos de fumaça. De cima do *Paquete Voador* Guma enxerga luzes no navio. Lívia pensa que Guma já viajou, está cortando agora as águas do rio, levando um carregamento para Mar Grande. Ela o espera ao romper da madrugada. Estará ansiosa, cheia de medo, e quando ele chegar perguntará quando se mudarão do mar. Um armazém... Vender seu barco, deixar seu porto. Pensara nisso quando traíra Rufino, quando perdera o *Valente*. Mas agora não quer.

Tanto se morre no mar como em terra, é besteira de Lívia. Mas estão cantando agora mesmo aquela velha moda que diz que "desgraçado é o destino das mulheres dos marítimos". Guma alisa o casco do *Paquete Voador*. Veloz como nenhum. Para pegar com ele nesse cais só o *Viajante sem Porto*. Assim mesmo porque tem um mestre como Manuel. Também o *Valente* era um saveiro bom. Não tão bom, no entanto, como o *Paquete Voador*. O próprio velho Francisco com sua longa experiência de saveiros e embarcações dizia que não vira ainda nenhum como este. E agora iria vendê-lo...

Ouve o salto de Toufick. Vem outro árabe com ele. Esse traz um cachecol enrolado ao pescoço apesar do calor. Toufick apresenta.

— Senhor Haddad.

— Mestre Guma.

O árabe bate a mão na cabeça numa espécie de continência. Guma diz:

— Boa noite.

Toufick examina o saveiro:

— É bem grande, hein?

— Maior nesse porto não tem.

— Acho que em duas viagens você leva tudo.

Haddad assentiu com a cabeça. Guma perguntou:

— Vamos largar agora?

— Vamos esperar. Ainda é cedo.

Os dois árabes sentaram no madeirame do saveiro e começaram a trocar língua. Guma fumava silenciosamente ouvindo a canção que vinha do forte velho:

Ele ficou nas ondas,
Ele se foi a afogar.

Os árabes continuavam a conversa. Guma se lembrava de Lívia. Ela o pensava em viagem, atravessando a boca da barra a estas horas. De repente Toufick virou-se e disse:

— Bonita música, não é?

— É.

— Muito linda.

O outro árabe ficou calado. Fechou o paletó, disse qualquer coisa em árabe, Toufick riu. Guma olhava para eles. A voz se extinguiu no forte velho e puderam ouvir perfeitamente o embolar dos corpos no saveiro de mestre Manuel.

Meia-noite mais ou menos Toufick disse:

— Podemos ir.

Suspendeu a âncora do saveiro (Haddad ficou olhando as suas tatuagens), levantou as velas. O barco depois da manobra ganhou velocidade. As luzes do navio apareciam. Recomeçou a toada no forte velho. Naturalmente Jeremias cantava para a lua, nessa noite de tantas estrelas. Iam silenciosos no saveiro. Já estavam bem perto do navio quando Toufick disse:

— Pare.

O *Paquete Voador* parou. A uma ordem de Toufick, Guma arriou as velas. O casco do saveiro jogava lentamente. Haddad assoviou de um modo especial. Não obteve resposta. Tentou novamente. Da terceira vez ouviram um assovio que respondia.

— Podemos ir — disse Haddad.

Guma tomou dos remos e não levantou as velas. O saveiro contornou o navio, foi atracar no seu casco do lado que dava para Itapagipe. Uma cabeça apareceu. Conversou com Haddad numa língua também estranha para Guma. Logo desapareceu. Depois veio outro. Nova conversa. Haddad mandou que o saveiro se adiantasse um pouco mais. Foram encostar junto a uma larga abertura. E dois homens começaram a descer peças de seda que Guma e Toufick iam arrumando no porão do saveiro. Não foram perturbados.

Se afastou lentamente do navio. Já longe, depois de ter atravessado o quebra-mar, abriu as velas e correu de lanterna apagada. O vento o ajudava, chegou rapidamente ao porto de Santo Antônio. Apenas as ondas eram bem mais altas, o mar menos calmo. Mas o *Paquete Voador* era um saveiro grande e resistia bem. Toufick comentou:

— Chegamos depressa.

Homens já esperavam o saveiro. Um deles bem vestido se adiantou:

— Tudo bem?

— Tudo — respondeu Toufick.

— Quantas viagens mais?

— Com esse saveiro somente mais uma.

O homem bem-vestido atentou em Guma que ajudava a descarga. As sedas iam para uma casa cujos fundos davam para o porto.

— É esse o rapaz?

— É, senhor Murad.

Guma olhou para o ricaço. Era um sujeito gordo, bem barbeado, vestido de preto. Ele botou a mão no ombro de Guma:

— Rapaz, você pode ganhar muito dinheiro comigo. É andar direito.

Deu mais uma olhadela para o serviço, disse a Toufick:

— Veja que tudo ande direito. Agora vou embora que Antônio está doente.

Antônio era seu filho, estudante de direito. Tinha paixão por aquele filho literato e farrista. Desculpava tudo nele. Gostava de ver o nome do filho nos jornais assinando coisas. Foi por isso que Haddad perguntou:

— Antônio está doente? Faça uma visita para ele.

F. Murad, antes de sair, ainda tocou no ombro de Guma:

— Ande direito comigo que não se arrepende.

— Deixe estar.

O automóvel o esperava duas esquinas depois.

Acabada a descarga, o saveiro voltou. Novamente o porão se encheu de fardos de seda. Guma já tinha perdido a conta de quantos fardos tinham sido desembarcados. Toufick entregou um maço de dinheiro a um dos homens que o contou à luz de uma lanterna de bolso:

— Está certo — disse o que estava por detrás, com uma pronúncia horrível.

O saveiro saiu, novamente pegaram o vento, abriram as velas e chegaram sem incidentes no porto de Santo Antônio.

Desta vez Toufick lhe ofereceu um gole de cachaça. O saveiro foi descarregado. Haddad tinha desaparecido dentro da casa. Guma acendeu o cachimbo. Toufick veio para ele:

— Depois lhe aviso quando vou precisar de novo de você.

Tirou duas notas de duzentos, lhe deu.

— Você nunca viu esta casa, está ouvindo?

— Tá falando com um marítimo.

Toufick sorriu:

— Bonita canção aquela, não era?

Abotoou o casaco, se meteu pela casa adentro. Guma apertou as duas cédulas na mão. Manobrou o saveiro, partiu na madrugada que rompia. E só no meio d'água sentiu as pernas e os braços cansados. Se estendeu no saveiro, murmurou:

— Tá parecendo que tive medo o tempo todo.

O farol da Barra piscava na madrugada.

João Caçula lhe disse:

— Tu é um homem direito.

— Arranjei de empréstimo com o tio de minha mulher. Agora vou pagando a ele. A quitanda tem dado, parece que ele vai botar um armazém. Até me chamou para sócio.

— Já vi ele uma vez em tua casa.

— Um homem bom.

— Tá se vendo.

Rodolfo apareceu uns dez dias depois. Guma tinha chegado na véspera de uma viagem a Cachoeira, ainda dormia. O velho Francisco saíra para fazer umas compras. Rodolfo ficou brincando com o sobrinho, conversando com Lívia:

— Tu ainda tá muito medrosa?

— Um dia me acostumo...

— Tá demorando chegar esse dia.

Olhou para o sobrinho que o puxava para ver o saveiro de brinquedo na bacia d'água. Falou para a irmã:

— Tu não queria que ele fosse pra quitanda dos velhos?

— Gostava, sim.

— Pois tá em tempo...

— O que é que tu tá querendo dizer? — perguntou ansiosa.

Ele a espiou por debaixo dos olhos. Se ela soubesse ainda sofreria mais:

— Não é por nada. Pelo menino. Tá crescendo, acaba gostando daqui.

Ela ainda estava desconfiada, mas serenou um pouco:

— Pensei que tinha alguma coisa.

De repente perguntou:

— Onde foi que tu arranjou o dinheiro que emprestou a Guma?

— Eu? — mas compreendeu logo. — Eu tinha cavado um troço bom. Ia gastar mesmo aquele dinheiro...

Ela veio alisar a sua cabeça:

— Você é tão bom.

Guma levantava. Enquanto Lívia botava o café, Rodolfo falou:

— Tu tá metido no negócio de contrabando, não tá?

— Como você veio a saber?

— Eu sei disso tudo. Uma vez até já vim aqui a mando de Toufick, mas não falei nada de pena de Lívia.

— Daquela vez?

— Sim.

— Mas não vou demorar. É o tempo de pagar o saveiro. E falta pouco.

— Toma cuidado. Se esse negócio rebentar é um escândalo danado. Com Murad não acontece nada, ele tem mais de dez mil contos, se arranja. Mas o pau vai rolar nas costas dos pobres como tu. Toma cuidado.

— Não demoro nesse negócio. Não quero que Lívia...

— Mais dia menos dia há de saber. Que dinheiro tu me tomou?

Guma riu:

— Você guentou a mão?

— Mas quase me atrapalho. Toma cuidado. Isso é um troço perigoso.

Lívia entrava com o café e uma talhada de cuscuz. Desconfiou daquela conversa em voz baixa:

— Que segredo é esse?

— Não tem segredo. A gente tava falando do garoto.

— Rodolfo também é de parecer que você deve se mudar pra junto de titio.

— Por causa do menino — fez Rodolfo.

— Deixa eu acabar de pagar o *Paquete*, negra. Ganho uns cobres, a gente faz o negócio. E agora já tá tão perto.

Pegou a mulher pela cintura. Ela se sentou no seu colo:

— Tenho tanto medo...

Rodolfo baixou a cabeça.

A segunda vez foi um carregamento pequeno de meias francesas para senhoras e perfumes. Guma recebeu cem mil-réis. Tudo correra bem. Desta vez F. Murad fora no saveiro e tivera uma longa palestra com um cavalheiro do navio. Depois pagou uma grande quantia em dinheiro. Quando voltaram F. Murad lhe disse, fazendo uma cara séria:

— Você nunca me viu ir a bordo de navio nenhum, rapaz.

— Não precisa avisar.

— Tive sabendo umas coisas de você. Dizem que é um rapaz de coragem. Quanto ainda deve do seu saveiro?

— Pagando esses cem, fico devendo só trezentos e cinquenta.

— Com mais umas poucas viagens você está com o saveiro livre. Depois vai nos deixar?

— Deixar de trabalhar para o senhor? Acho que vou, sim.

— Vai?

— Foi o que disse a seu Toufick. Entrava nisso mas podia sair na hora que quisesse. Entrei só pra pagar meu barco.

— Ninguém lhe impede de sair.

— Não tenha medo que minha boca não se abre pra contar nada.

— Não tenho medo disso. Sei que você é um rapaz direito. Mas acho que se você ficasse com a gente podia ganhar muito dinheiro.

Botou a mão no ombro de Guma:

— Acha o serviço muito perigoso?

— Tenho mulher e filho. Amanhã a polícia dá em cima... — (se lembrava das palavras de Rodolfo) — ...ao senhor não vai acontecer nada. O senhor é podre de rico. A coisa cai é em cima de mim.

F. Murad baixou mais a voz:

— Você pensa que ninguém sabe que eu contrabandeio? Na polícia tem gente comprada. Vai ser difícil arranjar um rapaz como você.

Continuaram a viagem em silêncio. Quando estavam chegando F. Murad ainda o aconselhou:

— Se você quiser continuar vai ganhar muito dinheiro.

— Vou matutar. Se decidir...

Toufick lhe avisou que daí a um mês chegava um carregamento grande. Talvez ele ganhasse uns duzentos mil-réis ou mais.

No outro dia foi levar os cem mil-réis ao dr. Rodrigo. Ganhara naquela viagem, dissera. Caíra no jogo em Cachoeira, uma roletazinha, fora apostar uns cinco mil-réis, acabara ganhando cento e vinte. E como já acabara de pagar a parte de João Caçula, vinha pagar a do doutor. Rodrigo, a princípio, não quis receber. Disse que Guma podia estar precisando. Mas Guma insistiu. Quanto antes pagasse o saveiro, melhor.

Saiu dali para acertar uma viagem para Santo Amaro. Ia buscar um carregamento de cachaça. Vivia das viagens, o dinheiro do contrabando era para pagar o saveiro. Depois de tudo pago podia demorar mais um pouco no negócio até ganhar uns quinhentos mil-réis. Então poderia satisfazer o desejo de Lívia. Iria para a cidade, abriria o armazém com os tios dela. Até talvez nem precisasse vender o *Paquete Voador*. Podia entregá-lo de sociedade a mestre Manuel ou a Maneca Mãozinha. Qualquer um deles gostaria de ficar com dois saveiros. Maneca Mãozinha, aliás, possuía era uma canoa. Ficaria bem contente se pudesse tomar conta do *Paquete Voador*, ganharia muito mais dinheiro. E Guma não precisava se afastar completamente do cais. Poderia vir de vez em quando, dar suas viagens também. Continuaria a ser um marítimo, a ter interesse no mar, a navegar. Satisfaria Lívia e ficaria satisfeito também, não se mudaria por completo. Aquilo é que era um bom plano. Mas para realizá-lo tinha que demorar mais tempo no negócio de contrabando para fazer o dinheiro necessário para entrar como sócio do tio de Lívia. Mais uns meses, umas tantas viagens, teria juntado o suficiente. Era um negócio rendoso aquele. Pena que tivesse o perigo de acabar de repente e eles todos baterem com os costados na cadeia. Se tudo fosse descoberto iria ser um escândalo horrível. F. Murad tinha dez mil contos, as costas eram largas, nada lhe aconteceria. Mas a Guma que mal tinha um saveiro...

Ele não tinha medo. Se pensava nos perigos do contrabando era por Lívia e pelo filho. Via o filho brincando junto à bacia de água. Brincava de saveiro. Gostava das coisas do mar, era bem um filho do cais. Quando ele crescer guiará também o *Paquete Voador*, andará nessas águas. Dirá que seu pai foi um dos melhores mestres de saveiro que até hoje apareceram nesse cais e mesmo quando se mudou para a cidade, não vendeu seu saveiro, de quando em vez vinha viajar também. Guma passa a mão com carinho no casco do *Paquete Voador*.

Foi olhar o porão. Viu o corte de seda. Tinha se esquecido completamente daquilo. Na véspera F. Murad dera aquele corte de seda:

— Para você dar à sua esposa.

Com a pressa de ir para casa ele se esquecera da seda. Lívia havia de ficar contente. Ela tinha raros vestidos e vestidos pobres. Agora ficaria com um vestido bom, vestido de senhora chique.

Aprontou o saveiro e se dirigiu para casa. Sairia depois do almoço. Lívia o esperava na janela com o filho ao lado. Ele foi logo mostrando a seda:

— Tinha me esquecido no saveiro.

— Que é isso?

— Veja...

Entrou. Ela saiu da janela, botou o filho no chão. Examinou a seda:

— Mas isso é seda cara — e tinha uma interrogação nos olhos.

— Ganhei numa quermesse em Cachoeira.

— Tu tá mentindo. Por que tu não me diz?

— Dizer o quê? Ganhei na quermesse, sim.

Ela dobrou a seda. Ficou em silêncio um minuto, de repente falou:

— Pra que tu deixa que eu vá saber pela boca dos outros?

— Mas o quê?

— É pior.

— Tu tá é gira...

— Tu pensa que eu não já soube? Coisa ruim a gente sabe logo. Tu tá metido em contrabando, não é?

— Foi Rodolfo que contou a você?

— Faz tempo que não ponho os olhos nele. Mas todo mundo no cais sabe que você está no lugar de Xavier...

— É mentira.

Mas era impossível negar. Era melhor contar tudo:

— Tu não vê que a gente não tinha outro jeito de se desenterrar? João Caçula já tava querendo vender o *Paquete Voador*, a gente ficava na mão. Eu tinha que me alugar como canoeiro, nunca que saía do cais como tu quer...

Lívia ouvia em silêncio. O garoto veio correndo lá de dentro, se agarrou nas saias dela. Guma continuou:

— Tu vê... Só fiz três viagens pra eles, já paguei quase todo o saveiro. Com mais uns mês tenho o dinheiro para a gente se estabelecer com seu tio.

Arrancou com esforço:

— Se tou metido nisso é por causa de você e do menino.

— Eu tenho é medo, Guma. Não é um dinheiro bem ganho. Um dia isso vira, a gente fica na casa do sem-jeito. Eu já tinha tanto medo quanto mais agora...

— Mas dura pouco. Ninguém descobre, quem vai descobrir? Mesmo você pensa que a polícia não sabe? Pois tá farta de saber e de comer o dinheiro de seu Murad.

— É capaz de só ser uns dois que sabe, um dia muda, vem um sério de verdade, acaba tudo.

— Nesse tempo não tou mais. Não duro mais que uns três ou quatro meses. Se chegar a isso. É o tempo de fazer um dinheirinho...

— Mesmo agora não tem mais remédio — fez ela com desalento. — Mas tu promete que larga logo que possa? Que vai comigo pra Cidade Alta?

— Te garanto.

Então ela desdobrou o embrulho da seda. Era uma fazenda bonita. Experimentou em cima do corpo, sorriu:

— Só faço quando você largar esse negócio.

— Não demora.

E Guma começou a contar as peripécias da passagem de contrabando.

O novo trabalho não deu a Guma o que Toufick prometera. Não viera a quantidade que eles estavam esperando, o sujeito do navio explicava naquela língua desconhecida para Guma, numa conversa interminável. Guma só recebeu cento e cinquenta mil-réis. Toufick noticiou que esperavam outra carga ainda essa semana. Mas foi quando rebentou a greve dos estivadores. Os mestres de saveiro e grande parte dos canoeiros fizeram causa comum com os homens da estiva. Os estivadores venceram, as tabelas para transporte em saveiro e canoa também aumentaram. Mas houve perseguições e um estivador de nome Armando teve de fugir e foi no saveiro de Guma que saía naquela noite já levando carga pela nova tabela. E na noite estrelada o estivador lhe contou muita coisa. Para Guma não era de noite, era a madrugada que surgia.

Dr. Rodrigo prestou grande assistência aos estivadores. Depois de tudo acabado fez um poema em que terminava dizendo que o milagre que dona Dulce tanto esperava tinha começado a se realizar. Ela concordou, sorrindo. Estava cada vez mais curva, mas alteou o peito ao ouvir o poema. E sorria feliz. Aprendera uma nova palavra para dizer nas casas pobres do cais. Agora podiam-na chamar de boa e de amiga. Ela sabia como lhes agradecer. Novamente tinha fé. Apenas agora era diferente.

No céu de Santo Amaro a estrela de Besouro tinha desaparecido. Estava com os estivadores.

Guma fez várias outras viagens para Toufick. Pagou o saveiro. E tomou amizade ao árabe, muito gentil sempre. Haddad era que continuava calado, o cachecol desfiado em volta do pescoço. Murad aparecia raras vezes, só quando tinha algo de mais importante a tratar com homens de bordo. Agora Guma tinha duzentos e cinquenta mil-réis em casa e estava livre de dívidas. Lívia já falava do dia em que se mudariam para a Cidade Alta como de coisa muito próxima. Quando ele tivesse ganho um conto de réis podia entrar para a quitanda do tio dela. E descansaria o velho, que já não dava para o trabalho. O saveiro ficaria com Maneca Mãozinha que pagaria todo mês uma certa quantia ao velho Francisco. Lívia quase não tinha mais medo, esperava mais serena, sua agonia diminuíra de muito. Tudo estava correndo bem nos últimos tempos. Até as tabelas tinham subido, a vida do cais voltara ao normal, tinham conseguido atravessar a crise.

E gostava de ir ao saveiro nas noites em que o filho ia passear na casa dos tios dela. Ficava estirada ao lado de Guma, ouvindo as canções do cais, vendo a lua amarela, as estrelas inúmeras, sentindo a presença de Iemanjá, que estirava os cabelos n'água. Pensava que o mar é amigo, é doce amigo. E sentia pena de Guma que ia deixar o cais, ia largar seu destino. Mas não venderia o saveiro, uma vez por outra, quando o mar estivesse assim calmo, haveriam de vir passear sobre as águas, olhar as estrelas e a lua do mar, ouvir essas canções tristes do cais. Amariam então mais uma vez a bordo do saveiro. As ondas banhariam os corpos, o amor seria ainda melhor. As carnes teriam gosto da água salgada, os ouvidos ouviriam o murmurar do vento, o gemer dos negros nas violas e harmônicas, a voz de Jeremias cantando no forte velho. Só não ouviriam a voz de Rufino porque ele se matara por uma mulata traidora. Olhariam os tubarões atravessando a água, achariam belos os cabelos de Iemanjá, a dona dos mares e dos saveiros. Teriam saudades, teriam saudades de tudo. Guma passaria a mão no casco fiel do *Paquete Voador*. Se recordariam do *Valente*. Mas a lembrança do filho crescendo nas ruas da cidade, crescendo para um destino melhor, consolaria os corações do sacrifício feito. Mas assim mesmo teriam saudades, teriam imensas saudades, como se tem saudades de um ente amado. Porque ninguém pode nascer ou morar no mar sem o amar como amante ou amigo. Pode-se amar o oceano com amargura. Pode esse amor ser medo ou ódio. Mas é um amor que não se pode trair, que nunca se abandona. Porque o mar é amigo, é doce amigo. E talvez seja o próprio mar a terra de Aiocá que é a pátria dos marítimos.

TERRAS DE AIOCÁ

Rosa Palmeirão não traz mais navalha na saia, nem punhal no peito. O recado de Guma a alcançou em terras do Norte, numa pensão de última ordem onde não pagava porque o proprietário a temia. Quando o marujo a encontrou e lhe disse: "Guma mandou dizer que teu neto já nasceu", ela atirou fora a navalha da saia, o punhal do peito. Antes, porém, se utilizou deles mais uma vez, para arranjar passagem de volta.

Lívia a recebeu como a uma amiga que não via há muito:

— Essa casa é sua.

Rosa baixou a cabeça, se apertou muito contra a criança que a princípio fugira dela, depois tentou sorrir:

— Guma foi um bicho de sorte.

O garoto perguntou se ela era mulher de Francisco, já que era sua avó. Ela pôde então chorar, já não tinha a navalha na saia, o punhal no peito. Vestiu roupas sem espalhafato, sentava na porta da casa com o menino no colo. Havia noites em que ouvia cantarem no cais o seu abc e o escutava enleada como se fosse o abc de outra pessoa. Só o mar dá desses presentes a seus filhos.

Pela primeira vez Guma ia pegar um temporal na passagem de contrabando. Mas viu que Lívia não estava preocupada (ela andava calma, tudo estava tão próximo de acabar) e saiu satisfeito. Toufick esperava no saveiro e desta vez, além de Haddad, havia um outro árabe jovem. Era Antônio, o filho de F. Murad, estudante e literato, que tivera curiosidade de ver como se passava um contrabando.

As nuvens se acumulavam no céu, o vento soprava furioso. O navio ao largo era vagamente enxergado de bordo do saveiro. Toufick disse:

— Acha que vai haver temporal?

— Dos brabos...

O árabe virou-se para o filho de F. Murad:

— É melhor o senhor ir para casa, seu Antônio.

— Deixe disso. Assim é até mais gostoso. Fica completo.

Voltou-se para Guma.

— Acha que vai haver perigo, mestre?

— Há sempre perigo.

— Então melhor.

O saveiro saiu, porém ainda não haviam chegado no quebra-mar quando a chuva caiu. Assim mesmo Guma conseguiu arriar as velas e esperar que do navio dessem sinal. Se aproximaram com dificuldade, à força do remo. Toufick estava nervoso, Haddad apertava o cachecol contra o pescoço. Antônio assoviava, bancando uma despreocupação que na verdade não sentia. O saveiro encostou no navio, os fardos de seda começaram a aparecer. Mas o trabalho se fazia difícil porque as ondas eram muitas, a chuva caía com violência e o saveiro subia e descia, se afastava de junto do navio. Afinal concluíram o serviço. Guma manobrou, atravessaram o quebra-mar, rumaram para o porto de Santo Antônio.

Mas o vento furioso os puxava. Não havia uma embarcação no mar, apenas uma canoa que atracara mesmo no forte velho, sem coragem de continuar a viagem. O vento desviava o *Paquete Voador* da sua rota. O saveiro ia muito carregado, as manobras se faziam difíceis. Guma ia agarrado ao leme, as ondas varriam o barco. Haddad murmurou:

— As sedas vão chegar inutilizadas.

Procurou umas tábuas com que cobrir o porão. Não via a tempestade, não via a morte, só enxergava as sedas se molhando. Guma o olhou com admiração. Toufick ia nervoso, temia pelo filho do patrão. Este estava pálido e se chegara para o mastro. Certa hora perguntou a Guma:

— Acha que a gente morre?

— Às vezes a gente escapa. Tudo é sorte.

Continuaram em silêncio. Iam na rota certa, mas muito

para o largo, muito para um mar que não era o dos saveiros. Guma viajava para o mar dos grandes navios, era como se realizasse o seu sonho de viajar para terras distantes como Chico Tristeza. Viam o farol da Barra iluminando como uma salvação. Mas estavam indo muito para o largo, para um mar desconhecido, aquele mar oceano das histórias das grandes aventuras que contam no cais.

Bem defronte é o porto de Santo Antônio. Mas estão muito ao largo. Guma manobra para embicar para o porto. Pouco adiante os arrecifes cobertos de água. Manobra com felicidade, mas as águas se levantam em ondas colossais, atiram o saveiro para os arrecifes. Estava carregado demais. Virou como se fosse um brinquedo na mão do mar. Os tubarões vieram de alguma parte, eles estão sempre próximos dos naufrágios.

Guma viu Toufick se debatendo. Pegou o árabe pelo braço, e jogou nas suas costas. E nadou para o cais. Uma luz fraca brilhava no porto de Santo Antônio. Mas veio uma réstia de luz do farol da Barra e iluminou o caminho para Guma. Olhando para trás, ele viu os tubarões em torno do saveiro. E uns braços se agitando.

Depôs Toufick na praia e mal se levantava ouviu a voz de F. Murad:

— E meu filho? Meu Antônio? Ele foi com vocês, não foi?

— Foi.

— Vá salvar ele. Vá. Lhe dou tudo que quiser.

Guma mal se aguentava em pé. Murad suplicava de mãos postas:

— Você também tem um filho. Vá, pelo amor de seu filho.

Guma se recordou de Godofredo no dia do *Canavieiras*. Todos que têm um filho suplicam assim. Ele também tem um filho. E se atira novamente n'água.

É com dificuldade que nada. Já vinha cansado da travessia difícil, sob o temporal. Depois nadara com Toufick sobre as costas, nadara contra as águas e contra o vento. Agora as forças lhe faltam a cada momento. Mas continua. E chega a tempo de ver Antônio ainda seguro no casco do saveiro que está virado, parecendo o corpo de uma baleia. Pega o rapaz pelos cabelos e recomeça a travessia. O mar o impele. Os tubarões, que já devoraram Haddad, vêm no seu rastro. Guma traz a faca na boca, Antônio seguro pelos cabelos. Na sua frente vê Lívia, Lívia quase tranquila, Lívia esperando que tudo mude para melhor. Lívia que tem um filho dele, Lívia a mulher mais bonita do cais. E os tubarões vêm atrás, se aproximam, ele esgota as forças. Mesmo Lívia ele não vê mais. Sabe apenas que tem que nadar porque leva um filho pelos cabelos, filho de F. Murad ou seu filho, ele não distingue mais. Lívia, Lívia vai na sua frente. As águas do mar são fortes, o vento assovia. Mas ele nada, ele corta as ondas. Leva um filho, será seu filho?

Perto da areia suja do porto de Santo Antônio ele não aguenta mais. Solta o rapaz. Porém já estão de tal maneira próximos que a água leva Antônio para os braços de F. Murad, que exclama: "Meu filho!". E diz:

— Um médico depressa…

Guma quer ir também. Mas a rabanada do tubarão o obriga a voltar-se, a faca na mão. E luta ainda, ainda fere um, o sangue se espalha na água revolta. Os tubarões o levam para junto do casco emborcado do *Paquete Voador*.

Algum tempo depois a tempestade serenou. A lua apareceu e Iemanjá estendeu seus cabelos sobre o lugar onde Guma desaparecera. E o levou para as viagens misteriosas das terras misteriosas de Aiocá, para onde vão os valentes, os mais valentes do cais.

O vento havia jogado o *Paquete Voador* na areia do porto.

MAR MORTO

O MAR É DOCE AMIGO

Foi aqui que o corpo de Guma desapareceu. Mestre Manuel para o saveiro, baixa as velas. No *Viajante sem Porto* estão dr. Rodrigo, Manuel, o velho Francisco, Maneca Mãozinha, Maria Clara e Lívia sem lágrimas.

Pela manhã eles vieram, viraram o *Paquete Voador*. Havia um rombo no casco, mas era pequeno, um carpina consertou em poucas horas. Mestre Manuel levou o saveiro até o cais. Foi buscar Lívia em casa após o almoço. Rosa Palmeirão e a tia de Lívia ficaram com o menino. Maneca Mãozinha veio com eles.

Foi bem ali que o corpo de Guma desapareceu. Agora as águas são calmas e azuis. Ontem eram tempestuosas e verdes. Mas para os olhos de Lívia as águas estão paradas e são cor de chumbo. É como se o mar tivesse morrido junto com Guma.

Estão silenciosos. O velho Francisco acende a vela. Deixa cair uns pingos de cera em cima do pires, prende a ele a vela. E a coloca com cuidado no mar. Todos os olhos estão fitos nela. Dr. Rodrigo não crê que uma vela possa localizar um corpo de afogado. Mas não diz nada.

Lentamente a vela se afasta. Vai devagar nas ondas. Sobe e desce, parece uma minúscula embarcação mal-assombrada. Os olhos estão fitos nela, as bocas não falam. Dr. Rodrigo revê Guma trazendo Traíra ferido no saveiro, salvando o *Canavieiras*, salvando gente nos temporais, passando contrabando para pagar as dívidas. Já o velho Francisco vê o sobrinho em cima do seu barco cortando as águas. Manuel enxerga a figura de Guma no Farol das Estrelas, conversando com sua voz descansada, botando para trás a cabeleira morena e comprida. Maria Clara pensa nele correndo aposta ao som da sua voz. Maneca Mãozinha se recorda das brigas que tiveram, foram bons amigos apesar disso.

Só Lívia não vê Guma, só ela não o enxerga nem o recorda. Só ela espera encontrá-lo ainda.

A vela anda ao redor das águas. Águas plúmbeas para Lívia, águas de um mar morto. Águas sem ondas, águas sem vida. A vela para. O velho Francisco diz baixo:

— Está ali.

Todos olham. Mestre Manuel tira a camisa, se joga n'água. Maneca Mãozinha também. Mergulham ambos, voltam à tona, tornam a mergulhar. Mas a vela se afasta, continua a busca. Os nadadores voltam ao saveiro.

Amanhã o velho Francisco mandará tatuar no braço o nome de Guma. Os nomes de cinco saveiros já estão no seu braço. E também o de um irmão, o do pai de Guma. Agora virá o do sobrinho. O único nome que nunca tatuará no seu braço será o do seu irmão Leôncio, homem que não tem um porto na terra. Talvez ainda mande escrever nesse seu braço esquerdo o nome do filho de Guma, do novo Frederico. Serão então dois com esse nome: avô e neto. Mas Lívia, com certeza, irá levá-lo do cais, irá para a Cidade Alta morar com os tios. Assim o nome do filho de Guma não figurará no braço esquerdo de Francisco ao lado de tantos outros. A vela se adianta lentamente.

"Essa ainda não ficou mal de todo", pensa dr. Rodrigo. Essa ainda tem tios. Viverá com eles, os ajudará na quitanda. Outras são mais infelizes, só têm a prostituição. Lívia merecia outro destino. Muito amava ao marido, fugira de um casamento melhor por amor dele. Agora tinha um filho, um saveiro inútil, procurava o corpo do marido com uma vela. A luz do sol alveja o mar.

A vela parece não querer parar jamais. Mestre Manuel olha. Guma era um bom mestre de saveiro, o único no cais capaz de vencer Manuel numa corrida. Murmura entre dentes para Maria Clara:

— Era um menino bom. Decidido de verdade...

Todos ouvem. Era um menino bom, morreu muito moço. O único capaz de vencer mestre Manuel numa corrida. Maria Clara lembra:

— Uma vez ele venceu você...

— Mas na primeira vez apanhou. A gente tava empatado.

Lívia olha as águas. Tem os olhos secos de lágrimas. Chorou muito na primeira hora, logo que soube. Mas as suas lágrimas secaram, ela não pensa em nada, não vê nada, nada ouve. É como se estivessem falando muito longe dela, num assunto de muito pouco interesse. Olha a vela que passeia entre as ondas. Está como tonta, mal recorda o que aconteceu. Quer é ver Guma pela última vez, ver o seu corpo, olhar para os seus olhos, beijar os seus lábios. Não importa que a estas horas ele já esteja inchado, já esteja desconforme, os siris dentro do corpo comendo a sua carne. Não importa: é seu marido, é seu homem. E, de súbito, lhe volta a consciência de tudo o que aconteceu. Nunca mais amarão no madeirame do *Paquete Voador*. Não o verá mais pitando o cachimbo, conversando com sua voz pausada. Apenas ficará a sua história, entre as muitas que o velho Francisco sabe. Nada restará dele. Nem seu filho, porque este irá para outro destino, subirá para a Cidade Alta, esquecerá o cais, os saveiros, o mar oceano que o pai tanto amou. Nada restará de Guma. Somente uma história que o velho Francisco legará aos homens do cais quando for com Janaína.

A vela para. Maneca Mãozinha se atirou n'água. Nadou, mergulhou, nada encontrou. No entanto a vela continuava parada. A cabeça de Maneca apareceu à flor d'água:

— Não encontro nada.

Mestre Manuel mergulhou também. Novamente nada encontrou. Maneca Mãozinha subiu para o saveiro. A vela estava parada, não saía do lugar. Manuel nadava, mergulhava, procurava no fundo das águas. Não encontravam o corpo de Guma, desaparecera por completo. O velho Francisco disse com convicção:

— Está aí com certeza.

Agora mergulhavam Maneca e Manuel. E como nada achassem nadaram em torno. O velho Francisco despiu a camisa e se jogou n'água. Ele tinha certeza.

Mas também ele nada encontrou. Com as ondas que faziam

n'água a vela voltou a andar. Os nadadores subiram. O velho Francisco não desanimava:

— Ele teve aqui, mas saiu.

Lívia baixou os braços. Sabia que tinha que encontrar o corpo de Guma. Era tudo que sabia. Tinha que vê-lo pela última vez, que se despedir dele. Depois então irá embora, voltará as costas ao cais e ao mar para sempre.

A vela se afasta para longe. O saveiro a acompanha. Dr. Rodrigo está ficando impaciente com a corrida da vela. Ele não acredita, ele ri daquilo, mas a confiança dos homens é tamanha que ele termina por seguir com atenção a vela. E é ele quem quase grita:

— Parou.

— Lá está — aponta Francisco.

Novos mergulhos inúteis. Também a vela, não demora, continua a sua caminhada. E eles seguem, o saveiro vai muito lentamente.

Nunca mais amarão estendidos no madeirame do *Paquete Voador*. Nunca mais ouvirão juntos essas canções do mar. É preciso encontrar o corpo de Guma para que, pela última vez, viajem juntos num saveiro. Ele morreu salvando dois, teve a morte mais heroica do cais, a morte dos filhos prediletos de Iemanjá. Deixou fama bonita, foi um mestre de saveiro como poucos. Mas Lívia não quer se recordar. Seus olhos fitam a vela que anda, que busca inutilmente. O filho em casa chamará por ela e pelo pai. Rosa Palmeirão terá os olhos úmidos de lágrimas, ela amava Guma como a um filho. Lívia deixa cair a cabeça sobre o braço. Dr. Rodrigo estende a mão sobre ela e o silêncio reina de novo.

Mestre Manuel acende o cachimbo. Maria Clara abraça Lívia, procura consolar: "É o destino da gente".

Mas Maria Clara nasceu no mar, viveu sempre ali. Para ela aquilo é uma lei fatal: um dia o homem fica no mar, morre com o saveiro que vira. E a mulher procura seu corpo e espera que o filho cresça para vê-lo morrer também. Lívia, porém, não nasceu no cais. Ela veio da cidade, veio de outro destino. A estrada larga do mar não era a sua estrada. Ela a tomou por amor. Por isso não se conforma. Ela não aceita essa lei como uma fatalidade, como a aceita Maria Clara. Ela lutou, ela ia vencer. Ia vencer... Tudo estava tão próximo. Os soluços rompem do peito de Lívia.

O velho Francisco baixa a cabeça. Maria Clara estende uma mão para Manuel e parece querer protegê-lo como se a morte o rondasse. As águas do mar são calmas, para Lívia elas são águas mortas.

Mais uma vez a vela para. A tarde descambou, o sol desaparece. Manuel mergulha, mergulham Maneca Mãozinha e o velho Francisco. Saem com a roupa colada ao corpo. A tarde cai. Maneca Mãozinha diz:

— Talvez ele volte à noite. Eles sempre voltam à noite...

— Volta com certeza — confirmou o velho Francisco.

Dr. Rodrigo aplica uma injeção em Lívia. Ela volta como morta também. No cais cantam aquela velha moda:

Ele se foi a afogar.

Lívia abre os olhos. Vem do mistério da noite recém-chegada a voz triste da música:

...meu senhor já se foi
nas ondas verdes do mar.

Lívia escuta. Ele já se foi nas ondas verdes do mar. Maria Clara a ampara. O *Paquete Voador*, ancorado no cais, balouça mansamente. Mas o seu guia, aquele que o dirigia, já se foi nas ondas verdes do mar. A música cobre o cais, dobra os homens que saltam do saveiro. A noite chegou.

A NOITE É PARA O AMOR

A MÃE DE GUMA A ESPERA. Chegou sem ser esperada. Conta a Lívia que só viu o filho há muitos anos. Ela está velha e trôpega, meio cega.

— Vivo aí quase de esmola. Uns conhecidos me ajuda.

Não confessa que é arrumadeira numa casa de mulheres. O velho Francisco nota quanto ela envelheceu. Fazia vinte anos que ela estivera no porto uma vez, em busca do filho. Quisera levar Guma, ele não deixara. Se ela o tivesse levado talvez fosse melhor. Com certeza Lívia não choraria agora, uma criança não estaria tão cedo sem pai. Mas destino é coisa que não se muda.

Rosa Palmeirão vem do quarto e diz que Lívia deve comer alguma coisa. A mãe de Guma pergunta:

— Não acharam ele, não é?

— Não.

— Então eu volto amanhã de manhã. Não posso chegar tarde.

E se vai. Quase cega, tateia na escuridão. A lua ilumina seu caminho. Lívia aperta o filho de encontro ao peito e fica assim muito tempo. Os tios a olham, a tia chora baixinho. Rosa Palmeirão bota um jantar inútil.

Pela quarta vez Toufick, o árabe, passa pela casa de Lívia. Rosa Palmeirão atende:

— Ela já chegou, seu Toufick.

O árabe entra para a sala. Ali convidara Guma para o negócio de contrabando. Ali o convidara para a morte. Lívia aparece. Toufick se levanta, não sabe o que dizer. Ela fica esperando.

— Era um homem direito.

Fica calado. Ela tem os olhos perdidos, parece não ver nada, não ouvir nada. Ele continua:

— Me salvou a vida, salvou a de Antônio também. Nem sei...

Sente que ainda é mais difícil porque aquela não é a sua língua.

— A senhora precisa de alguma coisa?

— De nada.

— Está aqui que seu Murad mandou. Diz-que em qualquer tempo que a senhora precise dele tem um amigo às ordens.

Bota o dinheiro em cima da mesa. Segura o chapéu com as mãos, não tem coragem de recomendar que ela não conte nada a ninguém sobre o negócio de contrabando. Vai recuando aos poucos para a porta.

— Boa noite.

Sai correndo pela rua, tropeça num homem que vem, tem um nó na garganta, uma vontade doida de chorar.

Nas casas que ligaram os rádios para certa estação da Bahia, naquela hora do jantar, as pessoas ouviram o *speaker* dizer:

— Do cais pedem às senhoras que rezem um padre-nosso para que seja encontrado o corpo de um marítimo que morreu afogado na noite passada.

Uma jovem em certa mesa (era noiva de um piloto) sentiu um arrepio, levantou-se, foi para o seu quarto, rezou.

Rodolfo chegou na hora em que iam sair. Soubera fazia poucos minutos, dormira o dia todo. Se juntou ao grupo que ia para o saveiro. Desta vez saíram dois saveiros, Maneca Mãozinha foi levando o *Paquete Voador*. Com ele foram Rodolfo e o velho Francisco. Os outros embarcaram no *Viajante sem Porto*. Rumaram para o porto de Santo Antônio.

A vela está no mesmo lugar. Os saveiros ficam lado a lado. Na noite de mil estrelas uma vela percorre o mar procurando um corpo. E os olhos de todos a seguem ansiosamente. Ela anda devagar, vai de um lugar para outro, não para. Arriaram as velas dos saveiros. A lua bate sobre eles, derrama a sua luz suave. As noites no cais, quando são belas assim, são destinadas ao amor. Nessas noites as mulheres que muito temeram pelos maridos muito amor recebem. Quantas noites iguais a estas ela — Lívia tem a cabeça baixa e se recorda — não passou ao lado de Guma, a cabeça dele descansando no seu colo, a luz do cachimbo que ele pitava se confundindo com as luzes das mil estrelas? Quando ele chegava numa noite de temporal, numa noite de muita angústia para ela, iam os dois para o saveiro e se amavam sob a chuva, ao clarão dos raios. Era um desejo misturado com medo, com uma angústia inexprimível. Era aquela certeza que ela tinha de um dia o perder num temporal. Era aquela certeza que fazia arrebatado o seu amor. Ele se iria a afogar, ela tinha certeza. Por isso o amava todas as vezes como se fosse a última. Noites de tempestade, noites feitas para a morte, para eles eram noites de amor. Noites em que os gemidos atravessavam o mar oceano, eram gritos de desafio. Se amavam na tempestade. Nas noites negras de nuvens, noites despidas de estrelas, órfãs de lua, eles se encontravam e o amor tinha um gosto de separação, de fim. Nessas noites em que o vento domina, o nordeste ou o vento sul sopram com violência abalando o coração das mulheres do cais, nessas noites eles se despediam como se nunca mais fossem se rever. Foi assim a primeira vez. Não eram casados ainda e, no entanto, se amaram como se ela fosse ficar viúva logo depois. Foi no rio Paraguaçu, junto ao lugar onde aparecia o cavalo encantado.

Manuel mergulha, Maneca Mãozinha se joga do *Paquete Voador*. A vela está parada. Rodolfo está tirando o paletó, ele vai se jogar também. E os três corpos cortam a água, que é esverdeada a estas horas da noite. Manuel é o primeiro a subir.

— Ele não voltou ainda.

Se ele voltasse nessa noite — pensa Lívia — se amariam suavemente, que a noite está bela, crivada de estrelas, a lua derramando sua luz amarela. Nas noites assim ele ficava em cima do barco pitando o cachimbo. Ela se estendia no madeirame, ficavam ouvindo uma toada que vinha ninguém sabe de onde. De outro saveiro, talvez, do forte velho, de uma canoa. Depois ela se encostava nele, repousava a cabeça no seu largo peito. Ouvia a história das últimas viagens, ouvia os seus projetos, um desejo tímido os ia envolvendo. Ficavam olhando o mar, achando que ele era um doce amigo e a noite feita para o amor. Os corpos se uniam sem violência, não havia gritos, eram espaçados soluços. A música de um negro, triste e saudosa, uma canção do mar se espalhava sobre eles. Era assim nas noites como essa. Mas ele não volta, ele anda pela última viagem que fazem os marinheiros heroicos em busca das terras de Aiocá. "Ele se foi a afogar" como diz a canção. O destino do povo do mar está todo escrito nas canções.

Dr. Rodrigo fuma cigarro sobre cigarro. O cachimbo do velho Francisco está apagado. Ele pede fogo:

— Me empresta o fogo, doutor?

No fundo do *Paquete Voador*, mestre Manuel e Maneca Mãozinha, molhados, conversam com Rodolfo. Esse deixa o grupo, pula para o *Viajante sem Porto*. Vem ficar junto de Lívia, passa a mão no seu rosto. Sua mão está molhada do mar.

— Como vai ser agora, Lívia?

Ela o fita sem entender. Ela não se convenceu totalmente de que tudo mudou.

— Você vai ficar com seus tios, não é? Olhe aqui, mestre Manuel e Maneca tão disposto a arrendar seu saveiro, a comprar mesmo, se você vender a prazo. É o melhor que você faz.

Ela vira a cabeça, olha o *Paquete Voador*. Um dos melhores e mais velozes saveiros do cais. Poucos como ele. Com que orgulho Guma dizia isso! Ele amava seu saveiro, ele o comprara para o filho, morrera para poder conservá-lo. Agora ela ia vendê-lo, ia dar a outro homem tudo que restava de Guma no mar. Era como se entregasse seu corpo, como se se deixasse possuir por outro.

— Deixe eu pensar primeiro.

Mas se lembra do que Rosa Palmeirão lhe disse essa tarde. Não se muda o destino de ninguém. Pergunta ao irmão:

— Manuel tem muita carga?

— Não tá dando vazante...

— Depois pergunte a ele se pode me arranjar alguma.

— Quem vai levar o saveiro?

— Eu.

— Você?

Rodolfo não compreende. Quem a compreenderá mesmo? O velho Francisco compreende. E tem raiva de estar tão velho de não poder ir mais no leme de um barco. Lívia olha o *Paquete Voador* e sente um grande amor por ele. Vendê-lo era como vender seu corpo. E eles eram coisas de Guma, ela não podia vendê-los.

A vela parou adiante. Rodolfo mergulha, o velho Francisco vai atrás dele, quer fazer alguma coisa também. Dr. Rodrigo olha Lívia que não desfita os que nadam. Ainda há muita coisa que dr. Rodrigo não compreende. Mas vê que aquela decisão de Lívia de não se prostituir, de se entregar ao trabalho no mar, faz parte também do milagre que dona Dulce espera. Ele está se realizando.

Foi nessa hora que ouviram o apito distante do navio. Manuel falou:

— Tá pedindo socorro.

A noite era bela e calma, no entanto. Ouviam os apitos, gritos de SOS de um navio perdido. Perdido como o corpo de Guma que os homens procuram no mar com a luz de uma vela. Um navio que não acerta com seu porto, que se desviou do seu roteiro. Os olhos se voltam para o lugar de onde parece vir o apito. É um apito aflito, um lamento triste, na noite de luar.

Os que procuram o corpo sobem. A vela está andando de novo. Dr. Rodrigo morde o cigarro. Um rebocador passa ao longe, vai em socorro do navio. Rodolfo conversa com mestre Manuel, que vai de espanto em espanto.

Maria Clara está estirada num canto. Também para ela tudo é doloroso. Ela se recorda da noite em que Jacques morreu.

Então chorara abraçada com Lívia, era como se fossem duas irmãs. Quando chegaria o dia do seu homem? Quando procurariam o seu corpo nas águas de um mar morto? A luz do rebocador desaparece.

Rodolfo volta para Lívia:

— Ele tá perguntando se tu topa uma viagem para Itaparica amanhã. Ele tem muita carga pra lá...

— Tá certo.

Os saveiros balouçam sobre a água quase sem ondas.

No meio da noite a vela andou para longe. Os saveiros acompanharam. Se jogaram n'água novamente mestre Manuel, o velho Francisco e Rodolfo. Maneca Mãozinha ficou pronto para saltar se achassem o corpo. E ficou pensando que Guma devia estar cheio de siris, devia estar enorme, desfigurado. Passou a mão no rosto afastando a visão. Aqui as ondas são mais altas. Ouvem pela última vez o apito do navio. Mas agora ele apita de um modo diverso, já notou o rebocador com certeza. Os homens sobem sem nada encontrar. A vela anda, gira em torno do barco. Lívia descansa a cabeça nas mãos. Um desejo de Guma, um desejo da sua carne, da sua voz, do seu gosto de mar, a domina. Está inteiramente possuída desse desejo e então, só então, sente que nunca mais o terá, nunca mais as noites serão para o amor. O pranto corre intenso. E Maria Clara, que se encaminha para a consolar, chora também pela certeza de que um dia sofrerá assim.

A vela rodopia, uma onda mais rápida a derruba, o pires vira, afunda. O velho Francisco comenta:

— Não adianta mais. Ele não aparece mais. Quando a vela emborca...

Suspendem as velas dos saveiros. Lívia inclina o rosto. O vento que passa levanta seus cabelos. Misturou suas lágrimas com o mar, é irremediavelmente dele porque nele está Guma. Para se sentir novamente com Guma terá que vir ao mar. Ali o encontrará sempre para as noites de amor. Através das lágrimas ela vê a água oleosa do mar. Rodolfo é todo ele um gesto de consolo. Dr. Rodrigo esfrega as mãos, tem vontade que tudo aquilo acabe para que todos deixem de sofrer. Mas pensa que Lívia sofrerá sempre. Mastiga o cigarro.

No mar encontrará Guma para as noites de amor. Em cima do saveiro recordará outras noites, suas lágrimas serão sem desespero.

HORA DA NOITE

LÍVIA DE BRAÇOS FECHADOS NO PEITO. Lívia silenciosa. O frio entrava pelo seu corpo. Mas a música vinha como um calor, um calor e uma alegria.

O seu homem estava longe, morto no mar. Lívia de gelo, Lívia perfeita, de cabelos molhados escorrendo no pescoço. Não veria o cadáver de Guma que os homens se cansaram de procurar com uma vela no mar de óleo, parado, fechado como o corpo de Lívia.

Os outros rondavam na sua porta. Rondavam seu corpo sem dono, seu corpo perfeito. Lívia desejada por todos fechou os braços sobre o peito. Nenhum soluço balançou seu colo moreno. Vinha a música quente do negro:

É doce morrer no mar...

Nenhum soluço. Só o frio que a invade e a visão do mar morto de óleo. Debaixo dele correria o corpo de Guma como um navio sem leme. Os peixes rodariam em torno. Iemanjá iria com ele e o cobriria com seus cabelos. Guma iria para outras terras como um marinheiro de um grande navio. Iria passear pelos recantos mais misteriosos do mar, acompanhado de Iemanjá. Seguiria sua rota, marinheiro no mar procurando seu porto.

Lívia olha o mar morto de águas de chumbo. Mar sem ondas, pesado, mar de óleo. Onde estão os navios, os marinheiros e os náufragos? Mar morto dos soluços, quedê as mulheres que não vêm chorar os maridos perdidos? Onde estão as crianças que morreram na noite do temporal? Onde está a vela do saveiro que o mar engoliu? E o corpo de Guma que boiava com longos cabelos morenos na água que era azul? Na água plúmbea e pesada do mar morto de óleo corre como uma assombração a luz de uma vela à procura de um afogado. É o mar que morreu, é o mar que está morto, que virou óleo, ficou parado, sem uma onda. Mar morto que não reflete as estrelas nas suas águas pesadas.

Se a lua vier, se a lua vier com a sua luz amarela, correrá por cima do mar morto e procurará como aquela vela o corpo de Guma, o de longos cabelos morenos, o que marchou pela estrada do mar para o caminho das terras do sem-fim, das costas de Aiocá.

Lívia olha da sua janela o mar morto sem lua. Aponta a madrugada. Os homens que rondavam a sua porta, o seu corpo sem dono, voltaram para as suas casas. Agora tudo é mistério. A música acabou. Aos poucos as coisas se animam, os cenários se movem, os homens se alegram. A madrugada rompe sobre o mar morto.

Só Lívia tem o corpo frio e frio o coração. Para Lívia a noite continua, a noite sem estrelas do mar morto.

ESTRELA

Dona Dulce olha da escola. A noite ainda luta com a madrugada. Os saveiros saem. O filho de Lívia está em casa com os tios. Rosa Palmeirão botou a navalha na saia, o punhal no peito novamente. Parece um homem em cima do *Paquete Voador*. Mas Lívia é bem mulher, frágil mulher.

O *Viajante sem Porto* rompe as águas primeiro. Maria Clara canta uma canção do cais. Fala em amor e saudade. Mestre Manuel vai abrindo o caminho, olha para trás para ver como Lívia se arranja. Rosa Palmeirão vai no leme. Lívia suspendeu as velas com suas mãos de mulher. Seus cabelos voam, ela vai de pé. Alcança o *Viajante sem Porto*, mestre Manuel deixa que ela passe na frente, ele irá comboiando o *Paquete Voador*.

Aves marinhas volteiam em torno ao saveiro, passam perto da cabeça de Lívia. Ela vai erecta e pensa que na outra viagem trará seu filho, o destino dele é o mar. A voz de Maria Clara fica suspensa de súbito. Porque, na madrugada que rompe, um preto canta dominando o mar misterioso:

Salve estrela matutina.

Estrela matutina. No cais o velho Francisco balança a cabeça. Uma vez, quando fez o que nenhum mestre de saveiro faria, ele viu Iemanjá, a dona do mar. E não é ela quem vai agora de pé no *Paquete Voador*? Não é ela? É ela, sim. É Iemanjá quem vai ali. E o velho Francisco grita para os outros no cais:

— Vejam! Vejam! É Janaína.

Olharam e viram. Dona Dulce olhou também da janela da escola. Viu uma mulher forte que lutava. A luta era seu milagre.

Começava a se realizar. No cais os marítimos viam Iemanjá, a dos cinco nomes. O velho Francisco gritava, era a segunda vez que ele a via.

Assim contam na beira do cais.

Rio de Janeiro, junho de 1936

Mar morto *foi o primeiro livro de Jorge Amado que li. Li e adorei a história de amor passada no mar da Bahia, um romance de fazer sonhar, cheio de poesia. Eu estava longe de imaginar que um dia conheceria o autor, que por ele me apaixonaria, que seria por ele amada e que, juntos, viveríamos 56 anos de puro e verdadeiro amor. Eu, Lívia, nos braços de meu Guma, Jorge, com direito a brisa do mar e moqueca de siri-mole.*

Mar morto *foi o abre-alas, assim que terminei de ler fui em busca dos outros. A leitura de cada novo livro me emocionava, mas este, o primeiro, nunca perdeu o seu lugar de preferido.*

ZÉLIA GATTAI AMADO

Posfácio
A INVENÇÃO DA BAHIA

Ana Maria Machado

MAR MORTO SE SITUA NUM LUGAR MUITO ESPECIAL no conjunto da obra de Jorge Amado. É o seu romance mais lírico, aquele em que a relação amorosa ocupa todo o primeiro plano e a celebração da natureza cria um pano de fundo integrado e indissociável para essa história de amor. É claro que há muitas outras narrativas carregadas de sensualidade e de exaltação sentimental dentro da produção do romancista baiano. Mas nelas não se pode falar em predomínio do lirismo, pois sempre se faz presente também uma ampla visão épica (*Terras do sem-fim* ou *Tereza Batista cansada de guerra*), uma forte ênfase no retrato de costumes e no conflito político (*Gabriela, cravo e canela*) ou uma divertida exploração da veia cômica (*Os pastores da noite* ou *A descoberta da América pelos turcos*).

Mar morto é diferente. Constrói-se como uma tragédia e, fiel ao modelo clássico, anuncia a morte logo de saída, desde o título. No entanto é uma tragédia amorosa e de forte sopro poético, em que o adjetivo "morto" não deve enganar ninguém ao se aplicar a esse mar. Entra aí mais por efeito sonoro do que por outra coisa, para juntar amor, morte e com isso acentuar como o amor pode se derramar do mar e se misturar com a presença da morte, sempre ao lado. Na verdade é sempre um mar vivo, pulsante, arfante, quase aquele mar animal de que falava Rubem Braga. Mesmo no final do livro, quando o título do romance se repete no batismo de um capítulo, o mar está mais vivo que nunca. Tão vivo que induz Lívia a ir voluntariamente ao encontro do futuro que mais recusava: um dia compartilhar com essas águas o próprio filho. Porque o que está em cena é o território de Iemanjá, um espaço mítico em que as tempestades criam falsas noites, os tubarões vêm disputar o corpo dos náufragos, as canções embalam os gemidos amorosos e o luar espalha sobre as águas os cabelos de dona Janaína.

É que Jorge Amado não trata de qualquer mar, mas do mar da Bahia, do Recôncavo Baiano. Não é o distante oceano que perdeu a terra de vista. São águas abraçadas por uma terra onde trabalha a gente pobre do cais — marinheiros, pescadores, consertadores de redes, saveiristas e marítimos. E suas mulheres. As que os esperam, com ansiedade e desejo, talvez até o dia em que não voltem. As que os acolhem nas pensões e castelos. As que os atraem e os traem. As que sonham com uma vida melhor, como a professora. As que não têm medo e lutam para escapar de uma sina injusta, como Rosa Palmeirão.

Uma das marcas do lirismo de *Mar morto* é que, nesse ambiente masculino da beira do cais, as figuras femininas apenas delineadas, e evidentemente destinadas a ficar apenas com um papel secundário, acabam adquirindo vida própria, ainda que pareçam estar sempre em segundo plano. Aliás, o próprio autor fez questão de confessar, espontaneamente:

> Quem sabe, senhora, de todas as figuras de mulheres criadas por mim [...], talvez sejam essas mulheres dramáticas de *Mar morto*, à espera da notícia da morte dos maridos cobiçados por Iemanjá num mar de temporais, Lívia, Esmeralda, Rosa Palmeirão, Maria Clara, talvez sejam elas as minhas preferidas.

Duas delas constituem um caso raríssimo dentro do universo amadiano. Já foi observado que, contrariando toda a realidade demográfica brasileira, sobretudo nas classes populares em cujos estratos ele vai buscar seus personagens, as mulheres na obra do autor não têm filhos. Pois até nisso *Mar morto* se distingue. Traz dois exemplos de mulheres com descendência. Lívia tem um filho. Rosa Palmeirão o adota como neto. Por amor a ele, ambas vão realizar um prodígio — o milagre anunciado por outra mulher, a professora dona Dulce.

Outra delas, Maria Clara, teve um destino especial dentro

da obra do romancista. Mostrada pela primeira vez em plena juventude em *Mar morto*, onde a conhecemos solteira e assistimos a seu casamento com mestre Manuel, vai continuar a aparecer em vários outros livros. O leitor vai acompanhar seu desenvolvimento, sempre de passagem, jamais protagonista, em uma história depois da outra, até encontrá-la já na velhice em *O sumiço da santa*. Brincadeira? Mais que isso. Um testemunho de que ela vai se esgueirando e escapa do destino cruel que parece pesar como uma maldição sobre todas as mulheres do cais. No conjunto da obra, Maria Clara e mestre Manuel não apenas sobrevivem, mas vivem felizes para sempre. E o autor se divertia com isso, fala dela com ternura:

> Maria Clara, a mulher de mestre Manuel, na popa do seu saveiro, cantando nostalgias ao luar, é a mais constante de quantas figuras femininas foram por mim levantadas: nem sei em quantos romances meus ela aparece, cortando o mar ao lado de seu marido, cumprindo seu destino.

No entanto, apesar da vinculação com a realidade objetiva nos cenários e nas matrizes dos personagens, impregnados da alma popular, *Mar morto* exemplifica também um paradoxo: vai além do mero realismo.

Por um lado, embora escrito na época em que o autor era um disciplinado membro do Partido Comunista Brasileiro e em plena vigência das diretrizes de realismo socialista que dominavam a estética partidária, ele se livra disso. Ao contrário de outros livros de Amado dessa fase, este jamais chega a constranger o leitor com perorações partidárias, palavras de ordem, discursos panfletários. Muito embora se possam encontrar nas falas de personagens como o doutor e a professora alguns ecos desses chavões políticos, o tom escapa à mão pesada que por vezes tanto prejudica outros exemplos. Não chega a comprometer e resulta numa tomada de posição muito mais tênue do que em outros livros que o romancista escreveu antes de se desligar do partido. O lirismo fala mais alto.

Por outro lado, ao partir para a tragédia, o autor mirou num alvo elevado, vizinho do que os antigos classificavam como sublime. Fiel a essa escolha, abriu o leque e entrou em território mítico. O mar passa a ser a morada de Iemanjá, uma deusa, transformando-se num olimpo brasileiro e líquido. Com isso, Jorge Amado dá um sentido maior à fatalidade que se abate sobre Guma, sacrifício anunciado desde o início e tornado necessário por ele ter atraído para si a punição divina. Ao se envolver com Esmeralda e trair o amigo Rufino, desrespeita a lei do cais e sela seu destino, "só lhe resta esperar uma aventura que o leve", não tem mais como evitar a morte e "depois irá se encontrar com Janaína no fundo do mar". Ainda mais porque foi ao alcance de um chamado de Lívia, grávida e recém-escapada de um aborto, acordando com o ranger da rede e interrompendo brevemente o ato sexual do marido com a vizinha. Mas isso não chegava a ser contra a lei do cais. O imperdoável foi trair o amigo. Com isso, Guma deixa de ser o herói que vinha sendo construído desde o início do relato. A função heroica desloca-se, então, para Lívia, que a cumpre com dignidade — primeira personagem feminina de Jorge Amado a exibir essa força e desempenhar esse papel.

Outro aspecto mítico desse mar é sua carga simbólica. Vida e morte, inconstância e eternidade, amor e trabalho, berço do maravilhoso, exigência do heroico e do solidário, ameaça de perigo, todos os elementos tradicionais do espaço marítimo fazem parte desse cenário. Não faltam nem mesmo os monstros marinhos que ao longo da tradição literária acentuam o limite e a fragilidade do humano. No caso, os tubarões — que poderiam ir se somar às baleias da Bíblia ou de Melville, ao polvo gigantesco de Jules Verne ou de Victor Hugo ou aos terríveis seres que Netuno envia contra Ulisses. Mas em uma coisa ele é único: é um mar urbano. E não de uma cidade qualquer. É da Bahia de Todos-os-Santos, da Bahia de São Salvador.

Recentemente, o escritor João Ubaldo Ribeiro escreveu que a Bahia foi inventada por Jorge Amado e Dorival Caymmi. Em sua dupla condição de baiano e de romancista, João Ubaldo acertou em cheio. É com os dois que esse mito nasce, cantado em prosa e verso. E talvez *Mar morto* seja a certidão desse nascimento.

A música que se ouve no velho forte ao luar, o estribilho que atravessa todo o livro, é de Caymmi: "É doce morrer no mar". O coro grego dessa tragédia amadiana, anunciando o que há de vir, é outro verso do então jovem Dorival, começando sua carreira de glórias: "Nas ondas verdes do mar ele se foi a afogar". Juntos, Caymmi e Amado inauguravam uma mitologia. Iriam convidar o mundo inteiro, anunciar as delícias de sua terra, explicar o que é que a baiana tem, lançar moda seguida por tantos outros, chamar a atenção para cenários e criações que depois conquistariam o país e atrairiam turistas do mundo inteiro.

De certo modo, tudo começou neste livro, uma obra que, ao lado de *Jubiabá* e *Capitães da Areia*, assinala o momento do nascimento dessa imagem solar da Bahia no imaginário nacional. *Mar morto* nos traz esses retratos primordiais, como instantâneos, em todo o seu frescor, e nos devolve a densidade do ineditismo de que então se revestiam. Obra de um escritor de 24 anos. Ninguém poderia imaginar que conquistaria o mundo e exportaria essa imagem de baianidade por uma enorme quantidade de línguas e culturas. Ou que seus livros iriam inspirar novelas e minisséries na televisão e filmes por toda parte, até mesmo em Hollywood. Ou que, em 1961, mundialmente famoso, ia ser recebido com todas as honras e pompas na Academia Brasileira de Letras.

Foi aqui, neste *Mar morto* e em outros livros da época, que tudo começou. O leitor que mergulhar nestas águas entenderá os motivos.

Ana Maria Machado é escritora e tradutora. Escreveu mais de cem livros para crianças e é membro da Academia Brasileira de Letras desde 2003.

CRONOLOGIA

A atmosfera de *Mar morto* sugere que o enredo se passa no início do século XX, perto do ano da publicação original do livro, 1936. Foi nas páginas de *Mar morto* que Dorival Caymmi se inspirou para compor a canção "É doce morrer no mar".

1912-1919
Jorge Amado nasce em 10 de agosto de 1912, em Itabuna, Bahia. Em 1914, seus pais transferem-se para Ilhéus, onde ele estuda as primeiras letras. Entre 1914 e 1918, trava-se na Europa a Primeira Guerra Mundial. Em 1917, eclode na Rússia a revolução que levaria os comunistas, liderados por Lênin, ao poder.

1920-1925
A Semana de Arte Moderna, em 1922, reúne em São Paulo artistas como Heitor Villa-Lobos, Tarsila do Amaral, Mário e Oswald de Andrade. No mesmo ano, Benito Mussolini é chamado a formar governo na Itália. Na Bahia, em 1923, Jorge Amado escreve uma redação escolar intitulada "O mar"; impressionado, seu professor, o padre Luiz Gonzaga Cabral, passa a lhe emprestar livros de autores portugueses e também de Jonathan Swift, Charles Dickens e Walter Scott. Em 1925, Jorge Amado foge do colégio interno Antônio Vieira, em Salvador, e percorre o sertão baiano rumo à casa do avô paterno, em Sergipe, onde passa "dois meses de maravilhosa vagabundagem".

1926-1930
Em 1926, o Congresso Regionalista, encabeçado por Gilberto Freyre, condena o modernismo paulista por "imitar inovações estrangeiras". Em 1927, ainda aluno do Ginásio Ipiranga, em Salvador, Jorge Amado começa a trabalhar como repórter policial para o *Diário da Bahia* e *O Imparcial* e publica em *A Luva*, revista de Salvador, o texto "Poema ou prosa". Em 1928, José Américo de Almeida lança *A bagaceira*, marco da ficção regionalista do Nordeste, um livro no qual, segundo Jorge Amado, se "falava da realidade rural como ninguém fizera antes". Jorge Amado integra a Academia dos Rebeldes, grupo a favor de "uma arte moderna sem ser modernista". A quebra da bolsa de valores de Nova York, em 1929, catalisa o declínio do ciclo do café no Brasil. Ainda em 1929, Jorge Amado, sob o pseudônimo Y. Karl, publica em *O Jornal* a novela *Lenita*, escrita em parceria com Edson Carneiro e Dias da Costa. O Brasil vê chegar ao fim a política do café com leite, que alternava na presidência da República políticos de São Paulo e Minas Gerais: a Revolução de 1930

destitui Washington Luís e nomeia Getúlio Vargas presidente.

1931-1935

Em 1932, desata-se em São Paulo a Revolução Constitucionalista. Em 1933, Adolf Hitler assume o poder na Alemanha, e Franklin Delano Roosevelt torna-se presidente dos Estados Unidos da América, cargo para o qual seria reeleito em 1936, 1940 e 1944. Ainda em 1933, Jorge Amado se casa com Matilde Garcia Rosa. Em 1934, Getúlio Vargas é eleito por voto indireto presidente da República. De 1931 a 1935, Jorge Amado frequenta a Faculdade Nacional de Direito, no Rio de Janeiro; formado, nunca exercerá a advocacia. Amado identifica-se com o Movimento de 30, do qual faziam parte José Américo de Almeida, Rachel de Queiroz e Graciliano Ramos, entre outros escritores preocupados com questões sociais e com a valorização de particularidades regionais. Em 1933, Gilberto Freyre publica *Casa-grande & senzala*, que marca profundamente a visão de mundo de Jorge Amado. O romancista baiano publica seus primeiros livros: *O país do Carnaval* (1931), *Cacau* (1933) e *Suor* (1934). Em 1935 nasce sua filha Eulália Dalila.

1936-1940

Em 1936, militares rebelam-se contra o governo republicano espanhol e dão início, sob o comando de Francisco Franco, a uma guerra civil que se alongará até 1939. Jorge Amado enfrenta problemas por sua filiação ao Partido Comunista Brasileiro. São dessa época seus livros *Jubiabá* (1935), *Mar morto* (1936) e *Capitães da Areia* (1937). É preso em 1936, acusado de ter participado, um ano antes, da Intentona Comunista, e novamente em 1937, após a instalação do Estado Novo. Em Salvador, seus livros são queimados em praça pública. Em setembro de 1939, as tropas alemãs invadem a Polônia e tem início a Segunda Guerra Mundial. Em 1940, Paris é ocupada pelo exército alemão. No mesmo ano, Winston Churchill torna-se primeiro-ministro da Grã-Bretanha.

1941-1945

Em 1941, em pleno Estado Novo, Jorge Amado viaja à Argentina e ao Uruguai, onde pesquisa a vida de Luís Carlos Prestes, para escrever a biografia publicada em Buenos Aires, em 1942, sob o título *A vida de Luís Carlos Prestes*, rebatizada mais tarde *O cavaleiro da esperança*. De volta ao Brasil, é preso pela terceira vez e enviado a Salvador, sob vigilância. Em junho de 1941, os alemães invadem a União Soviética. Em dezembro, os japoneses bombardeiam a base norte-americana de Pearl Harbor, e os Estados Unidos declaram guerra aos países do Eixo. Em 1942, o Brasil entra na Segunda Guerra Mundial, ao lado dos aliados. Jorge Amado colabora na *Folha da Manhã*, de São Paulo, torna-se chefe de redação do diário *Hoje*, do PCB, e secretário do Instituto Cultural Brasil-União Soviética. No final desse mesmo ano, volta a colaborar em *O Imparcial*, assinando a coluna "Hora da guerra", e publica, após seis anos de proibição de suas obras, *Terras do sem-fim*. Em 1944, Jorge Amado lança *São Jorge dos Ilhéus*. Separa-se de Matilde Garcia Rosa. Chegam ao fim, em 1945, a Segunda Guerra Mundial e o Estado Novo, com a deposição de Getúlio Vargas. Nesse mesmo ano, Jorge Amado casa-se com a paulistana Zélia Gattai, é eleito deputado federal pelo PCB e publica o guia *Bahia de Todos-os-Santos*. *Terras do sem-fim* é publicado pela editora de Alfred A. Knopf, em Nova York, selando o início de uma amizade com a família Knopf que projetaria sua obra no mundo todo.

1946-1950

Em 1946, Jorge Amado publica *Seara vermelha*. Como deputado, propõe leis que asseguram a liberdade de culto religioso e fortalecem os direitos autorais. Em 1947, seu mandato de deputado é cassado, pouco depois de o PCB ser posto fora da lei. No mesmo ano, nasce no Rio de Janeiro João Jorge, o primeiro filho com Zélia Gattai. Em 1948, devido à perseguição política, Jorge Amado exila-se, sozinho, voluntariamente em Paris. Sua casa no Rio de Janeiro é invadida pela polícia, que apreende livros, fotos e documentos. Zélia e João Jorge partem para a Europa, a fim de se juntar ao escritor. Em 1950, morre no Rio de Janeiro a filha mais velha de Jorge Amado, Eulália Dalila. No mesmo ano, Amado e sua família são expulsos da França por causa de sua militância política e passam a residir no Castelo da União dos Escritores, na Tchecoslováquia. Viajam pela União Soviética e pela Europa Central, estreitando laços com os regimes socialistas.

1951-1955

Em 1951, Getúlio Vargas volta à presidência, desta vez por eleições diretas. No mesmo ano, Jorge Amado recebe o prêmio Stálin, em Moscou. Nasce sua filha Paloma, em Praga. Em 1952, Jorge Amado volta ao Brasil, fixando-se no Rio de Janeiro. O escritor e seus livros são proibidos de entrar nos Estados Unidos durante o período do macarthismo. Em 1954, Getúlio Vargas se suicida. No mesmo ano, Jorge Amado é eleito presidente da Associação Brasileira de Escritores e publica *Os subterrâneos da liberdade*. Afasta-se da militância comunista.

1956-1960

Em 1956, Juscelino Kubitschek assume a presidência da República. Em fevereiro, Nikita Khruchióv denuncia Stálin no 20º Congresso do Partido Comunista da União Soviética. Jorge Amado se desliga do PCB. Em 1957, a União Soviética lança ao espaço o primeiro satélite artificial, o *Sputnik*. Surge, na música popular, a Bossa Nova, com João Gilberto, Nara Leão, Antonio Carlos Jobim e Vinicius de Moraes. A publicação de *Gabriela, cravo e canela*, em 1958, rende vários prêmios ao escritor. O romance inaugura uma nova fase na obra de Jorge Amado, pautada pela discussão da mestiçagem e do sincretismo. Em 1959, começa a Guerra do Vietnã. Jorge Amado recebe o título de obá Arolu no Axé Opô Afonjá. Embora fosse um "materialista convicto", admirava o candomblé, que considerava uma religião "alegre e sem pecado". Em 1960, inaugura-se a nova capital federal, Brasília.

1961-1965
Em 1961, Jânio Quadros assume a presidência do Brasil, mas renuncia em agosto, sendo sucedido por João Goulart. Yuri Gagarin realiza na nave espacial *Vostok* o primeiro voo orbital tripulado em torno da Terra. Jorge Amado vende os direitos de filmagem de *Gabriela, cravo e canela* para a Metro-Goldwyn-Mayer, o que lhe permite construir a casa do Rio Vermelho, em Salvador, onde residirá com a família de 1963 até sua morte. Ainda em 1961, é eleito para a cadeira 23 da Academia Brasileira de Letras. No mesmo ano, publica *Os velhos marinheiros*, composto pela novela *A morte e a morte de Quincas Berro Dágua* e pelo romance *O capitão-de-longo-curso*. Em 1963, o presidente dos Estados Unidos, John Kennedy, é assassinado. O Cinema Novo retrata a realidade nordestina em filmes como *Vidas secas* (1963), de Nelson Pereira dos Santos, e *Deus e o diabo na terra do sol* (1964), de Glauber Rocha. Em 1964, João Goulart é destituído por um golpe e Humberto Castelo Branco assume a presidência da República, dando início a uma ditadura militar que irá durar duas décadas. No mesmo ano, Jorge Amado publica *Os pastores da noite*.

1966-1970
Em 1968, o Ato Institucional nº 5 restringe as liberdades civis e a vida política. Em Paris, estudantes e jovens operários levantam-se nas ruas sob o lema "É proibido proibir!". Na Bahia, floresce, na música popular, o tropicalismo, encabeçado por Caetano Veloso, Gilberto Gil, Torquato Neto e Tom Zé. Em 1966, Jorge Amado publica *Dona Flor e seus dois maridos* e, em 1969, *Tenda dos Milagres*. Nesse último ano, o astronauta norte-americano Neil Armstrong torna-se o primeiro homem a pisar na Lua.

1971-1975
Em 1971, Jorge Amado é convidado a acompanhar um curso sobre sua obra na Universidade da Pensilvânia, nos Estados Unidos. Em 1972, publica *Tereza Batista cansada de guerra* e é homenageado pela Escola de Samba Lins Imperial, de São Paulo, que desfila com o tema "Bahia de Jorge Amado". Em 1973, a rápida subida do preço do petróleo abala a economia mundial. Em 1975, *Gabriela, cravo e canela* inspira novela da TV Globo, com Sônia Braga no papel principal, e estreia o filme *Os pastores da noite*, dirigido por Marcel Camus.

1976-1980
Em 1977, Jorge Amado recebe o título de sócio benemérito do Afoxé Filhos de Gandhy, em Salvador. Nesse mesmo ano, estreia o filme de Nelson Pereira dos Santos inspirado em *Tenda dos Milagres*. Em 1978, o presidente Ernesto Geisel anula o AI-5 e reinstaura o *habeas corpus*. Em 1979, o presidente João Baptista Figueiredo anistia os presos e exilados políticos e restabelece o pluripartidarismo. Ainda em 1979, estreia o longa-metragem *Dona Flor e seus dois maridos*, dirigido por Bruno Barreto. São dessa época os livros *Tieta do Agreste* (1977), *Farda, fardão, camisola de dormir* (1979) e *O Gato Malha-*

do e a Andorinha Sinhá (1976), escrito em 1948, em Paris, como um presente para o filho.

1981-1985

A partir de 1983, Jorge Amado e Zélia Gattai passam a morar uma parte do ano em Paris e outra no Brasil — o outono parisiense é a estação do ano preferida por Jorge Amado, e, na Bahia, ele não consegue mais encontrar a tranquilidade de que necessita para escrever. Cresce no Brasil o movimento das Diretas Já. Em 1984, Jorge Amado publica *Tocaia Grande*. Em 1985, Tancredo Neves é eleito presidente do Brasil, por votação indireta, mas morre antes de tomar posse. Assume a presidência José Sarney.

1986-1990

Em 1987, é inaugurada em Salvador a Fundação Casa de Jorge Amado, marcando o início de uma grande reforma do Pelourinho. Em 1988, a Escola de Samba Vai-Vai é campeã do Carnaval, em São Paulo, com o enredo "Amado Jorge: A história de uma raça brasileira". No mesmo ano, é promulgada nova Constituição brasileira. Jorge Amado publica *O sumiço da santa*. Em 1989, cai o Muro de Berlim.

1991-1995

Em 1992, Fernando Collor de Mello, o primeiro presidente eleito por voto direto depois de 1964, renuncia ao cargo durante um processo de *impeachment*. Itamar Franco assume a presidência. No mesmo ano, dissolve-se a União Soviética. Jorge Amado preside o 14º Festival Cultural de Asylah, no Marrocos, intitulado "Mestiçagem, o exemplo do Brasil", e participa do Fórum Mundial das Artes, em Veneza. Em 1992, lança dois livros: *Navegação de cabotagem* e *A descoberta da América pelos turcos*. Em 1994, depois de vencer as Copas de 1958, 1962 e 1970, o Brasil é tetracampeão de futebol. Em 1995, Fernando Henrique Cardoso assume a presidência da República, para a qual seria reeleito em 1998. No mesmo ano, Jorge Amado recebe o prêmio Camões.

1996-2000

Em 1996, alguns anos depois de um enfarte e da perda da visão central, Jorge Amado sofre um edema pulmonar em Paris. Em 1998, é o convidado de honra do 18º Salão do Livro de Paris, cujo tema é o Brasil, e recebe o título de doutor *honoris causa* da Sorbonne Nouvelle e da Universidade Moderna de Lisboa. Em Salvador, termina a fase principal de restauração do Pelourinho, cujas praças e largos recebem nomes de personagens de Jorge Amado.

2001

Após sucessivas internações, Jorge Amado morre em 6 de agosto de 2001.

1ª edição Companhia das Letras [2008] 4 reimpressões
1ª edição Companhia de Bolso [2012] 6 reimpressões

Esta obra foi composta pela Verba Editorial em
Janson Text e impressa pela Gráfica Bartira em ofsete
sobre papel Pólen Natural da Suzano S.A.

FSC
www.fsc.org
MISTO
Papel | Apoiando o manejo florestal responsável
FSC® C105484

A marca FSC® é a garantia de que a madeira utilizada na fabricação do papel deste livro provém de florestas que foram gerenciadas de maneira ambientalmente correta, socialmente justa e economicamente viável, além de outras fontes de origem controlada.